अपूर्व

एक पूर्व का बदलाव

BOOKS CLINIC

Publisher: Booksclinic Publishing

Edition: First

ISBN: 978-93-90655-09-0

Genre: Fiction

अपूर्व

एक पूर्व का बदलाव

एन. आर. ओमप्रकाश

लेखक की कलम से

'अपूर्व एक पूर्व का बदलाव' उपन्यास प्रिय पाठको को समर्पित करते हुए मुझे असीम प्रसन्नता हो रही है। पाठक का प्रेम ही एक लेखक ने बराबर लिखते रहने के लिए प्रेरित करता है। मेरा सोभाग्य है कि पाठको का प्रेम मुझे बराबर मिल रहा है।

माँ सरस्वती कि कृपा, मातापिता के आशीर्वाद ओर बड़े भाई - साहब व बड़ी बहिना के उत्साहवर्धन से ही मैं इस मंजिल तक पहुंचा हूँ। मेरी यही कोशिश रहती है कि मैं साहित्य कि गरिमा बनाये रखते हुए अपनी रचनाओ मे साफसुथरी ओर सभ्य भाषा का उपयोग करूँ - जिससे एक सभ्य समाज का निर्माण हो। इस मे मैं कितना सफल हुआ हूँ इसका निर्णय तो पाठक ही कर सकते है।

उपन्यास 'अपूर्व एक पूर्व का बदलाव' मे मैंने समाज कि कुछ रूढ़िवादी परम्पराओ का खंडन करते हुए पुराने ओर नये समाज कि विचारधारों के बीच सामंजस्य बैठाने कि कोशिश करी है। यह उपन्यास दर्शाता है कि व्यक्ति को अपने संकल्प पर धैर्य, निष्ठा ओर समर्पण के साथ निरंतर कार्य करना ही सफलता कि कुंजी है।

मैं इस बात पर विश्वास रखता हूँ कि कम लिखू मगर ऐसा लिखू कि पाठक एक बार नही बार बार पढे ओर मेरा उत्साह लिखने के प्रति चौगुना हो जावे।

आखिर मे इस पुस्तक के प्रकाशन मे पिता श्री ओमप्रकाश जी टाक, बड़े भाई साहब श्यामलाल जी टाक ओर बूकक्लिनीक का सभी तरह से सहयोग ओर प्रोत्साहन मिलने पर बहुत बहुत धन्यवाद देना चाहता हूँ।

आपका

श्री एनआर ओमप्रकाश सैनी
पिपाड़ शहर, पिन 342601
जिला जोधपुर -, राजस्थान
मोबाइल 9783450868 :

****

राज कॉलेज अहमदाबाद गुजरात से कहानी शुरू होती है।

यह लो सारी कॉलेज छान मारी ओर ये देवता यहाँ विराजमान है। रुद्र अपूर्व के पीछे से आता हुआ बड़बड़ा रहा था।

अपूर्व...! रुद्र अपूर्व के कंधे पर हाथ रखता हुआ धीरे से बोला ।

अपूर्व, रुद्र की तरफ देखकर :– ओह! तो तुम हो, आओ बैठो।

हाँ मैं, नहीं तो तुम्हें किसका इंतजार था रुद्र अपूर्व के पास बैठता हुआ बोलाता है।

नहीं किसी का नही; मैं तो ऐसे ही यहाँ आकर बैठ गया। यहाँ से विदा होने से पहले कॉलेज के इस बगीचे की शांति ओर खामोशी मे बस्सी यादों को महसूस करना चाहता था।

तो कर लिया (रुद्र बोलता है)

हम्म,,, देख आज इस बागान के पंछियो की चहक ओर कानो के पास से गुजरती हुई ठंडी हवा की मधुरता मे कितना सकून मिल रहा है। इस कॉलेज ओर बागान मे ज़िंदगी के पाँच साल गुजारे है मगर आज तक इतनी खामोशी मेरे कानो ने कभी भी महसूस नही की है। इन शब्दो के साथ अपूर्व रुद्र की आंखो की तरफ देखता है ओर अपने होठो पर हल्की सी मुस्कुराट बिखेरता है।

क्या हुआ?यार, आज तुम इतने उदास ओर यहाँ गार्डन मे; कॉलेज छोड़कर गाँव जाने का मन नहीं कर रहा है?

अपूर्व :- ऐसी बात नहीं है यार ! गाँव जाने का मन किसका नहीं करता है; अपने गाँव के दर्शन करने का मन तो बहुत कर रहा है मगर तुम जैसे दोस्तो को छोड़कर जाने को दिल नहीं मान रहा है इस कॉलेज, हॉस्टल ओर तुम लोगो से कुछ खास रिश्ता जुड़ गया है इसलिए तो एग्जाम्स होने के बाद भी रिज़ल्ट तक यहा रुका हूँ अब तो रिज़ल्ट भी मिल गया अब यहाँ रुकने का कोई बहाना नही बचा है।

अच्छा...!!!!! तो ये बात है। तो हमे यहाँ अकेले छोडकर जाने का किसने बोला; मैं भी तो तुम्हारे साथ गाँव चलने का मन बनाकर आया हूँ रुद्र हल्की सी पलके झपका कर अपूर्व को देखाता हुआ बोलता है।

अपूर्व उत्साह के साथ बोलता है :– सच, सच मे तू मेरे गाँव चलेगा?

रुद्र :– हाँ! सच मे, तुम्हें तो पता ही है उस अनाथालय ओर रमेश काका के अलावा मेरा इस दुनिया मे कोई नहीं है ।

रुद्र जो एक अनाथ लड़का था। बचपन से ही बहुत संघर्षो के साथ अपनी पढ़ाई पूरी करता है। शरीर मे हटा कटा, छिना फुला हुआ, गोल चहेरा, छोटी आंखे ओर पतले होठ, कद मे 5.8 फुट का था। जो कॉलेज के शुरुआती दिनों से ही अपूर्व का खास दोस्त बन जाता है।

अपूर्व :– चल छोड़ यार, अपनी पुरानी बातों को लेकर अब फिर से शुरू मत हो जाना। पिछले तीन सालो से सुनता आ रहा हूँ। चल मेरे गाँव चल वैसे भी अर्पिता काफी टाइम से तुम्हें बुला रही है। चल अब मैं भी कॉल करके घर पर बता देता हूँ की हम लोग गाँव लौट रहे है।

तो... अकेले अकेले चले जाओंगे; वो भी इस कमीने के बगैर... पीछे से एक आवाज आती है

रुद्र ओर अपूर्व बगैर पीछे देखे एक साथ बोले :– ओह! तो अब ये कमीना हमारी एविजड्रोपींग करने लगा है।

एविजड्रोपिंग नहीं रे... कहीं तुम दोनों अकेले अकेले फुर नहीं हो जाओ इसलिए पूरी नजर लगा रखी है ओर यही तो प्लानिंग भी चल रही थी।

अपूर्व खड़ा होता हुआ बोलता है :– नहीं रे पगले! अथक के बिना कभी अपूर्व - रुद्र रह पाये भला।

रुद्र :– ओर इसलिए तो कॉलेज मे सभी यही कहते है "बिना अथक अपूर्व ओर रुद्रा अधूरे है"

हाँ सो तो है; तो फिर चले....अथक बोलता है।

रुद्र ओर अपूर्व साथ मे बोलते है :– कहाँ?

अथक :- भाई हॉस्टल, भूख लग रही है...अब तुम दोनों को तो लगनी रही।

अपूर्व :– चल भूकड़। तीनों दोस्त हॉस्टल की तरफ निकल जाते है।

अपूर्व का गाँव आकाशपुर:

आकाशपुर गाँव राजस्थान के जोधपुर ओर जैसलमर जिले की बार्डर पर स्थित आज की स्थिति के अनुसार लगभग 2.5 हजार आबादी का गाँव। जिसका अपना एक काला इतिहास रहा है। इस गाँव का कोई भी मामला हो आज तक गाँव से बाहर नही पहुंचा। इस गांव की पंचायत ही सब कुछ है पुलिस, वकील, जज ओर कोर्ट यहाँ का सब कुछ पंचायत ही है। पंचायत का कैसा भी फैसला हो, सही या गलत गाँव वालो को मंजूर रहता है। ओर गाँव वालों ने भी पंचायत को सर आंखो पर बैठा रखा है। सन 1990, इस गाँव के काले इतिहास मे विध्यालय के खंडर होने के साथ साथ पुलिस चोकी पर भी ताला जड़ चुका था। जिसका कार्य क्षेत्र पास के पाँच गाँव मे आता था। इस गाँव के इतिहास का ये आखरी पन्ना था जिसमे कोई केस कोर्ट तक पहुंचा था। उस समय के बाद 23 साल तक इस गाँव के किसी भी सदस्य के नाम से आधिकारिक तौर पर कोई केस दर्ज नही हुआ। मगर इसका मतलब ये नही है की इस गाँव मे कोई अपराध नही होता। अपराधो के नाम पर

इस गाँव ने टॉप कर रखा है। लेकिन इस गाँव के आपराधिक मामलो के आंकड़े इस गाँव की खेप पंचायत के रजिस्टर तक ही सीमित है।

अपूर्व के खेत मे काम कर रही, गाँव की औरतों की बाते—

सुनना मे आयी है की हांरे(कल) कुनाल जी रो छोरो आपरी पढ़ाई खतम कर फाचो(वापस) आ रहियों है।

दूसरी औरत बोली :- हाँ बाई! सही सुनयों ए,,, पाँच सालाऊं फाचो आवे है अबे तो घनो पढ़लियों है जिकों कहीं ठा केडो दिखतों रहला।

दिखो भली केडो ही बाप जिकों रुपया उनरी पढ़ाई माथे लगाया है वेडो फल भी देवेला या नही; बाप ने तो कोई कसर कोणी छोड़ी पंचायत रे खिलाफ जाय छोरा ने पढ़ायों है ओर उन्हरी पढ़ाई रे खातर आपरी 50 बीघा खेत रि जमीन भी बेच दी।

आ तो छोरा रा लखन ही बताई की वो केडो निवड़ियों है। माँ बापऊं आगो रहन पढ़ाई करी या मोज मारी है पर एक बात तो कहनी पड़ी कुनाल जी ने आपरे छोरा रे हाथे हाथे छोरी ने भी बाहरवी तक तो पढ़ा ही दी वो तो गाँव मे आगे वास्ते पढ़ाई कोणी नही तो छोरी ने आगे भी पढ़ा देता।

अब छोरी ही तो है इति पढ़ाई बा भी बोहत है। छोरी जात ने हालों नही पढ़ा नो चाहिजे वैसे भी आगे जाईन काम तो लुगाया वाला ही करना है उनरे उम्र री छोरियाँ तो हासरे(ससुराल) जावे है म्हारी माने तो समय रहतो छोरी ने परनाई देनों चाहिजे। आज कल को जमानों कोणी जवान छोरी ने घर मे रुखाल रखना रो ओर नहीं पढ़ी लिखी छोरियाँ रो भरोसा है बेरो कोणी कठी जाता कठी बाजे...

(इसी ग्रुप के साथ काम कर रही अपूर्व की माँ चुप चाप सब कुछ सुन रही थी।)

सुन मंजूड़ी(अपूर्व की माँ का नाम) म्हारी माने तो काले ही तू अर्पिता ने खेता रे कामाँ मे लगा दे। समय तो लागेला पण होले होले काम सिख जावेला ईऊ किताक दिन घर रे कामा मे ही बैठी राखी। कल को अगर हासरे जावे ला तो एई काम करना पडेला।

मंजूड़ी :- म्हारे छोरी माथे म्हने पुरो भरोसों है अर बात रही हासरे रि तो ऐ सब भाग्य से मिले है ओर म्हारी बेटी रा भाग बेटी कने है वे कोई नही टाल सके है थे लोग थारे घर रो चेतो (ध्यान) राखो दूसरा रे घर रि तांका जांकी मत करो।

बाई तू तो बुरों मान गई मैं तो हाची हाची(सच सच) बात बता रही थी बाकी गाँव रा हाल तो थारे भी सामे है।

मंजूड़ी – हालत रि तो बात नहीं करा तो ही चोखी बात है।

चलो बाई इन बात ने छोड़ो ओर पानी पीलो; खेजड़ी रि ठंडी छांव आ गई ओर पानी रि मटकी भी कने ही है। एक औरत बीच मे बात काटती हुई बोल जाती है।

** ** **

दूसरे दिन अपूर्व के गाँव आकाशपुर :

रुद्र बस से उतरते ही बोला :- अपूर्व, तेरा गाँव तो बड़ा ही प्यारा है। यार!

अथक हाँ हाँ जरा गाँव के अंदर तो चल सब प्यारा प्यारा ही लगेगा अभी तो ये बाहर का नजारा है। अपूर्व मुस्कुराता हुआ अथक के सामने देख कर आगे बढ़ जाता है।

गाँव के चौपाल तक पहुँचते पहुँचते रुद्र ने बहुत कुछ नया देख लिया। अब रुद्र की जिज्ञासा गाँव के इतिहास को जानने की हो रही थी। वह अपूर्व से सवाल करता है अपूर्व! तेरा गाँव इतना रूढ़िवादी कैसे है? तुझे देखकर तो ऐसा नही लगता है की तुम इस गाँव मे पले-बड़े हो; नही बिलकुल नहीं; ये गाँव तुम्हारा हो ही नही सकता। सारी औरते घूँगट मे, छोटी छोटी लड़कियां औरतों के वेश मे, हम से कम उम्र के लड़के खेतो मे काम कर रहे है, स्कूल भी खंडर हो रखी है। क्या है? ये सब....

कुछ तो जवाब दे।

अथक ओर अपूर्व रुद्र के सामने देखकर हल्की हल्की मुस्कान के साथ आगे बढ़ जाते है।

रुद्र पीछे चलता हुआ फिर से बोलता है :- क्या यार मैं कुछ पूछ रहा हूँ ओर तुम दोनों हो जो कब से मुस्कुरा रहे हो। मुझे तेरे गाँव के बारे मे सब कुछ जानना है।

अथक चलता हुआ पीछे चल रहे रुद्र की तरफ देखकर बोलता है :- सबकुछ।

रुद्र :- हाँ; सब कुछ।

अथक मुस्कुराता हुआ बोला :- इतनी भी क्या जल्दी है। अभी अभी तो आया है कुछ दिन रुक सब कुछ पता लग जाएगा।

अपूर्व :- अभी अभी तो आया है इतने मे ही भौंचका रह गया। अभी तो बहुत कुछ देखना बाकी है।

रुक कठे जावे है रुक.... रुक जा। पकड़ो इन्ह छोरी ने, पकड़ो, पकड़ो। कठेक तक जायी आज तो थारी मौत आई है। नहीं; छोड़ दो इन्हे, दया करो इन्ह माथे, रहम रहम करो, मैं माफी मांगू हूँ इन्हे छोड़ दो; घनी मोटी भूल हो गई सरपंच साहब रहम करो। चोपाल की तरफ से एक कोलहाल के साथ करुणा भरी आवाज़ आती है।

आवाज़ सुनकर रुद्र बोलता है :- ये आवाज कैसी ? आवाज सुनकर उस दिशा की ओर रुद्र दौड़ पड़ता है।

पीछे से अपूर्व आवाज लगाता है :- रुको रुद्र! कहा जा रहे हो हम भी साथ आ रहे है। रुको रुद्र; रुको; प्लीज स्टॉप... अथक ओर अपूर्व भी रुद्र के पीछे पीछे दौड़ पड़ते है।

दौड़ता हुआ अथक, अपूर्व से बोलता है :- अपूर्व आज कुछ भी हो तुम बीच मे मत पड़ना, पहले मैटर देख लेते है फिर कुछ होगा तो बोलेंगे। जब तक तुम चुप रहना।

अपूर्व अथक के सामने देखता हुआ बोलता है :- तुम बीच मे पड़ने की बात कर रहे हो। मैं तो सोचा रहा हूँ मुझे यहाँ देख कर इन लोगो का

रिएक्शन कैसा होगा। हम किस हालत मे गाँव से बाहर निकले थे। ये बात तुम भी जानते हो ओर मैं भी मगर इन पाँच सालो मे इस गाँव मे क्या हुआ ओर क्या नहीं हम दोनों नहीं जानते है।

रुद्र ने देखा एक लड़की भागती हुई रुद्र के सामने से आ रही है ओर उसके पीछे हाथो मे 5-5 फिट के लठ लिए चार लड़के दौड़ रहे है। रुद्र ये देखकर लड़की की तरफ भागता है मगर वो उस लड़की तक पहुंचता इससे पहले ही एक लड़का उस लड़की के पैरो पर डंडे से मारकर गिरा देता है। लड़की को गिरते देख रुद्र के पैरो मे भी एक दम से ब्रेक लग जाते है। लड़के उस लड़की को उठा कर ले गए लड़की रुद्र को बड़ी उम्मीद भरी नजर से देख रही थी शायद ये मुझे बचा लेगा मगर....

रुद्र, रुद्र.... मेरी बात सुन (अथक भागता हुआ आया ओर रुद्र के कंधे पर हाथ रखता हुआ बोलता है)

रुद्र हका बका सा अथक के सामने देखकर बोलता है :- अथक.... अथक... तुमने देखा वो लड़की वो लड़की कितनी उम्मीदों से हमे देख रही थी यार, चल उसको हमारे मदद की जरूरत है।

अथक लंबी लंबी सांस लेता हुआ बोलता है :- मेरी बात सुन यार, मेरी बात सुन, प्लीज हम अभी कुछ नहीं कर सकते।

रुद्र अथक के सामने देखकर बोला :- मगर क्यों? यार! वो लोग उस लड़की के साथ कुछ बुरा कर देंगे। हमे उसकी हेल्प करनी चाहिए।

अथक, रुद्र को शांत करता हुआ :- रुद्र.... मेरे भाई मेरी बात सुन ओर समझ अभी तुम कुछ भी मत बोलना वरना अपूर्व ओर इसके परिवार वालो के लिए ओर मुसीबते खड़ी कर दोंगे। इसलिए कूल, प्लीज।

रुद्र अपूर्व से पूछता है :- अपूर्व इस गाँव मे ऐसा क्या है? यार। मुझे कुछ बताएगा भी या...

बीच मे ही अपूर्व बोल पड़ता है :– रुद्र सब कुछ बता दूंगा मगर पहले तुम घर चलो।

रुद्र :- मगर मुझे जानना है।

अपूर्व :- हाँ, हाँ, मगर अभी तू घर चल।

अथक :- चलो पहले देखते है चौपाल मे क्या हो रहा है। शायद सभी घर वाले भी वही होंगे।

अपूर्व शंका भरी आवाज के साथ बोलता है :- मगर...

अथक :- जानता हूँ तुम क्या सोच रहे हो मगर हमे भी जानना है की क्या हुआ? चल हम दूर ही खड़े रहेंगे।

अपूर्व :- ठीके है चलो...

पंचो आ रही थारी गुनहगार ये कहते हुए लड़को ने उस लड़की को पंचायत के बीच मे धक्का देकर फेख दिया...अपूर्व, अथक ओर रुद्र चौपल तक आ पहुँचते है मगर दूर ही खड़े रहते है। लड़की पंच पंचायत के सामने हाथ जोड़ कर खड़ी हो गई।

चौपाल के चबूतरे पर बैठे पाँचो पंच एक दूसरे के सामने देखकर बात करने बाद मुख्य पंच बोलाता है :– इन्ह छोरी ने बिना ब्याही माँ बनने रो पाप करियों है ओर हाथे मे इन्ह गाँव, समाज ओर आपरे कुल री मान मरयादा भी धूड़ मे मिलाई है। इनरी सजा तो इन्हे भुगतनी पड़ी ओर इनरे हाथे इनरी माँ ने ओ सच छुपा कर इन्ह छोरी रो हाथ दियो है इन्हरे वास्ते इन दोनों माँ बेटी ने सजा मिलेगी। पण म्हा लोग सगला गाँव वाला री राय लेनी चावा की इनरे बारे मे थे लोग कहीं केणी चाहो हो सब आप आप री राय दे सको।

पंचो की बात सुनते ही सभी लोग एक दुसरे के सामने देखते हुए काना फूसी करने लगते है अरे आज पंचो ने कई हो गयो हैं ऐ लोग गाँव वाला रि राय पूछे है आज तक तो एडो कोणी होयों है कई होयों????... कई होयों?????... ठा कोणी????

तभी एक बूढ़े बुजुर्ग की आवाज आती है :- आरे पँचा आज ओ थान्ह लोगा ने कई होयो है। आज तक तो पंचायत ने केड़ा भी मामले मे म्हाणी राय नही पूछी तो फचे आज म्हाँ लोगा री राय क्यूँ?

पंच लोग बोलते है :– अरे दुलीया थारी उम्र ढल गई है तू बता आज तक तू गाँव मे एडो मामलो देखियो है जिनमे बिन ब्याही छोरी माँ बनी हो, नहीं ना, इन्ह मामला मे कोई दो गुट कोणी खड़ा है पुरो गाँव खिलाफ है इन वास्ते ओ मामलो गाँव रे लोगा रो है खाली खेप पंचायत रो कोणी इसलिए अब गाँव वाला ही बताओ की इनरे हाथे कई करनो है?

औरतों के झुंड से एक आवाज आती है :- एडी ने तो जिंदा जला दे ताकि कोई ओर एडो पाप नही करे। पापिन कहीं की।

ये सब सुनकर रुद्र मुह पर हाथ रखता हुआ अपूर्व की ओर देखकर बोला :- बा...प रे...! जिंदा जलाने की बात कर रहे है। अपूर्व यह तेरा गाँव है।

अथक, रुद्र के सिर पर हल्के हाथ से मार कर हँसता हुआ बोला :- बस इतने मे ही बाप याद आ गया आगे सुन कुछ ही देर मे नानी भी याद आयेगी।

रुद्र, अथक के सामने हाथ करता हुआ बोला :– ऐ...! यहा तो माँ का ही अता पता नहीं ओर तू नानी की बात कर रहा है। पगला गया है।

अथक :-ओह अच्छा, तो फिर तू चिंता मत कर इस लड़की को जलाने दे फिर मेरे ही गाँव मे तेरा एक ओर भाई मिल जाएगा उस बच्चे को भाई बना लेना फिर ये बुढ़िया तेरी नानी बन जाएगी।

रुद्र अथक को अंगुली दिखता हुआ बोलता है :- देख कमीने...

दोनों को झगते देख अपूर्व बोलता है :- स्टॉप, क्या कर रहे हो? यार! मैटर इज सिरीअस तुम दोनों बाद मे झगड़ लेना।

अथक बोलता है :- अपूर्व...!

अपूर्व गुस्से भरी नजरों से अथक के सामने देखता है। अथक सॉरी बोल कर चौपाल की तरफ देखने लगता है।

पुरुष वर्ग से आवाज आती है :- जलाने से कई होवे पंचा इन रे घर रो हुको पानी बंद कर दो भूखा मरी जने अपने आप चेतो आई।

रुद्र :- ये हुका पानी क्या होता है बे।

अथक फिर से रुद्र के सर पर मारता हुआ बोलता है :- सामने देख ले, बे। पीज़ा बर्गर की बात चल रही है।

रुद्र हल्का सा हँसता हुआ :- हहहह... वेरी फ़न्नी, जिस गाँव मे पान की दुकान नहीं है उस गाँव मे पीज़ा बर्गर।

अथक :- तो फिर क्यो पूछ रहा है। सामने देख ना, अभी तो ओर मज्जा बाकी है।

रुद्र :- यहा तो किसी के जान की पड़ी है ओर ये कमीना इसमे भी मजे मारना चाहता है।

अपूर्व :- तुम दोनों का हो गया।

अथक ओर रुद्र गर्दन हिलाते हुए बोले :- हाँ।

अब युवा वर्ग कहाँ पीछे रहने वाला था एक युवक बोलता है :– अरे नहीं नहीं इन्हे तो बिना गाबा(कपड़े) पेड़ रे बांध कर 100 कोडा ढोको। इस बात पर सभी लड़के हाँ हाँ कहते हुए ज़ोर ज़ोर से ठहाके लगाकर हँसने लगते है।

पंच लोग :- बस...., अब बहुत हो गई थान्ह लोगा रि राय; एक पंच उस लड़के के सामने देखकर बोला ऐ छोरा थने घनी गरमी चढ़ी है। जो इन्ह रा गाबा उतारने रे खातिर उतावलों हो रहियों है। अब पंचयात ही फैसलो करेगी। दो मिनट एक दूसरे से बात करके पंचायत ने फैसला सुनाया :- म्हा सगला गाँव वाला री बाता सुन ओर फैसलो करियों हाँ की इन दोनों माँ – बेटी ने इन गाँव रे मान मरयादा रे हाथे हाथे औरत होने री भी मरयादा लांगी है इन वास्ते इन्ह छोरी ने 50 कोड़े ठोके जाये ओर इनरे घर रो हुको पानी बंद कर इन्हे समाज से बाहर कियों जावे है अगर

कोई भी इन्ह लोगा री मदद करेला या रिश्तो रखेला वो भी गाँव ओर पंचायत रो दोषी मानो जावेला।

रुद्र :- बाप रे जवान लड़की ओर 50 कोड़े। नहीं नहीं नहीं नहीं नहीं....... ये अन्याय है... नहीं नहीं नहीं नहीं... मैं ये सब नहीं देख सकता...

अथक :- तो कौन कहता है देखने को आँखे बंद कर लेना।

तभी बीच मे :- रुको !... पुरुष वर्ग से एक बुजुर्ग की आवाज गूँजती है :– रुको पंचो रुको! ओ न्याव(न्याय) कोणी है इन माँ – बेटी रे कारण बच्चे रे हाथे क्यूँ अन्याव करो हो। ओ इतरों बड़ो भी अपराध कोणी की इनरे घर रो हुका – पानी बंद कर दियो जावे पाप तो इ छोरी ने करियों है इनमे चार दिन पहला पैदा हूयों बच्चा रो कई कसूर है।

अथक :- ये ले रुद्र तेरे भाई को बचाने आ गया बुढ़ाऊ अंकल।

रुद्र,,,रुद्र,,, अथक रुद्र को पुकारता हुआ इधर उधर देखता है फिर अपूर्व से पूछता है :- अपूर्व, अपूर्व ये रुद्र कहा गया।

अपूर्व :- रुद्र... कहा गया? अथक ओर अपूर्व इधर उधर रुद्र को देखते है मगर वो कहीं पास मे नजर नही आता है।

पंच लोग उस बुजुर्ग का जवाब देते हुए बोले :- रोहिडा रे पाप सु पिपली भी सूखे है। इन्ह छोरी रो......

बीच मे ही, मैं सहमत हूँ... मैं सहमत हूँ... दादा जी की बात से मैं सहमत हूँ। रुद्र पंचायत तक चौपाल मे आ पहुँचता है।

रुद्र को देखकर सभी गाँव वाले आश्चर्य मे पड़ जाते है पंच सहित सभी लोग एक दूसरे का मुह देखने लगते ओर एक दूसरे से सवाल करते है ओ कुण है? ओ कुण है? आपाने गाँव रो तो कोणी है।

अथक, अपूर्व के कंधे पर हल्के से मारता हुआ :- अपूर्व,,, अपूर्व,,,,! रुद्र... रुद्र....रुद्र उधर पंचायत मे।

अपूर्व एक दम पंचायत के सामने देखता है आरे यार यह मरवाएगा कहा फस गया अथक जल्दी जा रुद्र को रोक मेरे भाई रुद्र को रोक।

अथक :- हाँ...हाँ जाता हूँ।

पंच रुद्र से सवाल करते है :- थू कुण है छोरा म्हारे गाँव रो तो कोणी लागे है कठू आयो है? अर म्हारी गाँव री पंचायत रे मामले मे दखल देवे है।

रुद्र :- हाँ मैं इस गाँव का नहीं हूँ। मगर......रुद्र पूरी बात करता है तब तक अथक वहाँ पहुँच जाता है।

अथक रुद्र को रोकता हुआ उसके कंधे पर हाथ रखकर बोलता है :- रुद्र... रुद्र... मेरी बात सुन।

अथक को देखते ही सारे गाँव बाले भौंचके रह जाते है।

पंच :- अथक! ओ कुण है? अर तू कद(कब) आयो रे।

अथक पंचो के सामने देखकर बोलता है :- पंच परमेश्वर ये मेरा दोस्त है मेरे साथ आया है मगर...

बीच मे ही पंच बोल जाते है :– गाँव रे मामला मे दखल नही देवे इन्हे ले जाकर समझा दे ।

अथक :- जी पंच परमेश्वर, मैं...मैं ले जाता हूँ।

रुद्र अथक से हाथ छुड़ाता हुआ :- रुको अथक!

अथक रुद्र को रोकने की कोशिश करता है मगर रुद्र अथक को हाथ से इशारा करता हुआ रोक कर बोलता है :- रुको अथक अगर आज मैं यहा से चला गया तो किसी निर्दोष के साथ अन्याय हो जाएगा जो मैं नहीं देख सकता इसलिए अब तुम रुको; इस पंचायत की तो..... मैं देखता हूँ मुझे कौन रोकता है?

रुद्र पंचो के सामने देखकर बोलता है :- हाँ तो पंच परमेश्वर मैं आपका गाँव का नहीं हूँ मगर यह मामला भी सिर्फ आपके गाँव का नहीं है समस्त नारी जाति का है उनके सम्मान का है सही ओर गलत का

मामला है अन्याय ओर न्याय के बीच का है। मेरे ओर आपके बीच का है यह मामला सिर्फ इस एक औरत या लड़की का नहीं है पूरे स्त्री समुदाय का है उनके अधिकार का है इसलिए अब आपको मेरी दलीले सुननी पड़ेगी।

पंच लोग गुस्से से बोलते है :– अथक...!

अथक धीरे से रुद्र को बोलता है :- रुद्र।

रुद्र भी अथक को रोकता हुआ बोला :- अथक! दो मिनट बस...

पंच लोग रुद्र का ऐसा रोद्र रूप देखकर बोले :- आ पंचायत आज आठे ही खत्म होवे है।

रुद्र गुस्से मे चिल्लाता हुआ बोला :- रुको...! कोई नहीं जाएगा, पंचायत तो अब शुरू हुई है पंचो के सामने देखकर बोलता है क्यों पंच परमेश्वर डर गए? अगर बिना न्याय किये निकले तो बहुत बुरा होगा। मैं इस गाँव मे ही हूँ इस पूरे परिवार की मदद करूंगा ओर 50 कोड़े मे से एक भी कोडा नहीं मारने दूंगा। आपके फैसले की तो मैं...(हाथ से मुठ्ठि बंद करके इशारा करता हुआ बोलता है) समझ गए या समझाऊँ।

पंच बोलते है :- कई समझाय?

रुद्र :- यही की अगर सही फैसला किये बिना निकले तो दुबारा पंचायत लगाने लायक नही रहोंगे इसलिए सोच लों... वरना आने वाले समय मे नहीं आपकी पंचायत रहेगी ओर नहीं आप लोग रहोगे।

पंच गुस्से से बोलते है :- बाहरू आयोड़ों छोरो ओर तू म्हाने धमकावे इनरो खामियाजो तो थने भुगतनों पड़ी। थे लोग ऊबा ऊबा (खड़ा खड़ा) देख कई रहयाँ हो। छोरो! जवान खून है थरि हाथा मे लठ भी है ठोको इन्हे।(पंच लोग पास मे खड़े गाँव के लड़को से बोलते है)

अथक रुद्र का हाथ पकड़कर खिचता हुआ बोला :- रुद्र भाग...

रुद्र अपने शर्ट की बांह का बटन खोलकर बांह ऊपर करता हुआ :- ओ...हो! तो मारा मारी कुटा कुटी... क्या बात है। चलो इसी बहाने कोई गाँव की गौरी को दीवाना करने का मौका तो मिलेगा।

गाँव के 6 मुसठंडे लड़के चिलाते हुए रुद्र पर टूट पड़ते है :- ऐ...???? छोड़ेंगे नहीं... एक लड़का रुद्र के सर पर लठ गुमाता है मगर रुद्र नीचे होकर बचता हुआ अगले लड़के के फेफड़ो के बीच मूका दे मारता है लड़का सीधा खड़ा होकर मुह के बल गिर जाता है। रुद्र फिर पीछे से आने वाले वार को संभालता हुआ लठ पकड़कर लड़के को आगे की तरफ खिचता है ओर मुह के बल गिरा देता है। फिर अपने सामने से सिर पर आने वाले वार को रुद्र अपने दोनों हाथो से लठ पकड़ता हुआ वार को संभालता है ओर अपने एक पैर से उस लड़के के किडनी पर दे मारा ओर तुरंत प्रभाव से संभलता हुआ पीछे से आने वाले लड़के के पेट पर लठ के एक सिरे से मारता है। चारो की जबरदस्त मार देख कर दो लड़के पीछे हट जाते है। रुद्र उन दोनों को पीछे सरकते देख बोलाता है। क्या हुआ? बस इतने मे ही; आ जाओ, आ जाओ यार। वो दोनों ना मे गर्दन हिलाते हुए अपनी जगह वापस आ जाते है।

अर्पिता मन मे बोलती है :- अरे वाह! यह तो बड़ा ही हिम्मती है ओर अथक के साथ आया मतलब अपूर्व का दोस्त है। ओर नाम भी रुद्र मतलब मेरा रुद्र; रोज सिर्फ भैया से ही तारीफे सुनी है आज तो साक्षात देख भी लिया। क्या बात हैं मेरे हीरो तू तो बिलकुल भैया की तरह पंचायत से ही भीड़ गया। वांह वांह क्या बात है। शाबाश।

रुद्र को ऐसे रोद्र रूप मे देखकर पंच लोग चबूतरे पर वापस आ बैठते है।

रुद्र अपने कमर पर हाथ रख के गहरी सांस लेकर बोलाता है :- क्या हुआ? वापस कैसे बैठ गए। रुकने के लिये मैंने पहले भी बोला था ना; मगर नही, आपको तो मारा मारी की पड़ी है।

बीच मे ही मुख्य पंच(सरपंच) बोल पड़ता है :- छोरा! थन्हे कई चाहिए?

रुद्र :- न्याय ओर सही फैसला।

पंचायत ने जो भी फैसलो करयों है सगला गाँव वाला री सहमति से करयों है।

रुद्र उस बुजुर्ग की तरफ हाथ करके बोलता है :- नहीं। इन एक अंकल की सहमति नहीं थी ओर नहीं मेरी।

पंच लोग :- ऐ छोरा तू इन्ह गाँव रो कोणी है। थारी सहमति री म्हाने किन्ही कोई जरूरत कोणी।

रुद्र :- मगर इन्ह दादा जी की तो है। तो बस, ठीक है मैं इनकी तरफ से ही लड़ूँगा मगर उस नन्ही सी जान ओर इस मजबूर माँ के साथ अन्याय नहीं होने दूंगा।

पंच लोग :- ठीक है। छोरा! तो थू एक ऐडी बात बता दे। जिन से थू ओ साबित कर सके की ओ अन्याव है।

रुद्र :- आ...हा। पाप सिर्फ इस लड़की ने ही किया है वह लड़का कहा है जिसने इसको माँ बनाया है। मुझे उस लड़के से मिलना है जिसकी वजह से यह लड़की बिन ब्याही माँ बनी है लेकिन वो अभी तक इस पंचायत मे पेश नहीं हुआ है। कहाँ है? वो लड़का जिसने ये पाप किया है।

रुद्र की बात सुनकर सारे गाँव वाले काना फूसी मे लग जाते है।

पंच बोलते है :- इ छोरी रे सहमति बगैर कोई छोरा की नहीं कर सके है। इन्ह वास्ते सगली गलती सिर्फ ओर सिर्फ छोरी री मानी जावे है।

रुद्र हाथ को क्रॉस मे काटता हुआ ज़ोर से बोलता है :- गलत। बिलकुल गलत।

गाँव वाले रुद्र की आवाज सुनकर चुपचाप उसके सामने देखने लगते है।

रुद्र :- सरासर गलत, जितनी बड़ी गलती इस लड़की की है उससे कही गुना ज्यादा गलती उस लड़के की है जिसने इसके विश्वास का गला घोटा है। वो कायर है जो इस सच्चाई से भाग रहा है की वो इस बच्चे का बाप है। अगर ब्याह से पहले एक लड़की का माँ बनाना पाप है तो ब्याह से पहले एक लड़का का बाप बनाना भी पाप है ओर साथ मे बिन ब्याही लड़की के साथ संबंध बनाकर उसको को माँ बनाना भी पाप है।

इसलिए इस केस मे जितनी बड़ी गलती इस लड़की है उतनी बड़ी गलती उस लड़के की भी है जिसने इसके साथ प्यार का झूठा नाटक किया है इसके जिस्म के साथ खिलवाड़ किया ओर कुंवारी लड़की को माँ बनाकर छोड़ दिया। बिना पुरुष के कोई औरत माँ नहीं बनती इसलिए उस पुरुष को ढूँढना जरूरी है जिसने ये पाप किया है। इस गलती मे सिर्फ इन माँ बेटी को सजा देकर यह पंचायत सिर्फ इस लड़की के साथ ही नहीं बल्कि समस्त नारी जाति के साथ अन्याय कर रही है। न्याय तो वह होगा जब उस लड़के को ढूंढकर इस लड़की के साथ शादी करवाई जाये ओर उस नन्ही सी जान को एक बाप का नाम दिया जाये।

पंच :- यह नहीं हो सकता।

क्यों नहीं हो सकता? मैं पूछता हूँ क्यो? अपूर्व ज़ोर ज़ोर से बोलता हुआ पंचायत मे आता है।

अपूर्व,,, अपूर्व,,,! अपूर्व को देखकर सभी गाँव के लोग एक दूसरे के मुह देखते हुए से बोलते है। यह कब आया?

अर्पिता भी धीरे से बोलती है :- अपूर्व भैया।

पंच लोग :- अपूर्व तू, थारी इतरी हिम्मत के तू फाचों पंचायत रे सामने आ गयो।

अपूर्व :– हाँ मैं, जब जब जहां जहां तुम लोग अन्याय करोगे तब तब वहाँ वहाँ मैं आ पहुँचूंगा ओर आज फिर से ये पंचायत अन्याय करने जा रही है क्योकी इसमे भी गलती सिर्फ औरत की है किसी मर्द की नही है मगर इन्ह औरतों के सम्मान मे लड़ने वाला गाँव का यह मर्द वापस लौट आया है ओर हाँ! इस बार मैं अकेला नहीं हूँ मेरे साथ कोई ओर भी है। यह रुद्र मेरा दोस्त मेरे साथ खड़ा है।

अथक एक कदम आगे आकर अपूर्व का साथ देता हुआ बोलता है :- ओर मैं भी।

पंच :- ओ हो, तो अब थू इन्ह गाँव री पंचायत रे खिलाफ आपरो बदलो लेने वास्ते सेना तैयार कर रहयों है।

अपूर्व :- नहीं नहीं। नहीं... यह सोच तुम जैसे घटिया लोगो की हो सकती है मेरी नहीं। मैं इस गाँव के खिलाफ कोई सेना तैयार नहीं कर रहा हूँ। मैं सिर्फ औरतों के साथ इस गाँव मे होने वाले अन्याय के खिलाफ खड़ा हूँ ओर आज भी यही अन्याय होने जा रहा था। वर्षोतलक आ रही तुम लोगो की परंपरा को बदलने आया हूँ। गाँव की औरतों को यह बताने के लिए आया हूँ की औरत का काम सिर्फ बच्चा पैदा करना ओर घर के काम करना ही नही है ओर भी बहुत से काम है जो सिर्फ मर्द ही नही कर सकता बल्कि औरत भी कर सकती है।

अपूर्व औरत वर्ग से बोलता है :– आज अगर तुम लोग चुप रही तो कल यह ही आप लोगो के साथ भी होगा। याद करो आज तक इस पंचायत मे क्या होता आ रहा है। आज तक एक भी फैसला तुम्हारे पक्ष मे आया है कब तक तुम लोग जुल्म सहती रहोगी। अपने वजूद के लिए क्यों नही लड़ती। कोई तो आगे आओ।

सभी औरते अपने आंखे झुकाकर धरती की तरफ देखने लगती है।

अपूर्व :- छि मैं भी किससे उम्मीद लगा रहा हूँ। यह तो खुद इन जैसे पापियों का साथ दे रही थी। एक औरत होकर औरत को ही जिंदा जलाने की बात कर रही थी।

पंच :- छोरा! ओ कोई अन्याव कोनी है। गाँव वाला रे सहमति से फैसलो लियो गयो है ओर अब ओहि फैसला आखिरी है।

रुद्र :- ना पंचा ना; ऐसी गलती मत करना। मैं इस बच्चे के बाप से मिले बिना तुम लोगो को यहाँ से हिलने भी नही दूंगा; जाने से पहले एक बार फिर से सोच लेना।

पंच :- ठीक है। थने उन्ह छोरा से मिलनो है जिनरे कारण आ छोरी माँ बनी है।

रुद्र :- हाँ, आपको पता है। वो कौन है? तो ठीक है उसको सामने ले आओ।

पंच :- नहीं। म्हा लोगा ने कोणी ठा है वो कुण है; आ बात तो खाली आ छोरी ही बता सके है। थू ही पुछ ले।

अपूर्व उस लड़की से पूछता है :– देख बहन, अब तेरे साथ न्याय होने वाला है। तेरे बच्चे को बाप का नाम मिल जाएगा। जल्दी बता दे कौन है? वो कौन है? डर मत हम तेरे साथ है जल्दी बता दे।

लड़की पहले से ही बहुत गबराई हुई थी, कभी पंचो को देखती है ओर कभी गाँव वालो को देखती है ओर फिर रुद्र ओर अपूर्व को देखकर आंखे झुकाकर नीचे देख लेती है।

रुद्र उस लड़की से बोलता है :- पिछले 9 महीने से तुमने बहुत तकलीफ़े सहन की है। बहन, अब बस डर मत; ऐसे चुप रहकर तुम उसको क्यों बचा रही हो? प्लीज बता दो, वो कौन है? बाकी सब तुम्हारा यह भाई देख लेगा।

मगर वो लड़की बहुत गबराई हुई होती है तो वो बस इतना ही बोल पाती है – मै.... मैं...मैं नहीं बता सकती।

कहते है औरत जिससे प्यार करती है उसके ऊपर कोई भी संकट नही आने देती है। यह इस लड़की का प्यार ही है जो उस लड़के का नाम नही ले पा रही है।

अथक अपूर्व ओर रुद्र को रोकता हुआ बोलता है :- ठीक है; अभी यह गबराहट के कारण कुछ बोल नही पा रही है। हम बाद मे बात करेंगे।

अपूर्व :- नहीं अथक... यह गबराई हुई नहीं है बल्कि बहुत डरी हुई है ओर यही डर इस गाँव की हर औरत के मन मे बैठा हुआ है।

रुद्र : ठीक है तो फिर हमे पता लगाना आता है। मैं उस लड़के को आखिरी मौका देता हूँ। जिसने भी यह कायरता वाला काम किया है। वो खुद चुप चाप सामने आ जाये तो अच्छा है वरना....

रुद्र दो मिनट इंतजार करता है मगर कोई सामने नही आता है।

रुद्र : ठीक है मुझे पता लगाना आता है। कल अगर एक भी पुरुष गाँव से गायब रहा तो उसकी खेर नही।

रुद्र की बात सुनकर गाँव के लोग हँस पड़ते है। जिकों होवे ला गायब बोहि बने ला बाप। हांहांह...

रुद्र गुस्से से भरी तेज आवाज मे बोलता है :- हंसो मत; पहले पूरी बात सुन लो। कल ही शहर से डीएनए टेस्ट के लिए टीम बुला रहा हूँ। इस बच्चे ओर गाँव के हर मर्द का डीएनए टेस्ट होगा जिसका मैच होगा वही उसका बाप होगा ओर उसे इस लड़की से शादी करनी पड़ेगी।वरना...

डीएनए....डीएनए.... ओ कई है? सारे गाँव वाले एक दूसरे से काना फूसी मे लगे थे।

अपूर्व गाँव वालो को समझाता हुआ बोला :- डीएनए टेस्ट मतलब इस टेस्ट की रिपोर्ट बता देती है की बच्चे का बाप कौन है या इस लड़की के साथ किसने संबंध बनाया। ये ऐसा टेस्ट है जिसमे इस लड़की के साथ जिसने भी संबंध बनाया है वो पकड़ा जाएगा। ओर ये डीएनए सभी लोगो का अलग अलग होता है तो यह भी मत सोचना की किसी का समान मिल जाएगा। मैं पंचायत ओर उस व्यक्ति को कल तक का समय देता हूँ। वो जो कोई भी है कल पंचायत के सामने आ जाये वरना फिर उसका फैसला सीधा कोर्ट मे होगा कोई पंचायत मे नहीं। अब तुम लोग जा सकते हो ओर पंच परमेश्वर जी आप लोग भी पधारो।

पंच :- ओ ठीक कोणी है छोरा।

अथक मुस्कुराट के साथ बोलता है :- मेरे गाँव के प्यारे पंचो अब सब ठीक ही होगा आप लोग पधारो। कल सुबह वापस भी आनो है, है ना।

अपूर्व :- ओर हाँ अगर आज इस लड़की के घर के आस पास कोई भी भटकता हुआ नजर आया या इसको कोई नुकसान पहुंचाने की कोशिश भी की तो फिर उसकी खैर नहीं। सोच लेना।

धीरे धीरे सभी लोग निकलते है।

सरपंच ओर पंच लोग कुनाल जी के पास आकार बोलते है :– थारो छोरों बावलों हो गयो है। घर ले जाकर समझा दे। पंचायत रे खिलाफ भारी पडेला।

कुनाल जी :– जी सरपंच जी, मैं समझा दुला पण नहीं समझा तो थे लोग अपनी खैर मनाना ।

अपूर्व अपनी माँ के पाँव छू कर आशीर्वाद लेता है । फिर अर्पिता से मिलता हुआ बोलता है :– क्या रे चिचड़ी तू तो बिलकुल ही बदल गई कुछ ज्यादा ही मोटी नहीं हो गई।

अर्पिता :- हाँ हाँ मोटी तो हुई हूँ, तुम्हारे जाने के बाद माँ-बापू का सारा प्यार मुझे ही जो मिला है मगर तुम कुछ ज्यादा ही हैंडसम हो गए हो। अब जरा संबल जाना आगे तुम्हारा ही नंबर लगने वाला है।

अपूर्व :– ओह! किस बात का नंबर।

अर्पिता हँसती हुई बोलती है :- मेरे माँ की बिंदनी ओर मेरी भाभी लाने का।

मंजुडी, अर्पिता को डाटती हुई बोली :– चुप, कठे ऊबी है, चेतो भी है। हरके जगह शुरू हो जावे कोई आगे देखे न पाछे।

मंजूड़ी अर्पिता को डाटती है तब तक रुद्र आकर उसके पाँव छु लेता है। मंजूड़ी एक दम नीचे देखती हुई पाँव पीछे लेती है। मंजूड़ी को पाँव पीछे लेते देख रुद्र बोलता है :- माँ आशीर्वाद नहीं देओगी।

मंजूड़ी :- हाँ...; खुश रह छोरा। ईश्वर थने घनो बड़ो आदमी बनावे।

रुद्र भावुक होकर बोलता है :- थैंक यू। माँ.....! मैंने आज तक अपनी माँ को तो नही देखा मगर...आज....इतना बोलते बोलते रुद्र के आंखे नम हो जाती है।

अपूर्व रुद्र के कंधे पर हाथ रखता हुआ बोलाता है :- माँ रुद्र बचपन से अनाथ है इसलिए आज तुझे माँ पुकारते ही भावुक हो गया।

मंजूड़ी रुद्र के गाल पर प्यार से हाथ रखती हुई बोली :- छोरा कुण केवे तू अनाथ है। आज से तू भी म्हारे घर रो सदस्य है। यह सुनते ही रुद्र अपूर्व से कहता है की अपूर्व अब मैं अनाथ नहीं रहा।

पीछे से आवाज आती है :- थान्ह सब लोगो रो मिलनो हो गयों हो तो म्हारी धिकले भी एक नजर देख लों।

आवाज सुनकर अपूर्व बोलता है :- पापा...। पीछे मुड़कर कुनाल जी के पाँव छूता है।

कुनाल जी :- खुश रह। आखिरकार म्हा लोगा री याद आ गई थन्हे; पाँच बरस हो गया घर सु गए गाँव से नाराजगी थी घर से थोड़ी जिकों एक बार भी मुड़के कोनी देखियों।

अपूर्व :- पापा...वो...

कुनाल जी अपूर्व के पीठ पर मारते हुए बोले :- बस अब रहने दे पहला घर चाल थारे से घनी बाता करनी है।

अपूर्व :- हाँ! पापा... मगर पहले इससे तो मिलो ये मेरा दोस्त....

बीच मे कुनाल जी बोल जाते है :- रुद्र; जानता हूँ रोज अर्पिता से थारी ओर इनरी खबर मिल जाती थी पण आज देख भी लिया। बड़ो ही हिम्मती है।

रुद्र, कुनाल जी के पाँव छूता है। कुनाल जी आशीर्वाद देते है :- खुश रहो ओर थोड़ा लड़ाई झगड़ा कम करयाँ कर।

अर्पिता बीच मे बोलती है :- झगड़ा तो इनका पैदायसी साथी है।

अपूर्व रुद्र को अर्पिता से मिलाता हुआ बोला :- रुद्र इससे मिल यह चंचल-चिचड़ी मेरी नटखट छुटकी बहिना।

अर्पिता, अर्पिता नाम है मेरा। इतना बड़ा भी नहीं जितना भैया बता रहे है बीच मे ही अर्पिता बोल जाती है।

रुद्र अर्पिता को हाय बोलता है।

अर्पिता रुद्र को हैलो करती है।

कुनाल जी :- चलो अब घर चाला; बाकी रि बाता ओर मुलाकाता घर पे करना।

अपूर्व, रुद्र ओर अर्पिता :- हाँ हाँ चलो घर चलते है कहते हुए आगे बढ़ते है।

पीछे से अथक चिलाता हुआ बोलता है :- आरे मैं भी घर चालू या यहीं चबूतरे पर ही बैठ जाऊँ।

रुद्र ओर अपूर्व :- हाँ हाँ यही बैठ जा।

अर्पिता :- मैं खाना लेकर आ जाऊँगी।

मंजूड़ी :- चुप करो। आरे अथक कठे रह गयों छोरा चल आजा।

अथक रुद्र ओर अपूर्व का बैग उठता हुआ बोलता है :- हाँ हाँ मोसी माँ मुझे तो तुम तालाब से उठा के लायी थी ना, सामने खड़ा था फिर भी कैसे दिखूँगा। चलो, आदत से मजबूर जो हूँ आप मना करोगी तो भी आऊँगा। नहीं आऊँगा तो फिर जाऊंगा कहाँ।

घर पहुँचने पर कुनाल जी मंजूड़ी से बोलते है :- देवी, टाबरा वास्ते चाय बना दे जद तक मैं गाय ने चारो- पानी कर आऊँ। फिर अपूर्व से बोलते है अपूर्व थू थारे दोस्त ने कमरो दिखा दे। अर्पिता काले ही साफ करयों है।

अपूर्व :- हाँ, रुद्र चल। (रुद्र अपूर्व के पीछे चलता है ओर अथक भी उसके पीछे पीछे चल रहा था) कमरे का दरवाजा खोलता हुआ अपूर्व बोलता है :- यह हमारा कमरा है, दो बेड लगे हुए है। पहले मैं ओर अथक इसी रूम मे रहते थे अब हम तीनों को शेयर करना है। इस दरवाजे के लेफ्ट साइड मे स्विच है। यह बैक साइड खिड़की है, यह तेरी अलमारी है। यह हम तीनों की कॉमन बैंच है। जब तक यहाँ है यह रूम उतना ही तेरा है जितना मेरा ओर अथक का है।

रॉम ही नहीं ओ पुरो घर ही थारो है बेटा, केड़ी भी जरूरत होवे तो बिना जिज्क बता देना मंजूड़ी कमरे मे आती हुई बोलती है।

अपूर्व हँसता हुआ बोला :- माँ...रॉम नहीं। रूम, रूम होता है। अंग्रेजी नहीं आती है तो फिर मारवाड़ी ही बोल दे।

मंजूड़ी :- हाँ हाँ वोही वोही.... रूम, पहले हिन्दी बोलता था अब आ अंग्रेजी, था दोणु भाई बहन ने तो..... चल चाय लेलो।

अपूर्व :- हाँ, यहाँ टेबल पर रख। फिर अथक से बोलता है ओय अथक देख क्या रहा है? यह बैग नीचे रख ओर बाहर से दो कुर्सी लेकर आ। अथक अपूर्व को घूरता हुआ बाहर की तरफ गया ओर दो कुर्सी लेकर आता है फिर खुद चाय लेकर बेड पर बैठ जाता है। अपूर्व रुद्र को चाय देता है। मंजूड़ी बाहर जाती है ओर अर्पिता कमरे के अंदर आती है।

अर्पिता अथक को छेड़ती हुई बोली :- ओय बरसाती मेंढक, ऐसे मुंह क्यो फुला रखा है।

अथक गुस्सा दिखाता हुआ बोला :- टाटीयां (मधुमखियाँ) खा गया। तू अपना काम करना चिपकू कहीं की फ्री फोगट मे पंचायती कर रही है।

अर्पिता हँसती हुई बोली :- ओह हो कौनसे टाटीयां खा गया। मैं सब जानती हूँ अपने बिस्तर नीचे लगाले भिडु अब तो दो नहीं तीन हो गए हो। तेरी तो वाट लग गई। रूम का बड़ा शेनशाह बन रहा था॥ अब तो....

क्या अब तो? क्या??? क्या??? बिस्तर नीचे लगेंगे अपूर्व के; मेरे नहीं ओर हाँ अगर तू बीच मे आई तो एंकाउंटर कर दूंगा.... नारद मुनि बनने का शौक ही खत्म हो जाएगा....अथक हल्का सा चिलाता हुआ अर्पिता से बोलता है।

अपूर्व, अथक की तरफ अंगुली करता हुआ बोलता है :- ओ हैलो कमीने... वो मेरी बहिन है। किसकी? मेरी; बनेगी नारद मुनि। चुपचाप बेड के दूसरी तरफ बोरियां बिस्तर लेकर जम जा वरना...

अथक :- ओ बहिन के भाई साइड हो जा। हम फाइटरस पार्टनर के बीच आया तो...

थे दोणु टाबराल जिऊ लड़ना फाचा शुरू हो गया मंजूड़ी रूम मे आती हुई बोली।

अथक मंजूड़ी से बोलता है :- देखो मौसी माँ अपूर्व को मना लो... ये अब फिर से मेरे ओर मेरे फाइटर पार्टनर के बीच टांग अड़ा रहा है फिर इस कमीने ने कुछ किया तो मुझे मत बोलना।

क्या कर लेगा रे? बोल, बोल क्या कर लेगा? अपूर्व अथक की तरफ आंखे दिखाता हुआ कुर्सी से खड़ा हुआ ओर आगे बढ़ा...

अपूर्व, देख अपूर्व मैं सच मे कुछ कर दूंगा... आगे मत आना... देख आई वॉर्न... आई वॉर्न... अथक अपूर्व को अंगुली दिखाता हुआ वॉर्न करता है ओर एक एक कदम पीछे रखता हुआ बेड की दूसरी तरफ कूद जाता है।

अपूर्व बेड पर चढकर बोलता है :– ओ वॉर्न की बुआ क्या हुआ फट क्यो रही है। कुछ करने वाला था ना। अब आ.... आ.... आना।

अथक अपूर्व के पीछे की तरफ हाथ से इशारा करता हुआ बोला :- मासु दादा; अपूर्व एक दम पीछे की तरफ देखता है। अथक बेड की दूसरी तरफ कूदकर अर्पिता को हट छिपकली बोलता हुआ हल्का सा धका देकर रूम से बाहर निकल जाता है।

अपूर्व अथक के पीछे भागता हुआ :– रुक कमीने आज तो तेरी खैर नहीं...

मंजूड़ी रुद्र के पास बैठती हुई बोलती है :– ऐ दोनों छोटाक तकाऊँ ऐडा ही है। ठा कोणी थारे हाथे पाँच बरस म्हा लोगा से आगा(दूर) बिना लगडिया कीकर रहियाँ है ।

रुद्र बोलता है :- बिना झगड़े तो वहाँ पर भी नहीं रहते थे मगर अकेले तो कभी नहीं रहे। एक कमीना है तो दूसरा उसकी जान है। कोई भी काम होता तो दोनों साथ मिलकर ही करते थे। आप बहुत किस्मत वाले हो जो आपको अपूर्व जैसा बेटा ओर अथक जैसा भांजा मिला है वरना आज कल कौन मौसी को माँ का दर्जा देता है।

मंजूड़ी :- रुद्र बेटा, अथक म्हारी बहन रो छोरों जरूर है। पण मैं कदी भी इन्हे भाँजो नहीं समझी म्हारों छोटों बेटो समझन पालियों हूँ। जद ओ 5 साल रो हो तब अथक री माँ मरती मरती अथक री ज़िम्मेदारी म्हारे हाथा मे सोप गई। ओ अथक म्हारी बहिन ओर बहनोई सा रे प्रेम री आखरी निशानी है।

प्रेम की निशानी; रुद्र मंजूड़ी के सामने देख कर एक नई जिज्ञासा से बोलता है।

मंजूड़ी :- हाँ बेटा, म्हारे बहिन रे प्रेम रि निशानी; म्हारि बहन गाँव रे जागीदार रे खेतो मे भड़िया(मजदूरी मे काम करना) जाती थी। जागीदार रो छोरो उन्हरे हाइनो-दाइनों (हमउम्र) थो। लगभग एक महीनो जागीदार रे खेतो मे ही काम करने गई अर वठे उन्ह छोरा रे हाथे प्रेम कर बैठी। फचे बखत रे हाथे दोनों जना जीने मरने रि कसमें खा ली। इन बात रि भनक(खबर) किने भी कोणी पड़ी। बहन रि उम्र देखता पापा ने उन्ह रो ब्याह तय कर दियो। म्हारि बहन बड़ी खुदार ओर सिद्धांतों वाली छोरी थी। एक बार किन्हे भी वचन दे देती तो फचे मरने वास्ते भी तैयार रहती । ऐडा मे जिका साथे प्रेम करियों उन्हे दियोडो वादो कीकर भूल जाती। ब्याह रे दिन बा घर से उन्ह छोरा रे साथ भागकर गाँव रे मंदिर मे ब्याह कर लियो। आठीले पापा रे घर रे किवाड़ माथे बारात खड़ी थी। जद पापा ने इन्ह बात रि ठा पड़ी तो पापा माही ही माही(अंदर ही अंदर) टूट गए थे । गाँव रे लोग मिलन इज्जत अर नाक बचाने रे खातिर म्हारी बहन री जगह माथे मन्हे मंडप मे बिठाने री हिदायत दी पण पापा एक गलती माथे एक ओर गलती कोनी करनी चाहता इन्ह वास्ते पापा ने ओ फैसला म्हारे ऊपर सोप दियो। माँ अर सहेलियों रे समझाने पर मैं समाज मे पापा रि इज्जत बरकरार राखने रे खातिर जीजी रि जगह बैठने तैयार हो गई पण म्हें म्हारि बहन ओर बहनोई सा ने माफ करना रि अर दूल्हे ने इन्ह बात रि ठा होनी चाहिजे की उन्ह रो ब्याह म्हारे हाथे हो रहयों है आ एक शर्त रख दी। क्यूँकी मैं कोई भी रिश्तो झूठ रि बुनियाद माथे नहीं रखनी चाहती थी। म्हारी शर्त ने ले सब मान गया पण सब रे मन मे डर हो की आ बात सामने वाले मानेगे या नहीं। म्हारि बहन रि जगह मन्हे अपने घर री बिंदनी बनाएँगे या नहीं। बस इ बात ने ले सब परेशान हो रहयाँ था। पण उन्ह दिन सबसे बढ़िया बात आ हुई की इन्ह रा पिताजी ओ कहता हुआ मान गया की जिकों छोरी आपरे बाप रि इज्जत अर मान मरयादा बचाने रे खातिर

आपरी बहिन री जगह ब्याह करने वास्ते तैयार हो गई इनसे समझदार अर घर को जोड़े रखने वाली बिंदनी, म्हाने पूरा संसार मे भी कोणी मिल सके। उस बखत(वक्त) तो सब मान गया पण इन्ह रे बड़ा भाई साहब रे मन मे म्हारि बहन रे प्रति घनी घृणा(नफरत) हो गई। बखत रे हाथे म्हारे अपूर्व हो गया ओर एक महीने बाद ही म्हारे बहन रे अथक। इन्ह रे हाथे ही पुराना सारा घाव भर गया। म्हारे पापा रे घर मे तो सब खुश था पण जेठजी रे मन मे बदले रि भावना कदी भी ठंडी कोणी हुई। वो जीजी रो दूसरा रे हाथे भागकर ब्याह करने रो मतलब अपनी इज्जत उतारने से लगा बैठे थे। जद अथक 5 साल रो हो तो जीजी अर जीजों सा म्हारे घर(ससुराल में) आया जिकों म्हारे जेठजी ने कथाई मंजूर कोनी हो। रात को फाचा जाता बखत जेठ जी उन्हरे फटफटिया री ट्रेक्टर सु भिड़ंत करवा दी। फिर अस्पताल मे जीजी ओर जीजों सा रि मौत हो गई। अर उन्ह दिन मरती मरती जीजी अथक ने म्हणे सोप दियो। उन्ह दिन रे बाद आज तक म्हारी कोशिश होवे की अथक ने कदे भी जीजी रि कमी महसूस नही हो।

कहानी सुनने के बाद रुद्र बोलता है :- सच मे आंटी जी। आज तक सिर्फ यह बात कहानियों मे सुनी थी की मौसी माँ जैसी होती है परन्तु आज तो मे साक्षात देख रहा हूँ। सच मे आप बहुत महान हो।

मंजूड़ी नम हुई आंखो को पोछती हुई बोलती है :- बेटा सांझ हो रही है मैं रसोई रे काम मे लागू। थू बोहत थकियोंडो है। थोड़ी जेज़(देर) आराम कर ले।

रुद्र :- नहीं आंटी जी ऐसे ढलते दिन मे आराम करने की आदत नहीं है। आप जाइए, मैं अपने आप को मैनेज कर लूँगा।

अर्पिता रूम मे आती हुई बोलती है :– माँ अगर तुम कहो तो रुद्र जी को मैं घर ओर बाड़ा दिखा लाऊ।

मंजूड़ी :- ए बावली इनमे कई पूछने रि बात है लेजा।

अर्पिता ने पहले रुद्र को घर का निचला भाग दिखाया फिर छत के उस भाग तक ले गई। जहां से गाँव ओर अपूर्व के खेत साफ दिखाई देते है।

अर्पिता रुद्र को बताती है :– रुद्र जी, यह घर के पीछे की दिवार से छटा हुआ बाड़ा है। जिसमे आपके दोस्त की आधी ज़िंदगी गुजरी है। गायों ओर भैंसयों के साथ देहाती लाइफ जीता था। सर्दियों मे वो छपर भैया का फ़ेवरिट प्लेस था ओर यहाँ से एक खेत आगे जो खेत है वो हमारा ही है। लगभग 200 बीघा खेत है। इसी खेत के राइट साइड मे नजर गुमाईये। वो अपूर्व भैया ओर अथक बैठे है। यह जगह भैया ओर अथक की बहुत ही पसंददीदा जगह है। जब ये दोनों उदास या खुश होते है या एक दूसरे से रूढ जाते है तो इसी जगह का सहारा लेते है। 24 घंटो मे से 10 घंटे तो इनके यही गुजर जाते है इसलिए पापा ने इस जगह पर पड़ी एक भी वस्तु को नहीं हटाया ओर नहीं किसी को यहाँ आने देते थे। आज भी देखो दोनों लड़ते झगड़ते वहीं जाकर बैठ गए। जब से इन दोनों ने घर छोड़ा था तब से ये जगह पापा के लिए फ़ेवरिट जगह बन गई थी। पापा को जब भी अथक ओर अपूर्व की याद आती तो वो इसी जगह पर जाकर बैठ जाते थे। ये जगह बड़ा ही सुकून देती है। कभी कभी लगता है की इसी जगह पर बैठे बैठे ज़िंदगी गुजर जाए। अर्पिता बोलती जाती है ओर रुद्र शांति से सुनता रहता है। जब रुद्र कुछ नही बोलता है तो अर्पिता कहती है ओ सॉरी मैं कुछ ज्यादा ही बोल रही हूँ। आप बोर हो रहे होंगे।

रुद्र : नहीं, बोर नहीं हो रहा हूँ बल्कि बहुत खुशी महसूस हो रही है। अपूर्व की नई नई बाते जानकर अच्छा लग रहा है। जैसा वो दिखता है वैसा वो है नही।

अर्पिता : हम्म, वैसे बहुत कुछ बाकी रहा गया है। जो अपूर्व के बारे मे आपको जानना चाहिए। एनी वे, इधर आइये आपको यही से गाँव के भी दर्शन करवा देती हूँ।

रुद्र : हाँ हाँ, क्यो नहीं। स्योर

ये हमारे घर के आगे का हिस्सा जहां से इस छोटे से जहाँ की सारी झांकीयाँ देखी जा सकती है। वो देखिये वो हमारी चौपाल जहां से गाँव मे आता हुआ हर शक्स पर सीसीटीवी कैमरे की नजर रहती है। रुद्र हैरानी से पूछता है 'कैमरे'। अर्पिता कहती है हाँ; कैमरे गाँव के बुजुर्ग लोग बैठे रहते है। गाँव मे आने वाले हर शक्स पर नजर रखते है। गाँव मे तो ये लोग ही कैमरे का काम करते है। रुद्र हँसता हुआ बोलता है

अच्छा। रुद्र को हँसते देख अर्पिता को भी अपनी बात पर हँसी आ जाती है। फिर बताती है की वह चौपाल के पीछे ही हमारे गाँव की स्कूल है ओर स्कूल की बाउंडरी से छटी हुई तालाब की पाल है ओर उसी के बगल से गुजरने वाली गली मे ही तीन मकान आगे उसी लड़की का घर है जिसका मामला आज पंचायत मे चल रहा था।

रुद्र ओह! सी... करता हुआ बोलता है अब बस आज के लिए आपके गाँव की जानकारी मेरे हिसाब से काफी है बाकी का फिर कभी जरूरत पड़ी तो...देख लेंगे।

अर्पिता हँसती हुई बोलती है :- हहहहह... मैं भी ना.... आपको युद्ध भूमि मे जाने से पहले जैसे सेनापति राजा को दुश्मन का अड्डा दिखाते है वैसे दिखाने लगी।

रुद्र हल्का सा हह करके हँसता हुआ बोलता है :- शायद मुझे भी ऐसे ही लगा। फिर दोनों एक दूसरे को देख कर साथ मे हंसने लगते है॥

दोनों घर की छत के मध्य मे रखी कुर्सियों पर आकर बैठ जाते है। कुछ देर मौन बैठे रहने के बाद रुद्र बोलाता है :- अर्पिता जी... ये... अपूर्व ओर अथक के गाँव छोडने के पीछे की क्या कहानी है?

अर्पिता रुद्र के सामने देखती है। अर्पिता के सामने देखने से रुद्र को लगता है की शायद अर्पिता को अच्छा नही लगा तो वो बोलता है नहीं! ऐसे ही... मेरा मतलब है...था... की इन दोनों को वहाँ पंचायत मे देख कर गाँव के लोगो का...

बीच मे ही अर्पिता बोल पड़ती है :- समझ गई, आप क्या जानना चाहते हो; बताती हूँ। वो उस दिन क्या हुआ की शाम का समय था भैया खेत से लौट रहे थे। उसी वक्त तालाब के पास ही गाँव के रानी जी की लड़की को साँप ने दंश मार दियाँ। भैया ने उस लड़की को गौद मे उठायाँ ओर केसरियाँ कंवर जी के थान तक ले गए। गाँव की पंचायत के डर से भोपो जी ने उसको झाड़ा देने से मना कर दियाँ क्योंकि वो जाति से हरिजन थी।

रुद्र एक दम से बोलता है :- वॉट? हरिजन थी तो इलाज नहीं कर सकते। कैसे लोग है? यार! अपूर्व भी पढ़ा लिखा होकर भोपा, जाड़-

फुक इन्ह बातो पर विश्वास करता है। उसे हॉस्पिटल ले जाना था। स्टुपीट फैलो...

अर्पिता :- शायद आप सही कह रहे हो मगर आज भी राजस्थान के ऐसे बहुत से गाँव है जहां जाति धर्म पर इंसान से भेदभाव किया जाता है ओर इस गाँव मे तो बहुत ही ज्यादा करते है। गाँव मे हॉस्पिटल भी नहीं हैं ओर शहर यहाँ से 65 किलोमीटर दूर है। शाम का वक्त हो चला तो भैया अकेली लड़की को लेकर गाँव से बाहर भी जा नहीं सकते थे ओर फिर ये मान्यता भी तो है की इन्ह भोपा लोगो के पास ऐसी दिव्य शक्ति ओर मंत्र होते है जिससे साँप खाये हुए व्यक्ति का जहर निकाल सकते है ओर फिर इसके अलावा भैया के पास दूसरा कोई ऑप्शन भी नहीं था।

रुद्र :- अरे यार, ऑप्शन क्यों नहीं था, गाँव मे कोई वैध वगेरा तो होगा ही ना।

अर्पिता :- आज आप जो सवाल कर रहे हो; जानकारी के अभाव मे कर रहे हो। मुझे लगता है आपको पहले गाँव को समझना चाहिए उस वक्त जो परस्थितियाँ उत्पन्न हुई थी जरा उनके बारे मे भी सोचो।

वो क्या है ना रुद्र जी! कभी कभी इंसान करना तो बहुत कुछ चाहता है मगर उसके हालात, समाज की सोच, अपने परिवार की फिक्र ऐसे बहुत सारे फेक्टर्स होते है जिसके आगे उसे अपने गुटने टेकने ही पड़ते है। अक्चुयली मे इंसान मजबूर नही होता है, उसकी परस्थितियाँ ओर वक्त उसे मजबूर बना देता है। इस दुनिया मे जीतना कौन नहीं चाहता है हार किसी को पसंद नही है मगर अधिकतर हार को ही गले लगाना पड़ता है ओर वहीं उस दिन भैया के साथ भी हुआ था। भैया ने आवेश मे आकर उस भोपे पर हाथ उठा लिया इससे सारा गाँव भड़क गया। वक्त पर इलाज नहीं मिलने के कारण उस लड़की की मौत हो गई ओर इधर भैया के खिलाफ पंचायत बैठ गई। भैया पंचायत की कोई बात सुनने को तैयार नही थे। उसके परिवार ओर रिश्तेदारों के अलावा उस लड्की की मौत से किसी को कोई हमदर्दी नहीं थी। भैया अकेले थे फिर भी लड़ते रहे मगर हार नहीं मानी। भैया ने भरी पंचायत मे ये संकल्प लिया की एक दिन गाँव की इस पंचायत को उखाड़ फेकुंगा। भैया ने भगवान शिव की सौगन्द खाई की :- 'मैं अपूर्व, भगवान शिव की

सौगन्द खाता हूँ की एक दिन ऐसा ला दूंगा की इस गाँव के हर जाति की औरत पंचायत के डर से नही मरेगी। वो खुद रूढ़िवादी परम्पराओ की बेड़ियाँ तोड़कर अपने आजाद विचारों से जियेगी। कोई भी पाबंदी औरत को केद नही कर पाएगी। आने वाली पीढ़ियों की ज़िंदगी से पंचायत शब्द ही मिटा दूंगा।' अपूर्व के इस नादान उड़दंग ने पंचायत को ओर अधिक आहात कर दिया था। आखिरकार पंचायत ने उसे 5 साल के लिए गाँव निकाला दे दिया मगर भैया तो ऑलरेडी इसकी तैयारी कर चुके थे। गाँव से दूर जाकर अपनी पढ़ाई पूरी करने के लिए भैया के पास यह एक स्वर्णिम अवसर था। कुछ भी कहो उस समय वक्त ने भैया का साथ दिया जिससे माँ ओर पापा को भी ज्यादा समझाने की जरूरत नही पड़ी क्योंकि ये पंचायत का फैसला था जिससे भैया को तो किसी भी हालत मे गाँव को छोडकर जाना ही था। अपूर्व के बिना अथक एक पल भी नहीं रह सकता ओर दोनों ने साथ मे ही 12 वी कक्षा पास की थी तो भैया के साथ-साथ अथक भी अपना सामान बांधकर उसके साथ जाने के लिए तैयार हो गया। भैया ने उसी दिन पंचायत को खुली चुनौती दी की जिस दिन भी वापस लौटूंगा गाँव की परंपरा को बदल दूंगा। इस पंचायत को जड़ से उखाड़ फेकुंगा। ओर इस प्रकार आज पूरे 5 साल ओर 3 महीने बाद भैया वापस घर लौटे है।

रुद्र सिर हिलता हुआ बोला :- ओह! तो ये बात थी जो आज तक मुझे पता नही थी। मैं हमेशा पूछता रहा की मेरा तो कोई परिवार भी नही है फिर भी मैं रमेश काका से मिले बगैर नही रह सकता ओर उनसे मिलने चला जाता हूँ मगर परिवार होते हुए भी ये कभी नही मिलने जाता है मगर कभी भी कोई जवाब नही मिलता था ओर नही अथक कुछ बताता था। मतलब मेरा दोस्त सजा काट रहा था ओर इस बात का मुझे आज तक पता भी नहीं था। आरे वाह! अपूर्व तू तो बड़ा ही ढीठ किस्म का आदमी निकला। इंटरेसटिंग, अपूर्व की जिद्द के लिए इस गाँव के साथ फाइट करने मे बहुत मजा आयेगा।

अर्पिता :- आप अभी अभी आए हो। यह थली(स्थानीय भाषा मे रेगिस्तान मे स्थित गाँव को थली कहते है) है। अभी बहुत कुछ जानना बाकी है। आपको क्या लगता है वो लड़की कल सुबह आपको सही सलामत मिल जाएगी। नही बिलकुल नही। ऐसा सोचना भी मत; कल

सुबह वो या तो गाँव मे ही नही मिलेगी या फिर किसी कुए मे मृत पड़ी होगी। ये लोग रातो रात उस लड़की को गाँव से दूर जाने के लिए मजबूर कर देंगे या मार देंगे।

रुद्र आश्चर्य के साथ अर्पिता को देखता हुआ बोलता है :- वॉट? क्या बोल रही हो ऐसा कौन करेगा भला।

अर्पिता :- ऐसे चौंकने की कोई जरूरत नहीं है रुद्र साहब, ये आकाशपुर है। अब तो सुबह तक का इंतजार करो; कल देखते है उस लड़की के साथ क्या होता है।

रुद्र :– देखते है। कल वो होगा जो पहले कभी इस गाँव मे नही हुआ।

इनकी बाते चल ही रही थी के बीच मे अथक की आवाज गूंज पड़ती है :- ओय छिपकली... छिपकली...

आवाज सुनकर रुद्र अर्पिता से बोलता है :- चलो यह आ गया आपका बरसाती मेंढक। चले...

अर्पिता हम्म करती हुई बोलती है :- ओर आपका कमीना... फिर दोनों एक साथ हल्के हल्के हँसे ओर नीचे आ जाते है।

घर के सभी लोगो साथ मे शाम का भोजन करते है। जब कुनाल जी खेतो मे रखवाली के लिए जा रहे थे तो अपूर्व ने रोक लिया ओर अथक के साथ खुद जाने के लिए तैयार हो गया। रुद्र भी साथ मे हो जाता है।

कुनाल जी :- ठीक है। जियाँ थ्हा लोगा ने चोखों लागे पण ध्यान रखना। रात ने दो तीन बार उठ कर भलाका(चौकसी करना) देते रहना ।

अथक बोलता है :- मासु दादा आप चिंता मत करो। आप तो उठने की बात कर रहे हो यहाँ सोने का भी सवाल नही उठता। अपूर्व ठीक है अब हम चलते है कहते हुए खेत की ओर निकल पड़ते है उस समय घड़ी मे तकरीबन रात के 9 बज रहे थे। रुद्र का खेतो मे उसकी ज़िंदगी का यह पहला अनुभव बन रहा था। खेत मे पहुंचे तो देखा खेत के बीच

मे एक छोटी सी झोपड़ी बनी हुई थी उसके पास ही दस फिट ऊंचा एक चारपाई चार बड़े बड़े पोल के साथ बंधा हुआ था। जिसके ऊपर उन तीनों दोस्तो को बैठकर खेत के चारो तरफ की निगरानी रखनी थी। चाँदनी चौवदश की रात थी। चाँद अपने पूरे प्रकाश मे आकाश की रखवाली कर रहा था ओर ये तीनों दोस्त अपने खेत की रखवाली कर रहे थे।

रुद्र जब उस चारपाई के ऊपर चढ़ा तो बोला :– यारो आज तो सैनिको वाली फीलिङ्ग्स आ रही है। ऐसा लगता है की मैं देश की सीमा पर बने टोवार पर खड़ा दुश्मन देश पर निगरानी रख रहा हूँ।

अथक :- ओह भिड़ू! हम किसान लोग भी कोई सिपाही से कम नहीं है। जय जवान जय किसान ये दो ही है जो सचे दिल से देश की सेवा कर रहे है। जवान अपनी जवानी, ज़िंदगी, परिवार ओर खुशियाँ की कुर्बानी देकर ओर किसान अपना पसीना बहाकर इस देश की सेवा करता है समझा। बेटा किसान की मेहनत का तुझे आज पता चलेगा।

रुद्र दोनों हाथ को कमर पर रखकर शरीर की अकड़न निकालता हुआ बोला :- आज की रात का अनुभव ही कुछ ओर होने वाला है। एक किसान की ज़िंदगी जीने आया हूँ इस खुले आसमान मे खेतो की खुली हवा का अनुभव वाह। क्या बात है। ऐसी शुद्ध हवा तो शायद ही कभी मिली हो।

अपूर्व :- चलो तुम दोनों नीचे आ जाओ अब एक राउंड काट के आते है। फिर अष्ठा चंगा(लूडो गेम) खेलेंगे।

अथक ओर रुद्र नीचे आते है ओर तीनों खेत के राउंड पर निकलते है। कुछ ही दूर जाने के बाद टॉर्च के प्रकाश से पड़ोसी के खेत से किसी जानवर की आंखे चमकती हुई दिखती है। रुद्र टॉर्च को वापस निशाने पर लाता हुआ बोला ये क्या है? बे।

अथक :- अबे ये तो चीता है।

रुद्र :- हे...

अपूर्व बोलता है :- मज़ाक कर रहा है। नील गाय का बच्चा है इसको खेत से दूर निकालना पड़ेगा वरना ये खेत मे आ सकता है।

कुछ दूर आगे बढ़े तो एक साथ 5-6 नील गाय के बच्चे कूद निकले।

अथक :- अबे ये तो बच्चा नही बच्चो की पूरी फौज निकली है। पटाखा लगाकर हवा मे छोड़ते है इनके पीछे कहाँ तक भागेंगे।

रुद्र :- पटाखे से भाग जाएंगे॥

अथक :- ऐ... अकल से पैदल इंसान; तू रहने दे समझ नही आयेगा। अनुभवहीन व्यक्ति।

अपूर्व अथक के सामने देखकर बोलता है :- अथक...

अथक :- सोरी...यार मगर ये बाते ही ऐसी ही करता है की...

अपूर्व अथक से बोलता है :- अब छोड़ इस बात को ओर पटाखा जला।

पूरे खेत का राउंड करके तीनों दोस्त वापस चारपाई पर लौट आए ओर अष्ठा चंगा खेलने लगे। एक गेम खत्म होने के बाद अपूर्व खड़ा होकर खेत के चारो ओर टॉर्च का एक राउंड किया। उसी टॉर्च के राउंड मे गाँव की तरफ कुछ लोगो को जाते देखा। अपूर्व अथक ओर रुद्र से बोलता है :– सुनो, गाँव मे ये लोग इस समय कहाँ जा रहे है।

अथक ओर रुद्र खड़े होकर देखते है। अथक :- हाँ यार, अभी तो नाइट के 1.30 बजे है, इतनी रात गए कौन हो सकता? ओर ये गाँव से जा नही रहे है बल्कि गाँव मे आ रहे है। मगर ये आ कहाँ से रहे है?

अपूर्व: यही बात तो मेरे भी समझ से बाहर है। ये लोग हमारे गाँव के तो नहीं हो सकते ।

अथक :- मतलब, पड़ोसी गाँव के है।

अपूर्व :- हाँ, मगर ये इतनी रात मे हमारे गाँव मे इस तरह पलायन करके कुछ तो गड़बड़ है।

रुद्र को अर्पिता वाली बात याद आ जाती है रुद्र बोलता है :- गड़बड़ नहीं पूरी गड़बड़ है। ये सब जवान दिख रहे है ओर सभी के हाथ मे लकड़ी पकड़ी हुई है ओर दो दो के झुंड मे चल रहे है। देखा जाए तो पूरे 12 जनो का ग्रुप है ओर 12 के 12 ने ब्लेक कपड़े पहन रखे है तो जाहीर है की ये लोग किसी घर मे चोरी चपाटी के मकसद से ही आए है।

अपूर्व :- हो सकता है। मगर....

रुद्र बीच मे ही बोल पड़ता है :- अगर मगर कुछ नही, यहाँ से चलो ये 12 है। ओर हम तीन है; 8 को मैं संभाल लूँगा ओर 2-2 को तुम लोग भी संभाल सकते हो।

अपूर्व :- हाँ! मगर.....

अथक :- ऐ फटूउउउ... चल रुद्र हमारे साथ है तो फिर डरने की क्या बात है। अभी इनको धोकर आते है।

रुद्र चारपाई से नीचा उतरता हुआ बोलता है :– इतना वक्त नहीं है ज्यादा सोचो मत इससे पहले की कोई अनहोनी हो जाये हमे इन्हे रोकना होगा। चलो

रुद्र के साथ अथक भी नीचे उतर गया ओर फिर अपूर्व भी चल पड़ा। तीनों उनका पीछा करते हुए गाँव मे पहुंचे। रुद्र ने देखा की ये लोग उसी लड़की के घर की तरफ बढ़ रहे है। रुद्र को अहसास हो गया हो ना हो ये लोग उसी घर पर धावा बोलने वाले है।

रुद्र अपूर्व से कहता है :- अर्पिता ने बताया था की इस लड़की को आज रात डराया धमकाया जा सकता है। अब यह कन्फ़र्म हो गया की ये लोग उसी लड़की के घर को घेरने जा रहे है। ये लोग उसके घर तक पहुंचे इससे पहले हमे उसके घर मे प्रवेश करना होगा।

अपूर्व रुद्र को रोकता हुआ बोला :– ये गलत है। इतनी रात को किसी के घर मे हम इस तरह नहीं जा सकते है फिर इस घर मे तो सिर्फ औरते ही रहती है कोई मर्द नहीं है। ऐसे मे हमारे ऊपर कल पंचायत मे

सवाल उठ सकते है, हमे जो भी करना होगा वो इनके पीछे से ही करना होगा।

अथक :- ठीक है। ये लोग दो दो के ग्रुप मे चल रहे है वो भी लगभग 10-10, 12-12 फिट की दूरी पर चल रहे है। हमे सबसे पहले, सबसे पीछे वाले ग्रुप को बिना आवाज किये गायब करना होगा। ऐसे करके हम उस लड़की के घर से पहले चार ग्रुप को आराम से उठा सकते है।

रुद्र :- आईडिया अच्छा है। चार नही तो दो ग्रुप तो ढा(उठा) लेंगे। मैं ओर अथक इनको पीछे से कवर करते है ओर अपूर्व तुम हम दोनों मे से जिसको जरूरत पड़े सपोर्ट के लिए आ जाना। ओके डन।

अपूर्व ओर अथक :- डन, लेट्स अटेक।

अथक ओर रुद्र बड़ी मुश्किल से दो ग्रुप(4 लोग) को ठिकाने लगा पाते है बाकी के 8 लोग उस लड़की के घर तक पहुँच जाते है। अथक ओर रुद्र वेश बदलकर उस ग्रुप मे शामिल हो जाते है। सभी के मुह कपड़ो से ढके होने की वजह से रुद्र ओर अपूर्व को वो लोग नही पहचान पाये। 6 लोग दीवार लांगकर लड़की के घर मे घुस गये। पीछे बचे 2 लोगो को अथक ओर रुद्र ने बाहर ही दबोच लिया। दोनों माँ – बेटी मकान के बंद कमरे मे साथ सो रही थी। अथक ने महसूस किया की उसके हाथ मे जो बांस का डंडा पकड़ा हुआ है वो हद से कुछ ज्यादा ही भारी है। उसने ध्यान से डंडे को देखा। उस बांस के डंडे मे 1.5 इंच चौडा ओर 2 फिट लंबा धारदार हथियार था। अथक ओर रुद्र बांस मे हथियार देखकर चोंक गये। अथक ने रुद्र को सावधान रहने के लिए आगाह कर दिया।

रुद्र अथक से बोलता है :- हम इन्हे जान से नही मार सकते है इसलिए इस हथियार से हमे इनके पैरो ओर हाथो पर ही हमला करना होगा। ध्यान रहे किसी भी हालत मे इन्हे पकड़ना है जिससे इन्हे हम सवेरे पुलिस के हवाले कर सकते है।

अथक :- पकड़ कर रखने का कोई फायदा नहीं है। इस गाँव मे कभी भी पुलिस नही आएगी। लोगो को पसंद नही है इसलिए कैसा ही केस हो ये लोग खुद ही सलटा देते है। हमे बस इनकी

आईडेंटिटी(पहचान) करनी है की ये लोग आखिरकार किस गाँव के है ओर इन्हे ये टेंडर किसने दिया।

रुद्र :- ठीक है। इससे पहले ये लोग हमला करे हमे कुछ करना चाहिए अगर कमरे के अंदर घुस गए तो ये लोग किसी न किसी को चोट पहुंचा देंगे इसलिए कमरे का दरवाजा खुलने से पहले ही हमे इनके ऊपर धावा बोल देना चाहिए।

अथक :- एक मिनट रुको। रुद्र, हमे जल्द बाजी नही करनी चाहिए। सबसे पहले तो किसी भी हालत मे इनके हाथो से ये हथियार गिरवाने होंगे। इसके लिए अपूर्व को भी इन्वोलव करना होगा इसलिए दीवार लांगने से पहले अपूर्व को टॉर्च से हल्का सा इशारा दो ओर उसको बता दो की हमे क्या करना है।

रुद्र :- ओके,

रुद्र, अपूर्व को टॉर्च का इशारा करके बुलाता है ओर सारी योजना समझाता है फिर तीनों दीवार लांगकर घर मे एंटर होते है। पहले अथक एंटर होता है। उसकी वेषभूषा देखकर हमलावरो ने सोचा हमारा ही साथी है। अथक रुद्र ओर अपूर्व योजना के अनुसार उनके पास जाकर एक साथ पीछे खड़े तीन जनो के हाथ के पंजो पर हमला किया ओर हथियार गिरा दिया। इससे पहले की आगे खड़े तीन जनो के कुछ समझ मे आता रुद्र ओर अथक ने उनके हथियार भी गिरा दिये। अपूर्व ने हथियारो को कलेक्ट कर लिया। अब रुद्र इन्ह लोगो के लिए अकेला ही काफी था। खटपट की आवाज सुनकर दोनों माँ- बेटी उठ गई। हमलावरो ने तीनों को घेर लिया ओर एक हमलावर बोला :– ये तीनों गद्दार निकले।

अथक मुह से कपड़ा हटाता हुआ बोला :– अबे गद्दार नही रे। बाप बोल रे बाप, तेरे बा....प। अथक को देखकर वो लोग चौंक जाते है फिर रुद्र ओर अपूर्व ने भी अपने मुह से कपड़ा हटा दिया। तीनों को देखकर हमलावर भागने लगते है रुद्र ने एक व्यक्ति के गुटने पर डंडे से मारकर गिरा दिया। बाकी सभी भागने मे कामियाब हो जाते है। रुद्र ओर अथक को देखकर लड़की ओर उसकी माँ ने राहत भरी सांस ली ओर कमरे का दरवाजा खोला। रुद्र ने उस व्यक्ति के हाथ पाँव बांधकर दीवार के पास बैठा दियाँ।

अथक ने रुद्र से की पूछा इसका क्या करेगा?

रुद्र बताता है :- कल पंचायत मे पेश करेंगे ओर क्या? मगर पहले तो हमे इससे ये पता लगाना है की इसको यहाँ भेजा किसने है ओर किस गाँव का है। यह हमारे गाँव का तो नही है। इसी दौरान लड़की पानी लेकर आती है तीनों पानी पीते है। रुद्र लड़की को बैठने के लिए बोलता है। लड़की रुद्र के सामने लगी दरी पर बैठ जाती है ओर साथ मे उसकी माँ भी बैठ जाती है।

रुद्र पहले उस व्यक्ति से पूछता है :– अबे, तू अब बताएगा। तुझे यहा किसने भेजा है ओर कौन है वो? बता ओर इनको मारने के लिए आया या फिर सिर्फ डराने के लिए आया था?

हमलावर :– छोरी ने मारने ओर टाबर ने उठाने आये थे।

अथक मारवाड़ी मे बोलता है :- ओर थन्हे कई सोचा रे, हेकड़ू! की हमारे रहते तू इनको मार देगा।

रुद्र विचार करता हुआ बोला :- एक बात बता बच्चे को उठाने आए बच्चे को उठाकर कहाँ ले जाते?

हमलावर :– ओ कोणी ठा। म्हाने खाली टाबर ने उठा कर काले सवेरे म्हारे गाँव से शहर जाने वाली गाड़ी मे कोई छोरी हाथे भेजने रो कहयों। म्हाने इन्ह काम वास्ते 10000 -10000 हजार रुपयाँ दिया।

रुद्र पूछता है :- वो रुपया देने वाला कौन है?

हमलावर :- आ कोणी बताऊँ धंधा रे नियम रे खिलाफ है।

अथक :- अबे मार खाएगा या सीधा सीधा नाम बताएगा।

हमलावर :– कोणी बता सकूँ। म्हारे असूल रे खिलाफ है।

रुद्र :- ठीक है, हम तेरे असुलो के खिलाफ नहीं जाएंगे।

लड़की बीच मे बोलती है :- मैं बताऊ की इन लोगा ने कुण भेजियों। जागीदार.....जागीदार खियाराम ने भेजा होगा।

रुद्र उस लड़की से पूछता है :- जागीदार, खियाराम ये कौन है?

लड़की बताती है :- वही जिनरो छोरों मारे बच्चा रो बाप है।

रुद्र :- मतलब वो इसी गाँव का है। जागीदार का छोरा है तो तुमने पंचायत मे क्यों नही बताया? की इस बच्चे का बाप जागीदार का लड़का है।

लड़की की माँ :- कई बताती बेटा। आ की पंचायत रे हाथे खड़ों होकर तमाशों देख रहयों है ओ ही म्हारों गुनहगार है। अगर बेटा आ उन्ह रो नाम पंचायत मे बता भी देती तो कुण इन्हरो हाच मानतो अर आ तो इन्ह गाँव रे पँचा रे घर ही बात है अर नतीजो तो बेटा तू देख ही रहयो है। अगर आज थे लोग नहीं आता तो काल सवेरे तो मैं म्हारि छोरी रो मरियोडो मुंडो.......इतना कहते ही उस औरत की आंखे भर आई।

रुद्र :- आप शांत हो जाइए माँजी, अब कल सुबह पंचायत मे इस घर को जमाई मिलने वाला है। आप तो खुशियाँ मनाइए कल सिर्फ पंचायत ही नहीं इस गाँव मे पुलिस भी होगी ओर फॅमिली कौर्ट का लायार भी। अब आप लोग निचिंत होकर सो जाइए। 1.5 घंटे मे ही गाँव मे चहल पहल शुरू हो जाएगी। इसको हम अपने साथ ले जाते है।

रुद्र,अथक ओर अपूर्व उस हमलावर को लेकर खेत मे लौट जाते है ओर उसे खेत मे बनी झोपड़ी मे बांधकर सो जाते है।

** ** **

सुबह की अजान, मंदिरो के घण्टियों की गूँज ओर मुर्गे की कुक के साथ आकाशपुर गाँव का सवेरा होता है। अर्पिता सुबह की चाय थरमश मे डालकर खेत मे ही ले आती है।

अर्पिता :- अपूर्व भैया, अथक, रुद्र जी गुड मॉर्निंग। चाय आ गई है उठ जाइए। सुबह के 6 बजे है।

अथक सोता सोता ही बोलता है :- आरे यार, ये छिपकली भी यहाँ खेत मे भी नही सोने देती।

रुद्र हँसता हुआ बोलता है :- हाँ, पिछले जन्म का तेरा ओर उसका बदला जो है इसलिए सोने नही दे रही है। चल, अब उठ जा कुंभकर्ण की औलाद।

अर्पिता झोपड़ी के अंदर कफ लेने गई तो बिना कफ लिए ही चिला कर बाहर दौड़ आई।

रुद्र ज़ोर ज़ोर से हँसता है :– हहहहहह.... क्या हुआ? कोई भूत देख लिया।

अर्पिता गबराई हुई सी बोली :- वो...अंदर...वो

अपूर्व :- ऐ,,,,, अपु रिलेक्स, कोई भूत नहीं है जो तू इतना गबरा रही है। वो भी एक जिंदा इंसान ही है मगर हाँ उसकी हरकतों ने उसको यहाँ कैदी जरूर बना दियाँ।

अर्पिता :- मगर ये यहाँ, कौन है? इसे ऐसे बांध क्यो रखा है?

अथक उठकर चारपाई से नीचे उतरता हुआ बोला :- क्या है रे छिपकली सुबह सुबह ही तुझे चैन नहीं मिलता। कितना ज़ोर से चिलाई है की खेत के सारे पक्षी उढ़ गए। अपूर्व ने तेरे शादी के लिए जो लड़का ढूंढा है वो ही तो है । जो तुझे आज तेरे जन्म दिवस पर गिफ्ट करने के लिए लाया है।

रुद्र बोलता है :- बर्थड़े... आज अर्पिता जी का बर्थड़े है। ओ गौड़....

अथक :- रुक रे अबे। सुबह सुबह गौड़ को परेशान मत कर, बेचारा कहीं एकांत मे बैठकर योगा कर रहा होगा बेवजह परेशान कर रहा है। फिर अर्पिता से कहता है ओय छिपकली जन्म दिवस की बहुत बहुत बधाई हो।

अर्पिता खुश होती हुई बोली :- ओय होय मेंढक तुझे याद था मेरा बर्थड़े।

अथक अर्पिता को छेड़ता हुआ बोला :- हाँ हाँ इसलिए तो तुझे गिफ्ट करने के लिए ये लड़का ढूंढकर लाया हूँ।

अर्पिता अथक की तरफ अंगुली करती हुई बोली :- देख मेंढक, आज मैं झगड़ा नहीं करना चाहती इसलिए हद मे रह|

अपूर्व, अर्पिता को सीने से लगाता हुआ :– शांत शांत प्रिंसेस, शांत; ये बस मज़ाक कर रहा है। हॅप्पी बर्थड़े मेरी राजकुमारी। हजारो बर्ष की उम्र हो तुम्हारी।

अर्पिता अपूर्व के सीने पर सर रखती हुई बोली :- थैंक यू भैया फिर हाथ आगे करके अपूर्व के चहरे की तरफ देखकर बोलती है मगर मेरा गिफ्ट।

अपूर्व मज़ाक करता हुआ बोला :- अरे, अभी तो अथक ने बताया था। वो अंदर वाला लड़का गिफ्ट के तोर पर। फिर अथक रुद्र ओर अपूर्व तीनों ज़ोर ज़ोर से हँसने लगे।

अर्पिता मुह बनाती हुई बोली :- अब आप भी; नहीं चाहिए मुझे कोई भी गिफ्ट चाय पड़ी है पी लेना; मैं तो चली...ये कहती हुई वो वहाँ से निकल जाती है।

रुद्र अपूर्व से बोलता है :– अब मज़ाक बहुत हो गई है पहले ये बताओ इसका क्या करे। ये तो अर्पिता थी मगर अंकल जी आ गए तो...

अपूर्व :- सही कह रहा है तू इसलिए मैं घर जाता हूँ ताकि पापा को यहाँ आने से रोक सकूँ। तुम दोनों यहाँ ही रहना मैं नाह धोकर लौटूँगा फिर तुम दोनों चले जाना। ओके गोट इट।

रुद्र :- ठीक है मगर जल्दी करना।

ओके, मैं आता हूँ कहता हुआ अपूर्व घर की ओर लौट जाता है।

अर्पिता को इतना जल्दी वापस आते देख मंजूड़ी बोली :– अरे, इति बेगी फासी आ गई। कई होयों मेंढक हाथे फिर लड़ाई कर आई?

अर्पिता गुस्से से बोलती है :– आपको उससे मतलब आपरा लाडेसर आवे। उनको ही पूछ लो।

अपूर्व के आने पर मंजूड़ी पुछती है :– छोरा कई होयों रे आज सुबह सुबह ये दोनों लड़ लिया कही?

अपूर्व :- नहीं माँ, आज बाई जी रो जन्म दिन है तो सुबह सुबह कोई गिफ्ट नही मिला इसलिए थोड़ी नाराज है। आप निचिंत होकर काम करों; इसका तो ये हर बार का है।

अपूर्व अपने रूम मे जाता है। बेग से लेपटॉप निकालता है ओर उसे अर्पिता को गिफ्ट करता है।

अर्पिता खुशी से झूम उठती ओर जट से लेपटॉप को लेकर सीने से लगा लेती है। थैंक यू भैया थैंक यू सो मच एण्ड सोर्री।

अपूर्व :- ऐ पगली, हर बात पर रूठ जाती है। वहाँ खेत मे कोई गिफ्ट कहाँ से लाता। मुझे पता था तेरा बर्थड़े आ रहा है ओर पाँच साल हो गए तेरे बर्थड़े पर मैं साथ नहीं था ओर नहीं कोई गिफ्ट दिया है। इसलिए अपूर्व ओर अथक की जानकारी के बिना 5 दिन पहले ही इसे खरीद लिया था।

अर्पिता :- सोर्री भैया। मगर आप भी उस मेंढक के साथ मेरा मज़ाक उडाने लग गए तो फिर रूठना तो बनता ही है। वैसे, वो बंधक कौन है? कोई चोर है क्या?

अपूर्व नाइट की पूरी कहानी सुनाता है फिर उसे इस बात को जबतक पंचायत नहीं बैठती है अपने तक ही सीमित रखने का बोलता है।

इधर रुद्र अपने दोस्त को कॉल करके उसकी अप्रोच के जरिये फलोदी तहसील के पुलिस स्टेशन मे संपर्क करता है ओर गाँव के हालत ओर स्थिति बताता है। सीआई बिरम सिंह माली, अथक ओर रुद्र के बताए अनुसार एक रिपोर्ट तैयार करके सही समय पर गाँव मे एंट्री करने की रणनीति बनाते है। सुबह 10 बजे गाँव की पंचायत बैठती है। पूरा गाँव पंचायत के फैसले का इंतजार ओर रुद्र की तकरार को देखने के लिए चौपाल मे इक्कठे हो जाते है। पंचायत मे लड़की की तरफ से आज रुद्र ओर अपूर्व खड़े थे ओर उनके खिलाफ पूरा गाँव खड़ा था।

पंचो ने रुद्र से सवाल किया :- छोरा, काले जिकों मोठी मोठी ड़िंगा मारतों थों की इन्ह बच्चा रे बाप ने ढूंढ के गाँव रे पंचायत मे पेश करेगों। कठे है इन्ह बच्चा रो बाप ओर इन्ह छोरी रो गुनहगार।

रुद्र जोश के साथ बोला :- सब्र रखो पंचो...! सब्र; बच्चे का बाप यहीं मौजूद है हमारे बीच मे, मैं चाहता हूँ की उसे मैं खिच के बाहर निकालूँ इससे अच्छा होगा अगर वो खुद सामने आ जाये।

पंच लोग :- ऐ छोरा तू कई सोचे, थारे से डर कर कोई छोरा सामे आ जायेगा। ऐ खेल बंद कर ओर थन्हे ठा है तो उन्हे सामे ला।

अपूर्व ठीक है तो आप लोगो की यही इच्छा हो रही है तो मैं लाता हूँ। कहता हुआ जागीदार के लड़के को खिचकर सबके सामने लेकर आता है। जागीरदार के लड़के सुभाष को देखकर पूरा गाँव चौंक जाता है।

जागीरदार के लड़के को देखकर पंच बोलते है :- ऐ छोरा, बावलों हो गयो किने पकड़ लाइयों है थन्हे बेरो भी है। ओ इज्जतदार घरा रो छोरों है। कई सबूत है की यही इन्ह बच्चे रो बाप है।

रुद्र :- सबूत, हाँ है ना सबूत। एक नहीं, बल्कि तीन तीन सबूत है। पहली तो ये लड़की खुद ही है जो बताती है की यही इस बच्चे का बाप है। यही वो पापी है जिसकी वजह से इसको इतनी जिल्लत झेलनी पड़ रही हैं।

पंच :- ऐ छोरी कई ओ सच है की ओ ही थारे बच्चा रो बाप है।

लड़की बोलती है :- हाँ, पंचो ओ सच है। म्हा दोनों एक दूजा से प्रेम करा हा। पण ओ मन्हे प्रेम रे नाम पे धोखो दियों अर जद मे 3 महिना पेट से हो गई जने इन्हे ठा पड़ी अर ओ म्हारे से अलग हो गयो। इन्हरे मतलब री बात निकल गई, इन्हरे मन री तमन्ना म्हारे हाथे खेलना री थी जिकों पूरी हो गई तो ओ म्हारे से दूर हो गयों, पण मैं तो एक छोरी हूँ कठे जाती।

बीच मे ही जागीरदार बोल पड़ा, पँचा सोच समझ ने बात कर जो आ छोरी म्हारे छोरा ने फ़सानी चावे है। इन्ह छोरी रे कहना हूँ कोई

हाची बात कोणी होवे। इन्हरे कणे कई सबूत है की म्हारों छोरों ही इन्हरे हाथे ओ गलत काम करियों।

सबूत, तुझे सबूत चाहिए अभी लेके आया कहता हुआ रुद्र अथक को आवाज लगाता है :– अथक...!

अपूर्व ओर अथक उस हमलावर को लेकर आते है। हमलावर को देखते ही जागीरदार के चेहरे पर पसीना निकल आता है। गाँव के लोग एक दूसरे का मुह देखते रह जाते है। जागीरदार के लड़के के पैरों तले से जमीन खिसक जाती है। जागीरदार मन मे ही बड़बड़ता है की ये कब इनके हाथ लग गया निकमा कहिका इन पंचा रे सामे की बक न दे। पंच लोग अपूर्व से उसके बारे मे सवाल करते है। अपूर्व रात को घटित हुई सारी बात बताता है।

जागीरदार का एक सपोर्टर पंच अपूर्व से सवाल करता है :– तो थू इति रात गया, इन्ह छोरी रे घरा कई करने गयो।

अपूर्व :- मैं छोरी रे घर नही बल्कि इनका पीछा करता हुआ गया था। ये छोरी रे घर की बात नही अगर आपके घर पर भी ये लोग हमला करते ओर मैं देख लेता तो वहाँ पर भी पहुँच जाता जरूरी ये नहीं है की मैं क्या लेने के लिए गया था। जरूरी ये है की इसको हमला करने के लिए किसने भेजा था। ओर हाँ ये अकेला नहीं था टोटल 12 लोग इसके साथ थे।

पंच लोग हमलावर से बोलते है :– थान्हे कुन भेजियों रे? हमलावर कोई जवाब नहीं देता है। पंच फिर से सवाल करते है मगर वो मुक बधिर बने खड़ा था।

हमलावर के कुछ नहीं बोलने से रुद्र बोला :– सवाल क्या कर रहे हो एक-दो खिंचके लगाओ कंपटी के नीचे सब सच उगल देगा। अथक बीच मे बोलता है :– रात को बताया था ना की जागीरदार ने भेजा है वही बताना है। इनके बीच कारवाई चल ही रही थी की पड़ोसी गाँव के पंच 10-15 लोगो के साथ पहुँच गए।

पड़ोसी गाँव वाले आकाशपुर गाँव के पंच लोगो से राम राम किया। औपचारिकता दिखाते हुए गाँव के लोगो ने ओर पंचो ने उनसे भी राम

राम किया। फिर दूसरे गाँव के पंच लोगो ने अपने गाँव के लड़के को बंधी बनाने को लेकर आकाशपुर के पंचो से सवाल किया।

अथक बीच मे बोल पड़ा ओ हो...पूछ तो ऐसे रहे हो जैसे आप लोगो को तो पता ही नही है। अपने गाँव के लौंडो से कह दो की हद मे रहे वरना कल रात की तरह पैरो पर नहीं लौटेंगे सीधा खाट पर मिलेंगे।

दूसरे गाँव के पंच लोग अथक से बोलते है :– छोरा, जद थारे गाँव री पंच मंडली बैठी है। अर ओ सवाल भी पंचा से है तो थू बीच मे मत पड।

अथक अकड़ के बोला :– ओ हो... गाँव के पंच; अच्छी बात है। मगर इस लड़के को पंचो ने नहीं बल्कि मैंने बंधी बनाया है ओर अभी भी मेरे ही हाथ मे पकड़ा हुआ है।

दूसरे गाँव के पंचो के पीछे खड़े लड़के बोले :– ओय... हद मे रह। किन से बात करे है ये थारे गाँव रा पंच कोणी मारे गाँव रा पंच है।

दूसरे गाँव के पंच बोले :– देखो पंचो म्हा थारे पंचायत ओर गाँव रि भलाई रे वास्ते केवा हा म्हारे गाँव रे छोरा ने छोड़ दो ओर आपरी पंचायती जारी राखो। म्हाने म्हारे गाँव रे छोरा से मतलब है थारे गाँव रे कोई भी मामले से कोणी।

रुद्र मारवाड़ी मे बोला :– ओ पंचो रे हाथो मे कोणी म्हारे हाथा मे है की इन्हरो कहीं करनो है अर कहीं नही; समझा।

दूसरे गाँव के लड़के बोले:– सुनो म्हां कोणी चावा की आठे खून खराबो होवे।

रुद्र :- हम भी नहीं चाहते है मगर जब तक हमारी पंचायत का फैसला नहीं हो जावे इसे नहीं छोड़ेंगे। तुम लोग जिसको लेने आए हो वो भी इस मामले से जुड़ा हुआ है इसलिए आप लोग इंतजार करो ओर गाँव के पंच लोग कारवाई शुरू करे।

जागीरदार :– पंचा ये लोग सही कवे है। आपाने इन्ह रे गाँव रे छोरा ने छोड़ देनों चाहिजे।

पंच :– छोड़ देवा पण पंचायत खत्म होने रे फचे। अथक थू तो ओ साबित कर की इन्हे जागीरदार ही भेजियों छोरी ने मारने वास्ते।

अथक :- जी पंचा। इस लड़की ने तो बता दियाँ की इसके साथ संबंध बनाने वाला जागीरदार का छोरा सुभाष ही था ओर हमे ये सच मानना भी चाहिए की ये ही था जिसने इस लड़की के साथ सबंध बनाया। ये बात जागीरदार को भी पता थी। जब कल रुद्र ने सबको डीएनए टेस्ट के बारे मे बताया तो जागीरदार को अपनी इज्जत दिखी ओर उसने ये योजना बनाई की दूसरे गाँव के लड़को से इसका गला घोटकर मरवा देते है ओर फिर छत के पंखे से लटका देते है जिससे ये आत्महत्या दिखे। ओर बच्चे को ये इसलिए नहीं मारना चाहता था क्योंकि वो इसका ही खून है इसका पोता है। जिससे उसे मारने का मन नहीं मान रहा था इसलिए उसे उठाकर शहर के किसी अनाथलाय मे रखने की सुविधा कर रहा था मगर बाय मिस्टेक ये योजना काम नहीं कर सकी।

जागीरदार बीच मे ही बोल पड़ा :- वाह रे छोरा, कहानी तो हाची बनाई। किन्ही रे कह ना हू ओ बच्चो म्हारों पोता नहीं हो जावे। सबूत लाओ।

रुद्र :- दो सबूत तो मिल गए है जागीरदार जी! अब तीसरे के लिए तैयार रहना ओर फिर तैयार रहना जेल की हवा खाने के लिए भी; कोई लड़की अपने बच्चे को लेकर इतना बड़ा झूठ नही बोल सकती। ये ही सबसे बड़ा सबूत है। अगर फिर भी ये पंचायत गलत फैसला करती है तो कल हम फलोदी के अधीनस्थ न्यायालय मे मिलेंगे। तभी पुलिस की गाड़ी साइरन बजाती हुई आती है।

रुद्र बोलता है :- पीछे देख तेरे छोरे की खातिरदारी करने के लिए ससुराल वाले आ गए।

पंच :– पुलिस, ओर इस गाँव मे; गाँव वालो इस गाड़ी को घेर लो।

गाड़ी को घेरने की बात सुनता ही रुद्र बोला :- आं....हा... नहीं लला ऐसी गलती मत करना; सिर्फ एक दो नही पूरी बटालियन आई है और साथ मे डीएनए टेस्ट टिम ओर वकील साहब भी आए है इसलिए जो

जहां खड़ा है वही रहेगा। अगर घेरना भी है तो जागीरदार ओर इसके छोरे को घेर लो।

अथक :- वो तो पहले ही घिर गए। जरा पीछे देख इस गाँव का नारी शक्ति मोर्चा....आज आगे आया है।

पुलिस की गाड़ी आकर रुकी ओर उसमे से उतरते ही सी आई साब बोले :– मिस्टर रुद्र! रुद्र आगे आकर बोला :– हैलो सर, रुद्र! मेरा नाम रुद्र है।

सी आई :– आपने कम्पलेन दर्ज कारवाई।

रुद्र :- जी सर, ओर उसी केस की कारवाई इस पंचायत मे चल रही थी।

सी आई :– कारवाई, किस चीज की कारवाई। तूम खुद पढे लिखे हो तूमे पता होना चाहिए ऐसी खेप पंचायत के ऐसे फैसले मान्य नहीं होते है।

रुद्र :- जानता हूँ सर, ओर ये भी जानता हूँ की अगर पंचायत सही फैसला करती है तो उसे कोर्ट भी मान्य करता है लोक अदालत मे भी तो ऐसा ही होता है। अगर आज ये पंचायत गलत पक्ष मे फैसला करती है तो फिर ये मामला जरूर कोर्ट तक पहुंचाएंगे। फिलहाल आप इस लड़के ओर लड़की का डीएनए टेस्ट लीजिए ओर मैंने जिसके खिलाफ कम्पलेन दी है उसे गिरफ्तार कीजिये। ये ओर इसके साथी कल रात को इस लड़की के घर पर जानलेवा हमला करने आए थे ओर इसके साथ जो आए थे उनमे से चार लोग वहाँ बैठे है उनको भी हिरासत मे लीजिये। जैसे ही रुद्र ने इशारा उन चार लड़को की तरफ किया जो पंचो के साथ आए थे तो फिर वो लोग भागने लगे। सी आई साहब ने कोंस्टेबल्स को ऑर्डर दिया। पकड़ो इनको; 8 पुलिस वाले उनके पीछे भागे ओर उन्हे पकड़ के जीप मे डाल दियाँ। डीएनए टेस्ट टिम ने सुभाष ओर लड़की का वैन मे टेस्ट सैंपल लिया। जागीरदार पंचो के सामने हाथ जोड़कर खड़ा हो गया ओर अपने छोरे की गलती स्वीकार कर लेता है। रुद्र के बताये अनुसार पंचायत लड़के को उस लड़की के साथ शादी करके जीवन भर बच्चे ओर उसकी ज़िम्मेदारी लेने के पक्ष मे फैसला सुनाती है। जागीदार उस लड़की को अपने घर की बहू बनाने

के लिए राजी हो जाता है। रुद्र पंचायत को उनकी शादी रजिस्टार ऑफिस मे करवाने के लिए बोलता है। अथक ओर रुद्र लड़की की तरफ से साइन करने के लिए तैयार होते है। जागीदार भी राजी हो जाता है। रुद्र सी आई साहब से कहता है अब बताए सर अगर आपको ये फैसला गलत लगता है तो हम इस पंचायत के खिलाफ कम्पलेन करते है। सी आई सर रुद्र के कंधे पर हाथ रखकर शाबासी देते हुए बोले :– शाबास बेटा, समाज मे तुम्हारे जैसे होनहार, समझदार ओर हिम्मती लड़के पर हमे गर्व है। ये फैसला वाकई मे काबिले तारीफ है। जब अपराधी अपना अपराध कबूल करके गलती सुधार रहा है तो इसे कोर्ट मे ले जाने से अब कोई मतलब नहीं निकलेगा। ओर हमारा काम भी अपराध को खतम करना है अपराधी को नही; तुम्हें जब कभी कोई हेल्प की जरूरत पड़े तो पुलिस से संपर्क जरूर करना। फिर जागीरदार, अथक, रुद्र, लड़की, सुभाष ओर वकील के साथ फलोदी रवाना हो जाते है। पुलिस हमलावर को लेकर निकल जाती है।

दूसरे गाँव के पंच आकाशपुर गाँव के पंचो से कहते है :– जद गाँव मे ऐडा पढ़िया लिखिया छोरा हो जावे है न तो ऐडा ही हाल होवे। म्हारे गाँव रे टाबरा ने पकड़वा कर चोखों काम कोणी करयों। इन्हरो नतीजो तो भुगतनों ही पड़ी। चलो रे....

गाँव के पंच कुनाल जी से से बोलती है :– देख कुनाल देख। थारे छोरा री हरकता, इतरो इन्ह वास्ते ही पढ़ाइयों कई की इन्ह गाँव रे कानून कायदा रे खिलाफ काम करे। थारे छोरा रे कारण अबे तो गाँव री लुगाइयाँ भी मरदा ने घेर न खड़ी हो जावे। आज तो ओ म्हाने नीचा दिखाया है काले थारे हाथे करे ला। हलिजे बखत है संभल जा।

कुनाल जी हल्के से मुस्कुराकर बोले :- अरे पंचा पहली बार इन्ह गाँव री पंचायत मे चोखो फैसलो होतो हुओ देखियों हूँ। आ तो शुरुआत हुई है। आगे री तो राम ही जाने है। कुनाल जी की बात सुन पंच लोग ये कहते हुए निकल गए की चलो रे ये दोणु बाप बेटा बावला हो गया है। कदी गाँव ने ले डूबेगा।

रजिस्टार के सामने सुभाष ओर विनीता की कानूनी तौर पर शादी हो जाती है। सुभाष रुद्र को उसके प्यार से मिलाने के लिए शुक्रिया करता है। गाँव के पंचायत के कारण वो कभी विनीता को अपनाने की

हिम्मत ही नहीं जुटा पाया था। जो आज रुद्र ने पंचायात से ही उससे शादी करने का फैसला करवा दिया। भले ही वो उसके जाति की ना हो मगर आज पंचायत को मजबूरन ही सही, उनके प्यार को स्वीकारना पड़ा है।

जागीरदार अपूर्व से बोलता है :– बेटा, म्हारी सोच भी इतरी नीच कोणी की मैं म्हारे बेटा री खुशियाँ नहीं देख सकूँ। पण गाँव, समाज ओर पंचायत रे सामने म्हारी इज्जत रे धोला चोला माथे दाग लागने से डरतो थो। इसलिए म्हें ओ सब करनो पड़ियों नहीं तो मैं इतो सब कुछ हो जाने रे फसे भी कदी इन्ह छोरी से म्हारे बेटे ने मिलने कोणी जाने देता। म्हारी सोच भी बिलकुल थारे बाप जेड़ी खुली है। हालो तो कोणी पण 8 किताबा तो मैं भी पढ़ियोंडो हूँ।

अपूर्व :- कोई नहीं चाचा जी, देर से सही दूरस्थ आए, आप भी अपनी जगह सही है। अब पिछली बातों को भूलकर आगे की सोचते है। आप अपने पोते ओर बहू को कोई तकलीफ नही होने देंगे ये मुझे पूरा विश्वास है; ओर हाँ अब ये छोरी नही आपके घर की बिंदनी है।

जागीरदार :- हाँ बेटा, अब चालो। अब मन्हे म्हारे पोते ने भी देखनो है। मन मे उन्हे देखने रा घना हिलोरा उठ रहयाँ है।

अपूर्व :- ठीक है। आप लोग गाँव चलो हमे कोई जरूरी काम करना है तो हम वो खत्म करके लौटेंगे। जागीदार ठीक है बेटा कहता हुआ अपने बेटे ओर बहूँ के साथ गाँव निकल जाता है।

अथक, अपूर्व से पूछता है :– अब क्या काम बाकी रह गया है?

रुद्र :– शायद, अर्पिता के लिए कोई गिफ्ट सरप्राइज़ का प्लान कर रहा है।

अपूर्व :- नहीं, हमे बिरम जी से मिलने पुलिस स्टेशन चलना होगा उनसे ही कोई काम है।

अथक :- उनसे क्या काम है? उन हमलावरो की जमानत करवाएगा क्या? चल गाँव चलते है।

अपूर्व :- ज्यादा नही 10 मिनट का ही काम है ओर यहाँ से 1 किलोमीटर ही दूर स्टेशन है अभी बात हो जाएगी चलो।

रुद्र :- ठीक है। तेरी मन की तू जाने। चलो...

अपूर्व रुद्र ओर अथक के साथ सी आई साहब से मिलने जाता है। सी आई साहब जानकर खुश होते है की रुद्र ओर उसके दोस्त स्टेशन मिलने आए। वे उनको अपनी केबिन मे बुलाते है। सी आई साहब अपूर्व ओर रुद्र से कहते है :– तुम लोगो ने उस गाँव की पंचायत ओर पंचो की अकड़ तोड़ के बहुत अच्छा किया। पंचायत वालो ने तुम्हारे गाँव से आज तक कोई भी केस गाँव से बाहर नहीं आने दियाँ। गाँव वाले भी पंचायत के फैसले को सपोर्ट करते थे। चाहे फिर वो सही हो या गलत; मगर आज रुद्र ने इस केस को पुलिस स्टेशन तक पहुँचा कर गाँव के लोगो मे एक नया विचार पैदा किया है। गाँव के लोगो मे पुलिस के प्रति जो विश्वास पैदा किया है उसके लिए तुम लोग काबिल-ए-तारीफ हो। आज मैं भी तुम लोगो से बहुत ही इंप्रेस हुआ हूँ। बताओ किस कार्य के लिए यहाँ आना हुआ।

अपूर्व :- सर, आपके कोम्प्लीमेंट्स के लिए थेंक्स। मगर आपको हमारा एक काम ओर करना होगा।

सी आई साहब :– क्या काम है। बेटा बोलो? किसी के खिलाफ कम्पलेन?

अपूर्व :- नहीं सर नहीं कोई कम्पलेन नहीं है। मैं बस इसलिए आया हूँ की हमारे गाँव की पुलिस चोकी पर पिछले कहीं सालो से ताला लगा हुआ है। मैं इतना तो नहीं जानता की उसको वापस रिओपन करवाने का क्या प्रोसेस है। मगर मुझे विशवास है आप इसके लिए कुछ कर सकते है ओर अगर गाँव वालो का सपोर्ट चाहिए तो भी हम लोग कोशिश करेंगे। आप तो बस रास्ता दिखा दीजिए की हमे क्या करना होगा?

सी आई सर :– देखो बेटा, आप लोगो की बहुत अच्छी सोच है ओर मुझे बहुत खुशी है की आप लोग बंद पड़ी पुलिस चोकी को रिओपन करवाना चाहते हो। ये तो गाँव ओर हम सबके लिए बहूत खुशी की बात है। मगर मुझे उस चोकी के बंद होने की हिस्टरी जाननी पड़ेगी

आकाशपुर गाँव से छटे पाँच गांवो का कार्य क्षेत्र इस चौकी के अंदर आता था जिनकी आबादी लगभग 10000 से अधिक है। आखिरकार इतनी बड़ी आबादी वाले क्षेत्र की चौकी बंद किस कारणो से हुई है। फिर उसके लिए हमे एसपी सर को लैटर भेजना पड़ेगा। मैं कोशिश करूंगा आपके गाँव की चोकी जल्दी ही रिओपन हो जाए।

अपूर्व :- थैंक यू, सर... अगर हमारी मदद की जरूरत पड़े तो भी बता दीजिएगा। अब हम चलते है।

सी आई सर :– ऐसी कोई जरूरत पड़ी तो जरूर याद करूंगा।

अपूर्व, अथक ओर रुद्र धन्यवाद करते हुए वहाँ से निकल गए। स्टेशन के बाहर निकलते ही सामने की चाय की टपड़ी पर रुद्र की नजर पड़ती है। रुद्र आ...ह चाय मिल गई अब सब छोड़ो पहले चाय पीने चलते है। अपूर्व कहता :- ठीक है। बस के लगने मे अभी टाइम है जब तक चाय ही ठीक होगी।

अथक :- चाय तो ठीक है मगर बस लगती है तब तक अर्पिता के लिए कोई गिफ्ट खरीद लेते।

अपूर्व बोलता है मेरा तो गिफ्ट हो गया अब तुम अपना देखो। अथक, अपूर्व के सामने देखता हुआ बोलता है कब? अपूर्व हँसता हुआ कहता है की मैं तो कॉलेज से आया उस दिन ही खरीद कर ले आया। अब तुम्हारी बारी है तुम लोगो को जो खरीदना है वो ख़रीदों मैं तो चला चाय पीने।

रुद्र :- ठीक है। तुम तीन चाय ऑर्डर करो तब तक हम आते है। वो सामने चाय वाले के बगल मे देव गिफ्ट्स स्टोर दिख रही है। शायद वहाँ कुछ अच्छा मिल सकता है। हम दोनों आते है।

अथक, गुस्से से अपूर्व को देखकर बोलता है :- कमीने! हर रोज मुझे कमीना बोलता था मगर कमीना तो तू निकला। जब गिफ्ट लाया था तो हमे बोल नहीं सकता था। चल रे यार, अब यहाँ फाइटिंग शुरू मत करो कहता हुआ रुद्र, अथक को खिचकर ले जाता है।

अथक ओर रुद्र गिफ्ट्स की शॉप पर जाते है ओर अपूर्व चाय की टपड़ी पर जाकर चाय ऑर्डर करता है।

अथक ओर रुद्र दोनों गिफ्ट्स खरीद कर आते है। अपूर्व चाय मँगवाता है चाय पीकर तीनों आकाशपुर की बस पकड़ लेते है। फलोदी से बाहर निकलने के बाद बस कंडक्टर टिकट लेने के लिए आता है। रुद्र ओर अथक तीनों पीछे से तीसरी लाइन की सीट पर साथ मे बैठे थे। बस सवारियों से लगभग हद तक भर हुई थी। यात्री बस की गली मे भी खड़े थे। कंडक्टर तीनों से आकाशपुर का किराया लेता है। रुद्र टिकिट की मांग करता है। कंडक्टर ये कहता हुआ टिकट नही काटता है की भाई तुझे गाँव ही तो जाना है टिकट से क्या करेगा? ओर अगर इतना ही टिकट का शोकीन था तो खिड़की से ले लेता। रुद्र उससे कहता है भाई बस तो सरकारी है तो फिर टिकट तो बस मे भी मिल सकती है ओर तेरे गले मे टंगी ये मशीन किसी को दिखाने के लिए थोड़ी है। तू हमारे तीनों के तीन टिकट निकाल कर दे दे। कंडक्टर मशीन खराब होने का बोलकर टिकट देने से इंकार करता हुआ आगे चला जाता है। अगली ही सीट पर एक गर्भवती औरत अपने 5 वर्ष के बच्ची के साथ बैठी थी। कंडक्टर ने उस औरत से उसकी बच्ची को उठाकर खड़ा करने को बोला ओर एक सवारी बैठाने को कहाँ। औरत ने ये कहते हुए इंकार कर दियाँ की तुमने 5 साल की बच्ची का भी किराया पूरा मेरे बराबर लिया है तो अब ये सीट इसकी है क्यो खड़ी करू इसको, नही खड़ी करूंगी। कंडक्टर ने कहा की अगर बच्ची को तू 5 साल की बता रही है तो इसको अपनी गौद मे बैठा दे ओर एक सवारी बैठने दे। औरत ने कहा की मैं पेट से हूँ नही बैठा सकती। कंडक्टर बोला तो तू खड़ी हो मगर मैं यहाँ एक सवारी बैठा कर रहूँगा ये मेरा जान पहचान वाला है इसको ऐसे खड़ा नही रहने दे सकता तू चुपचाप बच्ची को सीट से खड़ी कर।

कुछ ज्यादा ही बहस होती देख रुद्र कंडक्टर से बोल पड़ा :– भाई साहब आप एक लेडीज से ऐसे बतमीजी से बात कैसे कर रहे हो।

कंडक्टर :– तो कीकर बात करू तू थारो काम कर आधी रोटी मे दाल मत ले; नहीं तो लेना रा देना पड़ जावेला।

रुद्र :- भाई साहब मैं तो सही कह रहा हूँ आप इनकी हालत देखो ये प्रेगनेट है ऊपर से आप इनको खड़ा होने के लिए बोल रहे हो ओर फिर ऊपर से आप इनसे बतमीजी से भी बात कर रहे हो।

बस कंडक्टर बोला :– देख छोरा तू मन्हे मत सीखा की मन्हे कई करनो है। ओर ओ पेगनेट पेगनेट कई करे है आ मन्हे पूछ के थोड़ी पेट से होई है।

इतना सा कहना हुआ ओर रुद्र ने कंडक्टर को गुस्से मे थपड लगा दिया। कंडक्टर रुद्र का कॉलर पकड़ लेता है ओर आंखे लाल पीली करता हुआ बोलता है :- थारी इतरी हिम्मत की मन्हे थपड़ ठोक दी। अथक ओर अपूर्व खड़े हो जाते है। अथक रुद्र की कॉलर छुड़वाता हुआ बोलता है तेरी इतनी हिम्मत की मेरे दोस्त की कॉलर पकड़ता है। सरकारी बस का कंडक्टर हैं इसलिए छोड़ रहा हूँ वरना...

बस कंडक्टर लाल पीला तो हो रखा था अब ओर भिड़क गया। ड्राईवर को आवाज लगाकर बस रुकवा देता है ओर रुद्र से कहता है थारी इतरी हिम्मत की थू एक सरकारी बस कंडक्टर माथे हाथ उठा लेवे। थन्हे तो मैं कोर्ट मे देखूँ। रुद्र भी तेज आवाज मे बोलता है देख लेना मगर क्या सबूत है की मैंने तुझे थपड़ मारा, इनमे से कौन है जो तेरे लिए गवाही देगा ओर कोर्ट तो सबूत मांगता है। रुद्र दो तीन सवारी से इस कदर डराता हुआ पूछता है की तुम गवाही देंओगे पुलिस ओर कोर्ट के चक्कर मे पडोंगे। तुम, तुम, नही तुम। देखा कोई नही है तेरे पक्ष मे गवाही देने वाला।

बस कंडक्टर अपने रिश्तेदार का हाथ पकड़कर बोलता है की यो देगा म्हारी गवाही। रुद्र उस व्यक्ति के सामने देखकर पूछता है तू देगा गवाही।

रिश्तेदार बोलता है :- हाँ, मैं दूंगा। रुद्र उसको भी खिचकर थपड़ चिपका देता है।

अपूर्व बस ड्राईवर को देखकर कहता है की तुमने क्यों बस रोक दी है इनका तो ऐसे ही चलता रहेगा तू बस चला हम सबको देर हो रही है। अपूर्व की आवाज सुनकर बस मे बैठे यात्रियों की आवाज गूंज उठी

हाँ हाँ थू बस चला, बोहत तपे है। बस चला रे....। ड्राइवर बस चला देता है।

रुद्र बस कंडक्टर के रिश्तेदार से पूछता है :- अब बोल तेरी गवाही कौन देगा।

बस कंडक्टर बोलता है मैं दूंगा इसकी गवाही की तुने म्हां दोना ने थपड़ मारा।

अथक स्थिति को संभालने की कोशिश मे बस कंडक्टर को डराता हुआ बीच मे ही बोल पड़ा :- अच्छा तो तुम इसकी गवाही देओगे ओर तुम इसकी मतलब दोनों एक दूसरे की क्रॉस गवाही देओगे।

बस कंडक्टर :– हाँ देवांगा।

अथक हँसता हुआ बोलता है :- कोर्ट ऐसी क्रॉस गवाही मान्य भी नहीं करती है।

रुद्र बीच मे ही बोल पड़ता है :– ओर ये क्या सबूत है की हम लोग तुम्हारी बस मे ही आए थे। बस की सवारियों की गिनती करे तो 50 जनो के पास टिकट है ओर बस मे सवारी है लगभग 60-62 तो फिर अब 10-12 सवारियों को तुमने टिकट भी नहीं दियाँ है ओर यह बात कोर्ट तक गई तो तू तो गया काम से; रुद्र की बात सुनकर बस कंडक्टर थोड़ा गबरा जाता है।

अपूर्व बीच मे मजे लेता हुआ बोलता है :- लला इसलिए कहते है। सोच के सोचो साथ क्या जाएगा। ये रुद्र है इससे अड़ा तो ये तेरी नोकरी भी खा जाएगा। औरतों की इज्जत कर ओर जब तेरी लुगाई पेट से हो तब उससे ऐसी बात बोलना की तुम मुझे पुछ के पेट से हुई क्या। बेशर्म कहीं के सोच समझकर नहीं बोल सकता है।

अथक, बस कंडक्टर के कंधे पर हाथ रखता हुआ टपोरी स्टाइल मे बोला :- देख बाबू, ये हैं तेरा रिश्तेदार, तो तू बैठा इसे अपनी गोद मे, इसके लिए किसी ओर सवारी को तंग करने की कोशिश भी मत करना वरना... इतना मारूँगा इतना मारूँगा की आगे तो तू खुद समझदार है। हे... हे ना.... हाँ। वैसे क्या है ना हम है शहर से आए हुए बिगड़ेल लौंडे

तो ये लिहाज नहीं करेंगे की कुटिजने वाला कोई ताऊ है या कोई लौंडा। समझ गया। तो फिर जा कर अपना काम संभाल ओर आगे के मोड पर बस रुकवा दे यही अपना गाँव है आकाशपुर।

ओर हाँ कभी मिलने का मन करे तो जरूर आना। आज से कुछ ज्यादा ही खातिरदारी करेंगे। हम इतने भी गए गुजरे इंसान नहीं है, यार! रुद्र हँसता हुआ बोलता है। फिर तीनों दोस्त एक साथ ज़ोर ज़ोर से हसते हुए बस रुकवाकर नीचे उतर जाते है।

गाँव के चौपाल मे पहुंचे तो देखा विनीता की माँ गाँव के चबूतरे के पास हाथ मे मिठाई से भरा टिफ़िन लेकर बैठी तीनों का इंतजार कर रही थी। जैसे ही तीनों को गाँव मे आते देखा वो झट से खड़ी हो गई। अपूर्व विनीता के माँ को देखकर बोला अरे आंटी जी आप यहाँ अभी तक घर नहीं गए? अब तो सब ठीक हो गया। विनीता की माँ बोलती है हाँ बेटा घर तो गई पण थान्ह तीना रि बाट जो (इंतजार करना) रही थी। बेटा मैं म्हारे हाथा यू मिठाई बनाकर लाई। बेटा मैं तो थारी कर्जदार हो गई। ओ ले बेटा मिठो मुंडो कर। ले बेटा थू भी कर। म्हारी छोरी रो थान्हे वजह सु घर बस्स गयो। बेटा, मैं आज घनी खुश हूँ। बेटा.... इतना कहते कहते उसकी माँ भावुक हो गई। अपूर्व उसकी माँ को भावुकता से गले लगा लेता है। अथक विनीता के माँ को संभालता हुआ बोला अरे आंटी जी वो सिर्फ आपकी बेटी ही तो नहीं थी। हमारी भी कुछ लगती थी ओर एक भाई को अपनी बहन के लिए जो करना चाहिए था वो ही तो हम भाइयों ने भी किया था। अब आप घर चलो सब ठीक हो गया ओर जो बाकी रहा गय वो भी ठीक हो ही जाएगा। अब चलो.... घर चले....। तीनों दोस्त अपने घर आते है ओर विनीता की माँ उन तीनों दोस्तो को दुवाएँ देती हुई अपने घर की ओर निकल जाती है।

अर्पिता का जन्मदिवस की पार्टी ....

शाम के 6 बज रहे थे। पंछी अपने घोसलों की ओर निकले, गाँव के गवाले गायों को खेतो से घर की ओर ले जा रहे थे। सूरज दिन की थकावट से हारा अपने सुनहरे लाल रंग को आसमां पर बिखेरता हुआ अलविदा करके बादलो की औठ मे सोने को चला था। कुनाल जी खेतो की माठ पर बैठे थे। उनके छोटे भाई केवल जी अपने खेतो से होते हुए

आए। कुनाल जी के पास बैठते हुए बोले :– भाई, कहीं होयों परेशान दिख रहयों है।

कुनाल जी :– जानू हूँ, जदे भी तू परेशान होवे तो मन्हे परेशान बतावे। मन्हे कोई परेशानी कोणी है। थू बता कई होयों। कई परेशानी है।

केवलजी :– भाई। सरोज रे ब्याह ने ले थोड़ों परेशान हूँ।

कुनाल जी :– सरोज रो ब्याह, सरोज तो हालिजे टाबर है रे।

केवलजी बीच मे बोलते है :- हाँ भाई साहब जी। पण थारी बिंदनी रिश्तो ले आई है। कैवे छोरों फुटरों है। 10 वी पढ़े है। अब आपाणि सरोज भी तो 8 वी पास कर ली है। बतावे घर परिवार भी चोखों है। सरोज होरी रेवेला।

कुनाल जी, केवलजी को समझाते हुए बोले :- थारो भोगनों खराब हो गयो कई। टाबरा रि उम्र तो देख; 13 साल री छोरी है थांरी ओर थू उन्हे इति छोटी उम्र मे हासरे भेजनी चावे; एड़ों ओछों काम क्यूँ करे।

केवलजी :- जानु हूँ भाई साहब! आ बात तो मन्हे ही घनी खावे है पण थारी बिंदनी रे मायका वाला ने कूण समझावे; बे लोग तो जिद्द माथे अडियोडा है की छोरी रो ब्याह तो इन्हरे हाथे ही कराला; छोरों मारे साले रे साला रो है। कैवे अबारा परनाई देवा ओर 2 साल छोरी ने सासरे कोणी भेजा।

कुनाल जी :- साला रे साला रो छोरों। बढ़िया, मतलब साटा बाटा (आमने सामने का रिश्ता) रो संबंध; भोगनों फिरगों थारों।

केवलजी धीमी आवाज मे बोले :– भाई साहब।

कुनाल जी :– ठीक है। जीऊँ थारे ओर थारे घर वाली ने चोखों लागे करो पण तू भी म्हारी बात सुन ले। मैं ओर म्हारे घर मे से कोई नही आने वाला।

केवलजी :– कोई नहीं भाई साहब वो तो आनो जठे आनो ही पड़ी। थान्हे ओर भोजाई ने दोनों ने ब्याह मे कीकर बुलानों है मैं जानु हूँ। अब मैं चालू।

ओय! मेंढक दरवाजा खोल। तुम तीनों अंदर अकेले अकेले क्या कर रहे हो? मुझे भी तुम लोगो की पार्टी जॉइन करनी है। अर्पिता रूम का दरवाजा नॉक करती हुई बोली।

अथक कमरे के अंदर से बोलता है :– छिपकली तू जा, जाकर रसोई मे मोसी माँ की मदद करवा; अभी 9 बजे से पहले दरवाजा नहीं खुलने वाला है वैसे भी यहाँ लड़कियों का कुछ काम नहीं है इसलिए चुपचाप कलटी मार।

अर्पिता गुस्सा करती हुई बोली :- ओय, मेंढक देख...! मैं दरवाजा तोड़ दूँगी; मुझे गुस्सा मत दिला।

अथक चिलाता हुआ बोला :- छिपकली बोला ना 9 बजे मतलब 9 बजे कुछ समझ नही आ रहा है क्या?

अर्पिता बहाना बनाती हुई बोलती है :– अरे मुझे रुद्र जी से मिलना है। प्लीज दरवाजा खोल दो। प्लीज रिक्वेस्ट।

अथक :– ओ नोटंकी रुद्र हमारे साथ नही है यहाँ सिर्फ अपूर्व ओर मैं ही हूँ। वो गाँव मे गया होगा।

अर्पिताः– अकेले। तुम दोनों को शर्म नहीं आती।

अथक :– शर्म... उसे तो बेचकर हम लोगो ने मूँगफली खा ली, अब तू जा, हमारा सर चाटना बंद कर।

अर्पिता :- रुद्र जी अकेले जा ही नही सकते तू मुझे मूर्ख मत बना।

अथक फिर से चिलाता हुआ :– बोला न वो ऐसा ही है। हमेशा अकेला ही निकलता है। तुम जाओ गाँव मे ढूंढो वो किसी के मजे ले रहा होगा। एक बार मे समझ मे ही नहीं आता।

अर्पिता गुस्से मे पैर पटकती हुई :- तुम सच मे कमीने हो कमीने ही रहोंगे। कमीना मेंढक कहती हुई अर्पिता निकल जाती है। अर्पिता के जाने के बाद अपूर्व ओर अथक रूम से बाहर आकर रूम को लॉक कर देते है। अर्पिता रुद्र को ढूँढने गाँव मे जाती है मगर वो कही नही मिलता है उसका फोन भी स्विच ऑफ आता है। अर्पिता के आने पर रुद्र घर पर ही उपस्थित मिलता है अर्पिता अथक पर गुस्सा करती है। रुद्र अर्पिता का गुस्सेल रूप देख स्माइल करता है। मेढक ओर अर्पिता के बीच नोक जोक चलती रहती है। फिर कुनाल जी के आने पर सभी लोग साथ मे रात का भोजन करते है। भोजन होने के बाद अथक सबको अपने रूम मे इनवाइट करता है। अर्पिता के आने तक रूम मे अंधेरा ही रहता है। जैसे ही अर्पिता रूम मे प्रवेश करती है। अपूर्व लाइट जलाता है। अथक ओर अपूर्व हॅप्पी बर्थड़े बोलकर विश करते है मगर रुद्र अभी भी खामोश खड़ा रहता है। रूम फूलो ओर बंदरवालों से सजाया हुआ था। दिवार पर अर्पिता के 20 साल की सारी अलबम फोटो सजी हुई थी सामने टेबल पर केक रखा हुआ। अर्पिता के मम्मी-पापा के हाथो मे बड़े बड़े पैकिंग गिफ्ट्स के डिब्बे थे। ये पहली बार हो रहा था आज से पहले इस घर मे कभी भी किसी का जन्मदिवस इस प्रकार से नहीं मनाया गया था। बर्थड़े पार्टी तो सिर्फ टीवी पर ही देखी जाती थी। शायद ये अपूर्व ओर अथक के शहर तक का सफर करने का असर था जो इस कदर पहली बार बर्थड़े पार्टी ओरगोनाइज़ की गई। आज अर्पिता बहुत खुश थी। मानो गहरी नींद मे सोई हुई कोई सपना देख रही हो। ये सब देख कर अर्पिता का मुह खुला का खुला ही रहा गया था।

अथक अर्पिता के पास जाकर बोला :– क्यों छिपकली हो गई ना सरप्राइज़।

अर्पिता :– हाँ। एक मिनट मुझे चुटी काट। अथक ज़ोर से चुटी काटता है। अर्पिता चिलाती हुई बोलती है इतनी ज़ोर से थोड़ी बोला था। कमीने मेंढक। उन्ह दोनों को देखकर सब ज़ोर ज़ोर से हँसते है। कुनाल जी ओर मंजूड़ी अर्पिता को गिफ्ट देते है। अर्पिता दोनों के पाँव छूकर आशीर्वाद लेती है। अपूर्व गिफ्ट्स खोलने के लिए बोलता है। अर्पिता गिफ्ट्स खोलती है तो एक मे ओरेंग कलर की हाफ बाजू अनारकली ड्रेस निकलती है ओर दूसरे मे से हाइ हिल्स के शेण्डल ओर हैंड वॉच।

ड्रेस देखकर अर्पिता, मंजूड़ी से बोलती है :– माँ ये ड्रेस तो हाफ बाजू है, ओर ये हाइ हिल शेण्डल। पापा, ये.... अलाव करेंगे।

मंजूड़ी कुनाल जी की तरफ देखती हुई बोली :- बेटा जद थारा पापा ही थन्हे गिफट करे है तो क्यूँ कोणी करे।

अर्पिता कुनाल जी के सामने देखकर बोली :– नहीं मतलब.....

अर्पिता की बात पूरी होती उससे पहले कुनालजी बीच मे बोल पड़ते है :– बेटा मतलब हतलब की कोनी, कोई की नही केवे तू जा ड्रेस बदलकर आजा थारी सहेलिया आने वाली है। जा जल्दी जा पहले ड्रेस, शेण्डल ओर घड़ी पहनकर आजा। अर्पिता ड्रेस बदलने जाती है। तब तक अर्पिता की फ्रेंड्स ओर फॅमिली वाले सभी पार्टी मे आ जाते है। सभी अर्पिता के बारे मे पूछते है। अपूर्व सब को धीरज रखने को कहता है। अथक सभी को कोल्ड ड्रिंक सर्व करता है। तब तक अर्पिता अपने कमरे से निकल कर आती हुई दिखती है। विनीता सबका ध्यान अर्पिता की तरफ करती हुई बोली :– आरे वाह। आज तो अर्पिता घनी फुटरी दिखे कठी नजर नहीं लग जावे।

सब अर्पिता को देखकर अचम्बित रह जाते है। लगता है आज चाँद जमीन पर उतर आया हैं। ऑरेंज रंग की अनारकली, हल्के ऑरेंज कलर की होठो पर लिपिस्टिक, कानो मे झुमके, काजल से सजीली भूरी आंखे, खुले लंबे बाल, यौवन रस चरम सीमा पर, मनमोहक छवि को देख के कोई नहीं कह सकता की ये गाँव की लड़की है। रुद्र की आंखे फटी की फटी रह गई। रुद्र एक नजर से टिक टिकी लगाए अर्पिता को ही देखे जा रहा था। रुद्र पहले तो अर्पिता की सादगी का कायल था आज तो उसका ये सजीला रूप देख ओर ही ज्यादा दीवाना हो गया। सिवाय रुद्र के सभी लोग अर्पिता को बधाइयाँ दे रहे थे। विनीता ओर सुभाष अर्पिता को जन्मदिवस की शुभकामनाएँ देते है। विनीता अर्पिता ओर अपूर्व से जोधपुर मे रहने वाली उसकी फ़ेसबूक फ्रेंड सुजन्ता से मुलाक़ात करवाती है। जो जेएनवीयू जोधपुर से एमबीए करने के बाद आईआरएम यूनिवेर्सिटी से रुरल डेवलोपमेंट कोर्स करके गाँव मे रुरल डेवलोपमेंट पर रिसर्च करने आती है। अथक केक काटने के लिए अर्पिता को बुलाता है। अर्पिता बर्थड़े केक काटती है। रुद्र फैन ऑन करता है फैन पर रखे फूल बरसते है। सभी अर्पिता को जन्म दिवस की

शुभकामनाएँ देते है। अथक अर्पिता को गिफ्ट देता है। अर्पिता थैंक यू कहती हुई तिरछी नजारो से रुद्र को देखती है मगर रुद्र हल्की सी स्माइल करके बाहर चला जाता है। अर्पिता देखती है की रुद्र सुबह से उसे भाव दिखा रहा है। सभी गिफ्ट्स देते है मगर वो(रुद्र) उसके लिए कोई गिफ्ट नही लाता है। सभी अपूर्व से गिफ्ट करने की मांग करते है। अर्पिता लेपटॉप दिखाती हुई कहती है ये हैं मेरे भैया की तरफ से बर्थड़े गिफ्ट, लेपटॉप देखकर सभी अपूर्व की प्रशंसा करते है मगर आशा(अपूर्व की चाची) इसका विरोध करती हुई बोलती हैं की लड़कियों को ये शोभा नही देता है। ऐसा करके अर्पिता को सर पर चढ़ा रहे है साथ मे लड़की को इतनी आजादी देकर मान मर्यादा भी भंग कर रहे है। कुनालजी को बहुत गुस्सा आता है मगर मर्यादा से बंधे औरतों की बातों का कोई जवाब नही दे सकते थे तो वो मंजूड़ी के सामने देखते है मंजूड़ी समझ जाती है। मंजूड़ी जवाब मे बोलती है की ये हमारी बच्ची है इसके लिए क्या सही है क्या गलत इसके बारे मे कोई ओर नहीं सोचे तो ही अच्छा है। इस नोक जोक से माहौल ओर खराब नही हो जाए इसलिए अपूर्व राजस्थानी गाना चला देता है।

काती वालो महीनो आवे, पुष्कर जी को मेलो आवे, मेला की मोर खबरियाँ लावे...

सरकियाँ सरकियाँ बाग लगायों, बागा मे मन मोयों मोरियों,
म्हारी नन्दुली बागा मे गई सा, दिखे रे मन माहे मोरियों....
हरियाँ हरियाँ बागा माहें उड़तों आयो मोरियों,
मूंग मसूरों को दानो चुगवा म्हारे घर आयो मोरियों
प्यारा प्यारा गीत मोरियों, चुगतों चुगतों गा रियो...
मेला की ओ खबरियाँ लेकर आयो रे प्यारो मोरियों

सभी लोग नाचने मे व्यस्त हो जाते है। अर्पिता रुद्र को ढूंढती हुई बाहर आती है। रुद्र, सीढ़ियों की रेलिंग के सहारे अकेला खड़ा रहता है। अर्पिता पीछे से बोलती है :– रुद्र जी। अर्पिता को कोई जवाब नही मिलता है। शायद तेज आवाज मे बज रहे म्यूजिक के कारण सुनाई नही दिया होगा। अर्पिता ओर तेज आवाज मे पुकारती है :- रुद्र जी। रुद्र एक दम जिजकता हुआ हम्म करता है। पीछे देखता है तो पीछे अर्पिता खड़ी होती है। रुद्र, अर्पिता को देखकर बोला :– ओ तुम हो।

अर्पिता – हाँ मैं हूँ। मगर आप सुबह से कुछ ज्यादा ही अकड दिखा रहे हो।

रुद्र सामने देखकर बोला :– नहीं ऐसी कोई बात नही है।

अर्पिता :– ऐसी बात नही है तो क्या बात है? सुबह से मुझे इगनोर कर रहे हो। आपने मुझे बर्थड़े भी विश नहीं किया।

रुद्र नजरे चुराता हुआ बोलता है :– आदत नहीं है।

अर्पिता भी जवाब मे बोलती है :– आदत तो मेरी भी नहीं हैं बर्थड़े मनाने की। ये तो मेरी ज़िंदगी मे भी मेरे साथ पहली बार हो रहा है। इसका मतलब मैं भी आपकी तरह हो जाऊँ।

रुद्र :– मैंने तो ये नही कहाँ की आप भी मेरी तरह बन जाओ।

अर्पिता बोलती है मैं भी तो यही कह रही हूँ... तब तक रुद्र मुड़कर सीढ़ियाँ चढ़ना शुरू हो जाता है।

अर्पिता :– यही तो तुम लड़को की प्रोब्लेम है कुछ कहते है तो मुह फेरकर चल देते है। रुको कहाँ जा रहे हो अभी मेरी बात खत्म नहीं हुई है। कहती हुई अर्पिता भी सीढ़िया चढ़ती हुई रुद्र के पीछे पीछे छत पर आ जाती है। जैसे ही अर्पिता छत पर पहुँचती हैं उसकी बोलती बंद हो जाती है। वो फिर से सरप्राइज़ हो जाती है। आज तो वो खुद समझ नही पा रही थी की उसके साथ हो क्या रहा है। जो कभी सपने मे भी नही सोचा वह सब हो रहा था। अर्पिता अपने दोनों हाथ मुह पर रखती हुई आवाक रहा जाती है। रुद्र पीछे घूमता हुआ हॅप्पी बर्थड़े विश करता है। अर्पिता को अभी भी अपनी आंखो पर विश्वास नही हो रहा था। ये सपना है या हकीकत। मोमबतियों से सजी हुई छत, रेशमी चादर से सजी हुई बेंच पर हॅप्पी बर्थड़े लिखा हुआ चोकलेटी केक, छत के एक तरफ फूलों से बर्थड़े गर्ल अर्पिता लिखा हुआ ओर दूसरी तरफ एक डोर के सहारे टंगी अर्पिता के पुरानी स्मृतियाँ की फोटोज। अर्पिता चारों तरफ घूमकर देखती है चाँद की रोशनी का साथ देती हुई मोमबतियों से छत जगमगा रही थी।

रुद्र, अर्पिता की तरफ घूमकर बोला :– ये सपना नही बल्कि सपने के बाद की हकीकत है जिसके लिए कोई चुटी काटने नही आयेगा। इसलिए अपने कदम आगे बढ़ाओ ओर केक काटो।

अर्पिता आगे बढ़ती हुई :– रुद्र जी, ये सब आपने मेरे लिए किया। मुझे तो अभी भी विश्वास नहीं हो रहा है।

रुद्र पतले होठो की मुस्कान के साथ बोलता :– हाँ, अर्पिता जी। कुछ हकीकत चीजों पर विश्वास करना भी नही चाहिए क्योंकि वो हमारे सामने तो होती है मगर उनका होना ही एक सपना जैसा लगता है।

अर्पिता पूछती है :– मगर कब? रुद्र बोलता है ये सब बाद मे बताऊंगा पहले आप केक तो काटो। अर्पिता केक काटकर रुद्र को खिलाती है। रुद्र भी अर्पिता को केक खिलाता है। कुर्सी के पीछे से एक आवाज आती है अकेले, अकेले ही खाओगे या मेरे को भी खिलाओगे। अर्पिता कुर्सी के पीछे जाती है। सरोज हाऊ... करती हुई बाहर निकलती है। अर्पिता जजकती हुई एक दम पीछे होती हैं फिर आश्चर्य के साथ बोलती है :– सरोज! तुम।

रुद्र बोलता है :– हाँ। सरोज, ये सब इसकी हेल्प से ही हुआ।

अर्पिता :– ओह! तो ये सब तुम दोनों की प्लानिंग थी। तभी मैं सोच रही थी की चाचा चाची दिख रहे मगर सरोज कही नजर क्यों नही आ रही है। नजर आएगी कहाँ से ये बाइसा तो यहाँ ऊपर प्लानिंग कर रहे थे।

सरोज :–सॉरी मगर, रुद्र जी अकेले ही सब कुछ कर रहे थे। मैं भी इनकी हेल्प करने आ गई। सब ने तो केक खा लिया। अब मुझे भी तो चखा दे। कब से वैट कर रही हूँ।

अर्पिता :– चखा दे क्या? तुझे तो भर पेट खिलाती हूँ इधर तो आ। अर्पिता ओर सरोज दोनों आपस मे केक खाती है। फिर सरोज रुद्र से कहती है अब तरसा क्यों रहे हो? गिफ्ट भी तो दे दो।

अर्पिता :– हाँ, हाँ सुबह से तरसा रहे हो मेरा गिफ्ट कहा हैं।

रुद्र :– गिफ्ट, हाँ। कहाँ रह गया। ज़ेबो पर हाथ फेरता है ये रहा बोलता हुआ रुद्र सिल्वर का बास्लेट शर्ट की जेब से निकालकर अर्पिता को गिफ्ट करता है। अर्पिता पहले तो इंकार करती है फिर सरोज के कहने पर ले लेती है। सरोज फोन से गाना बजाती हुई अर्पिता ओर रुद्र को साथ डांस करने के लिए बोलती है।

अर्पिता सरोज से बोलती :- साथ मे डांस मतलब।

सरोज :– अरे वो फिल्मों मे हीरो हीरोइन बाहों मे बाहें डालकर करते है ना। पार्टी वाला डांस, वो ही।

अर्पिता :– सट अप। नीचे चलते है सभी इंतजार करते होंगे। कहती हुई नीचे चली जाती है।

सरोज रुद्र से बोलती है :– अरे ये क्या जिजू, थैंक यू भी नही बोला ओर चली गई। आपको तो भाव तक भी नहीं दिये।

रुद्र वापस पूछता हुआ बोला :– क्या बोली ?

सरोज :– वही जो आप सुनना चाहते थे। जि...जू , फिर आंखो के भोंहे से इशारा करती हुई बोली क्यों सही कहाँ ना?

रुद्र हल्की सी स्माइल करता हुआ :– शायद! हो सकता है। कहकर नीचे चला जाता है।

सरोज, पीछे अकेली ही हँसती हँसती नाचती-गाती है किसी को प्रेम का रोग लगा रे... ये प्रेम रोग भी क्या क्या खेल करावे...कोई शर्मा के जावे रे... कोई मुस्कुरा के जावे रे... ओ रबा रे....ओ रबा रे... आरे वाह, क्या गाना है। सरोज बेटा तू तो आज पक्की शायर बन गई। चलो इसी बात पर ये केक खाते है फिर नीचे चलते है। मेरे अलावा अब कौन खाएगा पीछे पड़ा खराब ही होगा। उम्म आह... क्या स्वाद है बिलकुल जिजू के प्रेम जैसा; चलो मैं तो आज से इनको जिजू ही कहूँगी; जिजू... नहीं; रुद्र जिजू...; नहीं नही जिजू ही सही होगा हाँ जिजू....। अकेले बाते करती हुई सरोज भी नीचे आ जाती है।

लगभग 11.30 बजे लोग अपने अपने घर की ओर निकल जाते है। रुद्र फिर से छत पर आकर बैठ जाता है। अपूर्व ओर अथक थके हारे

जिस स्थिति मे बिस्तर मिले सो गए। कुनालजी खेतो मे चले गए। मंजूड़ी ओर अर्पिता बाहर खुले गगन के तले बरामन्दा के सामने सो रहे थे। अर्पिता उठ कर देखती है सब सो गए तो वो छत पर चली आती है मगर वो इस बात से अनजान होती है की रुद्र भी छत पर ही है। जब वो छत पर रुद्र को देखती है तो पूछती है रुद्र जी, आप अभी तक सोये नहीं।

रुद्र :– हाँ! नींद नहीं आ रही थी मगर आप भी तो नहीं सोई।

अर्पिता:– सोई थी मगर पानी पीने के लिए उठी थी।

रुद्र :– अच्छा, तो पानी के लिए छत तक का सफर करना पड़ा।

अर्पिता :- मुझे पता नही था। आप यहाँ हो इसलिए छत पर सोने के लिए आ गई।

रुद्र :– ठीक है। आप सो जाइए मैं चलता हूँ।

अर्पिता, रुद्र को रोकती हुई बोली :– नहीं, रुको...मेरा मतलब है...अब नींद नहीं आ रही है तो आप रुक सकते हो।

रुद्र, कोन्फ़ोर्म करता हुआ पूछता है :– स्योर।

अर्पिता पलके झपकाती हुई हाँ मे मुंडी हिलाती है :– हाँ।

रुद्र :– ठीक है।

दोनों कुछ देर गुमसुम बैठे रहते है। अर्पिता मन मे बोलती है कब से मूर्ति बनके बैठे है कुछ बोल ही नहीं रहे है। लगता है मुझे ही कुछ बोलना पड़ेगा।

रुद्र भी मन मे बोलता है कुछ तो बोलो अर्पिता! कब तक ऐसे ही गुमसुम बैठी रहोगी? मुझे पता है तुम इतनी रात गए छत पर क्या देखने आई हो। अब आ भी गयी हो तो कुछ तो बोलो। रुद्र मन मे सोचता है तब तक अर्पिता बोल देती है :– हवा कितनी ठंडी है ना।

रुद्र :– हाँ। फिर मन मे बोलता है यह लो बोली भी तो हवा की बाते करती है।

अर्पिता :– वैसे आपने बताया नही; ये सब, इतना कुछ आपने कैसे?कब?क्यो? किया।

रुद्र :– मैं अकेला कहाँ था; सरोज भी तो साथ मे थी।

अर्पिता :– मगर सरोज ओर आपकी कहाँ पटी।

रुद्र, अर्पिता के सामने देखता हुआ बोला :– पटी....मतलब।

अर्पिता हल्के हाथ से अपने सर पर मारती हुई मुस्कुराकर बोलती है :– अरे पटी का मतलब तुम दोनों कब मिले थे।

रुद्र सर हिलाता हुआ बोलता है :– ओह! जब अपूर्व ओर रुद्र खेत मे गए हुए थे। आप भी गाँव मे गई हुई थी तब सरोज आपको ढूंढती हुई यहाँ तक आ गई थी। मैं उस टाइम छत पर बैठा सब प्लानिंग कर रहा था। तब से वो मेरे साथ ही थी। मगर मैं नहीं जानता था की अपूर्व ओर अथक भी ये सब प्लान कर रहे थे।

अर्पिता :– अगर पता होता तो ?

रुद्र अर्पिता की तरफ देखकर बोला :– शायद मैं अलग प्रोग्राम नहीं बनाता।

अर्पिता :– अच्छा। मगर आप तो बड़े ही छुपे रुस्तम निकले। सुबह से बर्थड़े विश नहीं किया। मैं बात करने की कोशिश करती तो भी अकड़ दिखाते इगनोर करते थे। ऐसा क्यो?

रुद्र हल्की सी नजरे आसमान की तरफ करता हुआ बोला :– बस, आपको सरप्राइज़ देना चाहता था।

अर्पिता :– सरप्राइज़, मगर ऐसा क्यों?

रुद्र, अर्पिता की तरफ देखकर बोलता है :– फिर कभी बताऊंगा।

अर्पिता :– ओह...अच्छा तो ये गिफ्ट ओर केक कब लेकर आये।

रुद्र, अर्पिता के सवालों पर फुलस्टोप लगता हुआ बोला :– यह बात सस्पेंस मे ही रहे तो अच्छा है मगर आप तो आज ही सब कुछ जानना चाहती हो।

अर्पिता :– ठीक है। अब कुछ नहीं पूछूँगी लेकिन एक बात बताओ। अगर आपके इतना सब कुछ करने के बाद भी मैं ये केक काटने नहीं आती तो?

रुद्र :- एक बार तो मुझे भी ऐसा ही लगा था। जब नीचे पार्टी शुरू हो गई थी मगर मुझे अपने आप पर पूरा विश्वास था। ओर कहते है ना अगर खुद पर विश्वास हो तो इंसान क्या कुछ नही कर सकता।

अर्पिता बीच मे बात काटती हुई बोलती है :– मुझे इम्प्रेस करने का विश्वास।

रुद्र अर्पिता की बात सुनकर पहले तो दूसरी तरफ मुह करके हल्की सी स्माइल करता है फिर अर्पिता की तरफ देखकर बोलता है :– नहीं, आदत नहीं है किसी को इम्प्रेस करने की; मैं तो बस दोस्ती के नाते आपको एक छोटी सी खुशी देना चाहता था।

अर्पिता हाथ की चार अंगुलियों को अंगूठे से मिलाती हुई इशारा करके बोलती है :– बस, दोस्त ही; ओर कुछ नहीं।

रुद्र, अर्पिता के हाथ की तरफ देखकर बोला :– हम्म...! अभी के लिए सिर्फ दोस्त ही, बाकी फिर कभी बताऊंगा। मगर सब अधूरा रह गया।

अर्पिता :- तो ठीक है। अभी देर नहीं हुई फिर से शुरू करे।

रुद्र पूछता है :– मतलब?

अर्पिता :– पार्टी। बर्थड़े पार्टी...

रुद्र मना करता हुआ बोलता है :- नहीं नहीं अब नहीं।

अर्पिता :– अगर कोई बात मन मे रह जाती है तो समय रहते उसे निकाल देनी चाहिए ओर मैं जानती हूँ आप कुछ तो बात छुपा रहे है।

रुद्र :- ऐसी कोई बात नहीं है अर्पिता जी, आप बेवजाह ही अनरगल बाते सोच रही हो।

अर्पिता रुद्र को अपने नाम के पीछे जी ओर आप शब्द से संबोधित करते देख बोलती है:- 'अर्पिता जी ओर आप' ये क्या लगा रखा है। हम तो दोस्त है फिर दोस्तो के बीच ये औपचारिकता कैसी, कॉल मी अर्पिता एण्ड तुम। नोट अर्पिता जी ओर आप।

रुद्र हल्की से मुस्कान करके बोलता है :- मुझे लगता है रात काफी हो गई। अब हमे सोने के लिए चलना चाहिए। कहता हुआ रुद्र सोने के लिए चला जाता है। अर्पिता वहीं बैठी रह जाती है।

** ** **

अर्पिता, ऐ अर्पिता....!, ओ छोरी..... अर्पिता उठी कोणी हालिजे। सूरज माथे चढ़ियों है। मंजूड़ी चिलाती हुई अर्पिता को आवाज लगाती।

अपूर्व मंजूड़ी से बोलता है :- माँ! सोने देना रात को काफी थक गई होगी तू मुझे बता दे क्या काम करना है।

मंजूड़ी :- आरे बेटा वहा वाली बात कोणी है छोरियां रात मे भले ही किती भी मोड़ी सोये पण सुबह सूरज निकलने से पहले ही उठ जानो चाहिजे। काल को हासरे जाई तो हासरे वाला कहीं कई।

अपूर्व :- कुछ नही कहेंगे; आप छोड़ो ये बाते उसका ससुराल कैसा होगा यह मेरे ऊपर छोड़ दो। आप तो चाय बनाओ। रुद्र भी स्नान करके आ गया। उसको मैं उठा के आता हूँ।

अपूर्व छत पर अर्पिता को उठाने जाता है। अथक न्यूज़पेपर लेकर आता है। कुनाल जी भी खेत से आते है अथक न्यूज़पेपर कुनाल जी को दे देता है। सरोज चीनी लेने अपूर्व के घर आती है तब तक अर्पिता आंखे मचलती हुई छत से नीचे उतरती है।

सरोज अर्पिता को छत से नीचे आते देख बोल पड़ी :- लगता है अर्पिता को निचली पार्टी पसंद नही आई इसलिए छत वाली पार्टी... कहती हुई जीभ दाँतो के बीच दबाकर रुक जाती है। फिर मन मे

बोलती है यह क्या बोल दिया पंचायती। कोई बात पेट मे नही खटती; बेवकूफ कहीं की।

सरोज की बात सुनते ही रुद्र सरोज के सामने देखता है। अर्पिता वही रुक जाती है।

अथक बोलता है :– छत वाली पार्टी?

सरोज अर्पिता के सामने देखती है। अर्पिता उसको आँख दिखाती है। सरोज नहीं कुछ नहीं कहती हुई बात पलट कर बोलती है वो मैं तो चीनी लेने आई थी। अभी कोई दुकान भी नही खुली है तो... इसलिए....। चीनी का प्याला मंजूड़ी के सामने करती हुई बोली :– चीनी।

सरोज चीनी लेकर चली जाती है।

कुनाल जी मंजूड़ी से कहते है :– थोड़े दिना रि मेहमान ये बच्ची फचे...।

कुनाल जी रि बात पूरी होने से पहले ही मंजूड़ी बीच मे बोल पड़ी :– फचे?

कुनाल जी :– फचे सासरे चली जाए। छोरी रे नानाने वाले ब्याह करावा रहयाँ है।

मंजूड़ी :– थे आ कई बात करो। काले तो आशुड़ी घरे आई पण आ बात तो मन्हे बताई भी कोणी।

तो भाभी जी अबे जानलों मैं बताने आ गयो अर न्योता भी देने। केवलजी इन्ह शब्दो के उदगार के साथ घर मे प्रवेश करते है।

मंजूड़ी :– आरे देवरजी थे आज सवेरे सवेरे।

केवलजी :– हाँ भोजई। सरोज रो ब्याह तय हो गयो तो न्योतों देने आ गयों। अब भाई साहब रो तो आना रो मन कोणी है इसलिए मैं सीधों थान्ह कणे ही आ गयो। सोचियों सुबह सुबह सब साथ मे मिल जाओला।

मंजूड़ी :– सही बखत पे आया चाय बनगी है थ्हें बैठो मे चाय ले आऊँ।

केवलजी बैठते हुए बोले :– सुने अपूर्व, आषाढ़ रे चाँदनी पक्ष री ग्यारस रे गोधुली वैला रे टाइम रो मुहूर्त निकलियों है। अब तो 16 दिन ही बाकी है। सब काम भी थान्हे ही संभालनों है।

अपूर्व कुनाल जी के सामने देखता है। कुनाल जी अपूर्व के सामने देख कर वापस न्यूज़पेपर मे नजरे गढ़ा देते है। अपूर्व कोई जवाब नहीं देता है।

मंजूड़ी चाय देती हुई बोलती है :– क्यूँ कोणी देवरजी, सरोज आखिरकार अपूर्व रे एकलौते चाचा री छोरी जो है।

कुनाल जी :– कोई कहीं नही आएगा ओर नहीं जाएगा।

मंजूड़ी – थे बावला हो गया कई; सरोज थान्हे भी तो की लागे है। ओर भाई वठे क्यूँ कोणी जावों; काले थान्ह टाबरा रो भी ब्याह होई; कठी नहीं आओ जाओ जने काल थान्हे कुण आई।

कुनाल जी मंजूड़ी के सामने देखते हुए बोले :– थारो भाषण हो गयो तो अब मैं बोलू ओ कुनाल, नहीं कदी गलत करे है ओर नहीं कदी गलत आदमी रो साथ देवे है। ओ म्हारों छोटों भाई छोटिकतकी छोरी ने खाड़ा(गड्ढा) मे धकेले है। ऐडा काम मे मैं इन्ह रो साथ कोणी देने वालो बात एक दम साफ सुथरी है। थान्ह लोगा ने जानो है तो जाओ। मैं कठी कोणी जाऊँ।

केवलजी :– भोजई, छोरी रे ब्याह रे 5 दिन बाद ही सावन लाग जाई। छोरी रो खाली ब्याह ब्याह करावा। हालिजे 2 साल कठी कोणी भेजा। ओर फसे घर भी चोखों है। छोरों भी फुटरों ओर 10 वी तक पढ़ियोंडो है। म्हणे तो कोई कमी कोणी दिखे। पण मन्हे ध्यान कोणी भाई साहब ने कई गलत दिखे। मैं तो थान्हे बताने आयों हूँ की आज छोरी रि दस्तूरी लेईन घनायत आ रहयाँ हैं अगर थे आओ तो म्हारी लाज रह जाय।

मंजूड़ी :– जरूर आऊँगी देवर जी अर ब्याह मे सगला घरा आवाला। थान्हे भाई साहब ने मैं लेईन आऊँ।

अपूर्व :– आने मे कोई तकलीफ कोणी चाचा जी। मगर म्हारी भी थे बात सुन लो। जैसे अर्पिता म्हारी बहन है वैसे ही सरोज भी है। बिना बताया ब्याह तय करयों हो तो अच्छी बात है। लेकिन भविष्य मे सरोज के साथे बुरों होयों तो मैं आपने माफ नहीं करुला। बात रही दो साल री तो दो साल से एक दिन पहले भी अगर उसे सासरे भेज दिया तो मेरे जितना कोई बुरा नहीं होगा। भूल जाऊंगा की आप मेरे चाचा हो। बस इस बात का ध्यान रखना बाकी ब्याह मे हम सब आएंगे।

केवलजी :– अपूर्व बेटा, मैं भी सरोज रो बाप हूँ। मैं भी म्हारी छोरी रो बुरों कोणी चाहूँला मैं चालू हूँ। 12 बजे तक घनायत आएंगे कहकर केवलजी घर की ओर निकल जाते है।

म्हारी ओलादा ने आज रे खातिर पढ़ायों ताकि गलत रो साथ दे सके कहते हुए कुनाल जी अखबार टेबल पर फेक कर बाथरूम मे स्नान करने चले जाते है। रुद्र अपने रूम मे चला जाता है। अथक अखबार उठाकर पढ़ने लग जाता है। मंजूड़ी अपूर्व के सामने देखती है। अपूर्व मंजूड़ी के हाथ से चाय की ट्रे लेता हुआ बोलता है मम्मी आप चिंता मत करो पापा को मैं समझा दूंगा। मंजूड़ी बिना कुछ बोले ही रसोई मे चली जाती है।

अपूर्व का फोन वाइब्रेट करता है। अर्पिता देखती है 'माय हार्ट' नाम से कॉल आ रहा था। अर्पिता जट से कॉल अटेण्ड करती है कान के पास ले जाने से पहले ही फोन के दूसरे तरफ से एक सांस मे आवाज आती है :– कितने कॉल किये, मेरा कॉल क्यों नही अटेण्ड कर रहे हो। बिना बताए गाँव चले गए। मैं यहाँ परेशान सभी से पूछती फिर रही हूँ। एक कॉल करके तो बता देते की तुम गाँव चले गए हो। अब मैं फलोदी स्टेशन पर खड़ी हूँ तेरे गाँव की बस भी पता नही कहाँ ओर कब लगती है। मैं तेरे गाँव आ रही हूँ फिर ये मत बोलना की पहले बताया नहीं।

अर्पिता– नहीं बोलुंगी।

फोन की दूसरी तरफ से अब धीमी गति मे आवाज आती है :– हैलो। कौन? आंटी।

अर्पिता मजे लेती हुई :- हाँ। तुम कौन हो बेटा?

फोन के दूसरी तरफ से आवाज आती है :- आंटी जी, प्रणाम।

अर्पिता हल्की हल्की सी मुसकुराती हुई बोलती है:- खुश रहो।

फोन की दूसरी तरफ से :- आंटी जी। मैं.... वो....मैं....संगीता, अपूर्व की कॉलेज की दोस्त। वो अपूर्व गाँव मे.... नही, मैं गाँव मे....नहीं वो अपूर्व से बात करनी थी।

अर्पिता मंद मंद मुस्काती हुई बोलती है :- तुम गाँव आ जाओ बेटा फिर बात करेंगे। फलोदी तक तो आ ही गई हो तो आधेक घंटे की ओर बात है। फिर अपूर्व से भी मिलके बात कर लेना कहती हुई अर्पिता कॉल कट कर देती है संगीता हेलो हेलो करती रह जाती है।

रुद्र रूम मे बैठा श्रीनिवास जी का काव्य संग्रह "तिनकला" पढ़ रहा था। अर्पिता रुद्र के पास आती है।

अर्पिता किताब को देखकर बोली :- भैया इनकी हर कृति पढ़ते है।

रुद्र हाँ करता हुआ बोलता है :- शायद मैं भी इसलिए इनको पसंद करता हूँ।

अर्पिता :- मगर ये तो प्योर मारवाड़ी मे लिखते है। आपको समझ आ जाता है।

रुद्र - हाँ, बस पढ़ने मे थोड़ी सी समस्या होती है मगर अपूर्व को पसंद है तो मुझे भी अच्छी लगती है।

अर्पिता :- ओह..... तो फिर आपको तो संगीता भी पसंद होगी।

रुद्र पुस्तक मे ही मुह गढ़े हुए बोला :- नहीं, वो तो बस अपूर्व को ही...कहता कहता रुक जाता है ओर फिर अर्पिता के सामने देकर बोलता है संगीता,,,, नही मतलब संगीता को आप कैसे जानती हो।

अर्पिता :- जानती हूँ। भैया की गर्लफ्रेंड है मतलब मेरी होने वाली भाभी जी।

रुद्र :– आप जानती हो मतलब अपूर्व ने आपको उसके बार मे बता दिया।

अर्पिता :– नहीं। मगर आप जरूर बताओंगे। मैं बस इतना जानती हूँ की संगीता गाँव आ रही है। अब बाकी की कहानी आपसे जाननी है।

रुद्र वापस किताब की ओर देखता हुआ बोला :- ऐसी कोई कहानी नहीं है दोनों दोस्त है बाकी की कहानी आप संगीता से खुद पूछ लेना। मैं कुछ नहीं बताने वाला हूँ।

अर्पिता :– ठीक है, चलो छोड़ो इस बात को; मैं आपकी बहन के वहाँ जा रही हूँ अगर आप भी चलना चाहो तो मेरे साथ आ सकते हो।

रुद्र आश्चर्य के साथ बोला :- मेरी बहन...! मेरी कौनसी बहन है।

अर्पिता :– सोर्री, मेरा मतलब विनीता के घर जा रही थी अगर आपको भी मिलना है तो चल सकते हो वरना मैं मेंढक के साथ चली जाऊँगी।

रुद्र बोलता है :- हाँ ये अच्छा होगा की आप अथक के साथ चली जाओ।

अर्पिता :– हाँ उसके साथ तो जाना ही है मगर मैंने सोचा की अगर आप चालोंगे तो विनीता को खुशी होगी की उसका भाई आया है।

रुद्र :– ठीक है तो मैं आप ओर मेंढक सॉरी अथक तीनों साथ मे चलते है।

अथक को मेंढक बोलते देख अर्पिता हल्की स्माइल करके बोलती है :– ठीक है चलो।

रुद्र एक प्रश्न चिन्ह के साथ बोलता है :– अर्पिता?

अर्पिता मुड़कर बोलती है :– हाँ।

रुद्र पूछता है :– वो... मॉर्निंग मे अपूर्व छत पर....

अर्पिता हल्की सी मुस्कान के साथ बोलती है:- रुद्र जी। मैं हूँ ना! बड़ी ही चंट लड़की हूँ पता था सुबह सुबह कोई न कोई छत पर आ टपकेगा इसलिए कल रात को ही छत को साफ कर दी थी।

रुद्र गहरी सांस के साथ बोला :- चलो। अच्छा हुआ आपने सब साफ कर दिया वरना....

अर्पिता :- वरना कुछ नही होने वाला था; आप आ जाओ चलते है।

रुद्र, अथक ओर अर्पिता तीनों विनीता के घर पहुँचते है। विनीता के घर पर रुद्र का खास व्यक्ति के अंदाज मे स्वागत होता है। सुभाष, रुद्र को गले लगाकर स्वागत करता है। अथक, रुद्र ओर सुभाष तीनों अंदर के कमरे मे बैठते है। अर्पिता विनीता की माँ की मदद करने के लिए किचन मे चली जाती है। विनीता दूसरे कमरे मे अपने बच्चे को तैयार कर रही थी। अभी तक रुद्र अथक को ये पता नही था की विनीता के बच्चे का नामकरण होने वाला है। अर्पिता सबके लिए चाय तैयार करके लाती है। ऊपर के रूम से सुजन्ता हाथ मे फाइल लिए नीचे आती है। ब्लैक जींस ग्रे कलर का टॉप, लंबे घने काले बाल, आँखों मे हल्का सा काजल, कानो मे छोटे छोटे झुमके पहने हुए सूरज की रोशनी से जिसका फ्लेश अथक के आंखो पर आ पड़ता है। अथक का ध्यान सुजन्ता की तरफ जाता है सुजन्ता को देखकर अथक के दिल की घंटी बजती हैं ओर एक दम अथक के मुह से निकल जाता है क्या लड़की है यार। रुद्र सुजन्ता की तरफ देखकर अथक के कंधे पर हाथ रखता है। अर्पिता पीछे मुड़कर सुजन्ता की ओर देखती है। अर्पिता बोलती है क्या बात है मेंढक तुझे तो मेंढकी मिल गई मगर अथक क्या सुनता उसकी तो सुजन्ता के ऊपर से ही नजर नही हट रही थी। अर्पिता की बात सुनकर सुभाष को हंसी आ जाती है। अथक की हालत देख अर्पिता सूजन्ता को चाय के लिए बुला लेती है। सुजन्ता सबको गुड मॉर्निंग बोलती है अथक चेयर से थोड़ा सा उठा ओर हाथ आगे करता हुआ बोला वेरी गुड मॉर्निंग सु..... पूरा नाम बोलता उससे पहले ही रुद्र पीछे से कॉलर खिचकर नीचे बैठाता हुआ बोला वेरी गुड मॉर्निंग। अथक रुद्र को गुस्से भरी आंखो से देखाता है। सुजन्ता हल्की मुस्कान के साथ अथक के सामने हाथ करती है अथक हाथ मिलाता हुआ मॉर्निंग सुजन्ता जी बोलता है।

अर्पिता अथक को चिड़ाती हुई बोली :– सुजन्ता 'जी'।

अथक मतलब सुजन्ता... अथक को देखकर रुद्र, सुभाष ओर अर्पिता हंस पड़ते है। तीनों को हँसते देख सुजन्ता भी हल्की ही स्माइल के साथ हँसती है। अथक सुजन्ता की स्माइली डिम्पल को देखकर ओर भी कायल हो जाता है। अथक सुजन्ता से बोलता है आप नाइट मे तो इतनी हॉट नही दिखती थी।

सुजन्ता अथक के सामने देखकर बोली :– जी।

अथक :– नही मेरा मतलब.... वो आप.... कुछ नही छोड़ो।

अथक को देखकर अर्पिता रुद्र ओर सुभाष की तो हंसी भी नही रुक रही थी। रुद्र अथक के कान के पास जाकर बोलता है :– भाई शांत, अब ओर कुछ बोलकर बेज्जती मत करवाना।

अर्पिता सुजन्ता को चाय देती हुई बोली :– तो फिर आज क्या प्लान है? गाँव का सर्वे कहाँ से शुरू करने वाली हो?

सुजन्ता :– कोई खास प्लान नही है अभी तो मुझे इस गाँव की छोटी छोटी कमियों की जानकारी इकट्ठी करनी पड़ेगी इसलिए एक बार गाँव की सेर करने जा रही थी।

अर्पिता चाय की चुस्की के साथ बोलती है :– अच्छा! तो आप अकेले ही गाँव घूमने निकले हो।

सुजन्ता :– हाँ। अगर विनीता चलने जैसी होती तो शायद उसको साथ मे ले जाती मगर अब मुझे सब अकेले ही हेंडल करना पड़ेगा।

मैं मदद नही कर सकु तो कई होयों। अर्पिता रुद्र भैया, अथक ओर अपूर्व है ये लोग थारी मदद करेंगे। वैसे मैं तो इति पढ़ियोंडी भी कोणी पण ये लोग तो थारे जीता पढ़ियोंडा है विनीता कमरे मे से आती हुई बोली।

अथक एक दम से बोलता है :– हाँ हाँ... क्यों नही। जो भी मदद होगी जरूर करेंगे। क्यो रुद्र? रुद्र अथक के सामने देखता है अथक चुपचाप चाय का कप उठाकर चाय की चुस्की लेने लगता है।

रुद्र सुजन्ता की तरफ देखकर बोलता है :– सुजन्ता मैं भी इस गाँव मे नया नया हूँ इसलिए अभी तक मुझे भी बहुत कुछ जानना है। अच्छा हुआ आप भी सही समय पर मिल गई अब हम साथ मे जान पाएंगे इसके लिए अर्पिता जी ओर अपूर्व को साथ लेंगे।

अथक :– अच्छा तो सुजन्ता जी आप यहाँ कितने दिन ठहरोंगे।

सुजन्ता :– वो अभी फाइनलाइज नहीं हुआ है पहले इस गाँव के बारे मे जानकारी लेना चाहती हूँ अगर ये गाँव मेरे काम करने लाइक होगा तो मैं अपना प्रोजेक्ट यहाँ लागू करूंगी।

विनीता अपने बच्चे को रुद्र के गोद मे देती हुई बोलती है :– ओ लो मामा जी थानो भाँजो ओर इनरो नाम भी थाने ही रखनों है। अबार पंडित जी आने वाला है तब तक थे इन्हे संभालो।

रुद्र, बच्चे को बड़े ही सहज ओर सावधानी से उठाता है। बच्चा रुद्र के गोद मे आते ही हँसता हुआ अपने कोमल कोमल हाथो को मुह पर रगड़ता है। बच्चे की इतनी मनमोहक मासूम सूरत देख कर रुद्र का दिल गद्द गद्द हो गया।

रुद्र थोड़ा भावुक होकर बोला :– पाँच साल हो गया किसी बच्चे को गोदी मे उठाए। आज फिर से मुझे मेरे आश्रम ओर रमेश काका की याद आ गई। अर्पिता रुद्र का भावुक रूप देखकर ओर ही ज्यादा दीवानी होती जा रही थी।

विनीता :– भैया। ओ तो अब थारो ही बच्चो है जद भी इनसे मिलने रो मन करे आ जाया करो अगर मैं आठे कोणी मिलूँ तो म्हारे सासरे आ जाया करो। थे इन्हे रमाओ जब तक मैं दरी बिछाकर आऊँ पंडित जी आता ही रेवेला। अर्पिता विनीता को रोकती है रुको विनीता! अभी तुम काम करने की स्थिति मे नहीं हो। आज मैं सब काम संभाल लेती हूँ तू अपने कमरे मे जाकर आराम करो यहाँ की चिंता तुम मेरे ऊपर छोड़ दो।

विनीता :– पण अर्पिता थन्हे तो रसोई रो कोई काम कोणी आवे। थू तो आज तक थारे घर पर भी कभी काम कोणी करे तो आठे किकर?

अर्पिता :– किसने कहाँ की मुझे काम नही आता। गाँव की औरतों को बाते बनानी आती है। मुझे काम भी आता है ओर मैं अपने माँ की मदद भी करती हूँ। तुम जाकर तैयार हो जाओ; बाकी सब मैं देख लूँगी। अर्पिता के कहने पर विनीता कमरे मे चली जाती है। रुद्र बच्चे से खेलने मे व्यस्थ हो जाता है। अथक को सुजन्ता से खुलकर बात करने का मौका मिल जाता है।

अथक सुजन्ता से पूछता है :– आपने सर्वे के लिए इसी गाँव को क्यो चुना।

सुजन्ता :– नही गाँव तो कोई ओर चिन्हित किया था मगर विनीता से इस गाँव के बारे मे बात हुई तो सोचा एक बार इस गाँव के बारे मे विस्तार से जानकारी प्राप्त कर लूँ। शायद जो मेरी खोज है वो इस गाँव से पूरी हो जाए।

अथक :– तो फिर गलत गाँव चुन लिया। यहाँ आपकी कोई उम्मीद पूरी नही होने वाली अच्छा होगा टाइम पर कल्टी मार लों।

सुजन्ता पूछती है :– जी। वो कैसे?

अथक :– जी। अगर आप यह अपनी रिसर्च लिस्ट दिखादो तो मैं बता सकता हूँ।

सुजन्ता :– मगर वो?

अथक बीच मे ही :– जानता हूँ इस फाइल मे सब कुछ है अगर चाहो तो मुझे दिखा सकते हो।

सुजन्ता हसती हुई :– हाहाहाहाहा.... ये फ़ाइल तो सिर्फ सर्वे फोरम की है इसमे कोई डिटेल लिस्ट नहीं है। आप भी ना फ़ाइल देखनी थी तो सीधे सीधे ही मांग लेते।

रुद्र, सुजन्ता को हँसते देख मन मे बोलता है :- फिर फजीहती करावा दी।

अथक :– ओह मैंने सोचा....।

सुजन्ता हँसती हुई बोलती है :- क्या क्या सोच लेते हो।हहहह....???????

जय शंकर....! दरवाजा से आवाज आती है। विनीता आवाज सुनकर पंडित जी आ गए कहती हुई रुद्र के हाथ से बच्चा लेती है। रुद्र आगे बढ़कर पंडित जी को प्रणाम करता है। अथक दोनों हाथ जोड़कर नमस्कार करता है। सुजन्ता, अर्पिता ओर विनीता तीनों बारी बारी से प्रणाम करती है। विनीता की माँ पंडित जी को आसन ग्रहण करने के लिए बोलती है। पंडित जी अपने पाना पोथड़ा लेकर विराजमान होते है। लोग वाग आने शुरू हो जाते है। पंडित जी बच्चे का नामकरण करने से पूर्व सुंदरकाण्ड का पाठ करते है। फिर बच्चे का नामकरण प्रक्रिया शुरू होती है। बच्चे का जन्म दिवस – गुरुवार, तारीख - 20 जून 2013, समय – रात के 9.15 बजे। तिथि – तृतीया, कृष्ण पक्ष, ज्येष्ठ विक्रम संवत 2077। लग्न – कर्क। दोष – मंगल दोष। योग – इंद्रा। राशि – मकर। नक्षत्र पाया – ताम्र । वर्ण – वैश्य। नाम अक्षर – ज ओर ख निकलता है॥

विनीता ओर सुभाष रुद्र को बच्चे का नाम बताने के लिए बोलते है। रुद्र बच्चे का नाम जिनांश रखता है। फिर पंडित जी जिनांश के नाम का हवन करवाते है। हवन के बाद विनीता थाली सजाकर लाती है ओर रुद्र को उसका धर्म भाई बनने के लिए आग्रह करती है। रुद्र बोलता है बहन! भाई तो मैं पहले से ही बन गया जब तुमने जिनांश को मेरी गोद मे देते वक्त मुझे इसका मामा बोला। अब ये ओपचारिकता कैसी?

विनीता की माँ कहती है :– बेटा आ कोई औपचारिकता कोणी है। बस मुह से बोलनो ओर डोरा बँधवा कर भाई बनाना मे फर्क है। इन्हरो कोई सगो भाई कोणी है तो आ थने धर्म भाई बनानी चावे। ओ डोरो बँधवाने रे फचे इन्ह बहन रे प्रति थारा फर्ज ओर बढ़ जावेला।

रुद्र बीच मे ही :– यह बात नही है। माजी, मैं भाई तो पहले से ही बन गया अगर कोई रिश्ता बनाने की ये परंपरा है तो मुझे कोई एतराज नहीं है। बेशक मैं ये धागा बंधवाकर इसको अपनी बहन स्वीकारता हूँ। रुद्र चेयर पर बैठकर विनीता से धागा बँधवा देता है ओर उसको उसके जीवन की हर मुसीबत मे साथ देने का वचन देता है। अथक रुद्र को थाली मे नेक रखने की बात करता है रुद्र समझता नही है तो अर्पिता

बोलती है की जब कोई थाली लेकर तिलक करता है उसके थाली मे आपको दस बीस रुपए रखने का रिवाज होता है इसे शकुन मानते है। रुद्र समझ जाता है। रुद्र 500 का नोट थाली मे रखता है। सुभाष हंसी मज़ाक मे बोलता है चलो मन्हे भी आज म्हारों सालो मिल गयो। सुभाष की बात सुन सभी हँसते है। फिर सभी भोजन करते है। रुद्र, सुभाष ओर अथक तीनों साथ मे एक ही थाली मे भोजन करते है।

अपूर्व के पास सी आई सर का फोन आता है। जिसमे सी आई सर ये बताते है की एसपी सर से उनकी बात हो गई है। अगर गाँव के 5 लोग एसपी सर को संबोधित करते हुए अप्लीकेशन लिखकर दे तो चोकी जल्द ही ओपन हो सकती है इसलिए तुम एक दो दिन मे जितना जल्दी हो सके एसपी सर को अप्लीकेशन दे दो। 5 दिन बाद एसपी सर 10 दिन की छूटियों पर जयपुर निकल जाएंगे। अपूर्व बिना देर किए रुद्र को कॉल करके ये बात बताता है। रुद्र भोजन करके अथक को ये कहता हुआ निकलता है की उसको कोई अरजेंट कॉल आ गया अथक तुम ओर अर्पिता दोनों बाद मे साथ आ जाना। रुद्र के आने तक अपूर्व लेपटोप से अप्लीकेशन लिखकर प्रिंट करता है। रुद्र के आने पर अपूर्व बताता है की इस अप्लीकेशन पर कैसे भी करके हमे ऐसे 5 लोगो के हस्ताक्षर करवाने होंगे जो एसपी ऑफिस तक साथ चल सकते हैं।

रुद्र अविवेक से बोलता है :– इसमे सोचने वाली क्या बात हैं 5 लोग ही तो है करवा देंगे। एक तुम हो गए, एक आपके पापा जी, एक सुभाष, उसके पापा ओर एक आपके चाचा हो गए 5 लोग।

अपूर्व :– नही। हम एक ही फॅमिली के लोग हो जाएंगे जो मान्य नही है।

रुद्र :– अपूर्व। ये फालतू की बच्चो वाली बाते सोचना बंद करो।

अपूर्व :– रुद्र, तुम समझ नही रहे हो हमे हमारे हमउम्र के लड़को को साथ मे लेना चाहिए जिससे इसका पुराने लोगो के ऊपर दबाव बन सके ओर गाँव की पंचायत को भी लगे की अब गाँव मे नई पीठी ने जन्म लिया है। ये लोग पुरानी विचार धारा के लोग है इनको कितना भी समझा दो साथ नही जुड़ेंगे ओर रही मेरे पिताजी की बात तो हमारा साथ देने मे उनको कोई तकलीफ नहीं होगी मगर मैं चाहता हूँ गाँव मे कोई भी क्रांति आए तो उसमे युवा लोगो का सामिल होना बहुत जरूरी है।

रुद्र :- ओर इसके लिए तूमे पुराने दोस्तो को याद करना पड़ेगा।

अपूर्व :- हाँ। इसलिए मैंने तुझे जल्दी बुलाया है अभी चलना पड़ेगा। मैं चाहता हूँ की ये काम जितना जल्दी हो सके कंप्लीट हो जाए तो अच्छा होगा। फिर सरोज की शादी के कामो मे उलझ गए तो शायद लंबा समय लग सकता है क्योंकि सरोज की शादी के बाद ही मैं आरएएस इंटरव्यू की तैयारी के लिए जयपुर जा रहा हूँ।

रुद्र :- ठीक है! जैसी तेरी मर्जी; अभी चलते है।

अपूर्व रुद्र के साथ गाँव मे अपने पुराने दोस्तो के पास चौकी खुलवाने की एप्लिकेशन लेकर जाता है। शुरुआत के दो दोस्तो ने तो साइन करने से इंकार कर दिया फिर आखिरी उम्मीद लेकर गए दोस्त ने समझाने पर साइन कर दिया। एक दुलिया के छोरा ने भी दुलिया के कहने पर साइन कर दिये ओर एसपी के ऑफिस चलने के लिए तैयार हो जाता है।

अपूर्व रुद्र से कहता है :- एक सुभाष के साइन होने के बाद सिर्फ एक साइन बाकी रहा जाएगा। रुद्र ओर अपूर्व सुभाष के घर की ओर निकलते है। कुछ कदम आगे चलने के बाद रुद्र गाँव के कुए के पास जमा हुई भीड़ देखता। अपूर्व रुद्र से चलकर देखने को बोलता है। कुए के पास एक 5 वर्षीय बच्ची की डेड बॉडी पड़ी थी। गाँव के लोग उस लड़की को सुखदेव की लड़की चिंकी बता रहे थे।

अपूर्व गाँव वालो से कहता है :- सुखदेव जी के घर पर इसकी सूचना भेजो।

भीड़ से एक व्यक्ति बोला :- सुखदेव ने बता दियों वो खेत मे गयोडो है अबार साइकल लेकर आतों ही रहला।

अपूर्व :- ठीक है! मगर आप लोगो को कुछ पता हैं इसकी मौत कैसे हुई।

वही व्यक्ति बोलता है :- अगर इति ठा रहती तो आठे थोड़ी रहता; ओ तो रोज रो काम है। कोई न कोई छोरी इन्ह हालत मे मिलती ही रेवे है।

उस लड़के का साथ देते हुए लोगो की आवाज गूँजती है :– हाँ हाँ। आ बात तो रोज रि है आए दिन कोई न कोई इन्ह उम्र री छोरियाँ मरती ही रेवे है। एक बार सुखो आजा तो इन्ह लाश ने ठिकाने लगाओ।

अपूर्व लाश के नजदीक जाकर देखता है। अपूर्व को लड़की के गर्दन पर निशान मिलते है। अपूर्व अपने फोन से लड़की की बॉडी ओर निशान के फोटो लेता है। गाँव के लोग इसका विरोध करते है मगर अपूर्व किसी की नहीं सुनता। सूखा के आने पर सभी बॉडी लेकर सूखा के घर की ओर रवाना हो जाते है। अपूर्व को बच्ची के मर्डर का आभास होता है। अपूर्व कुए के आस पास ओर कुए के 100 मीटर की दूरी तक देखता है मगर कुछ हाथ नही लगाता है।

रुद्र अपूर्व से पूछता है:– अपूर्व! क्या हुआ? क्या ढूंढ रहा है? एक बच्ची के मौत पर इतना बैचेन क्यो हो रहा है?

अपूर्व पेन को हाथ की अंगुलियाँ मे घूमाता हुआ बोला :– मौत नही, मर्डर है।

रुद्र अचानक से बोलता है :– क्या?मर्डर!

अपूर्व रुद्र के सामने देखकर बोलता है :– हाँ! मर्डर।

रुद्र सवाल करता है :- मगर तुम इतने स्योरली कैसे कह सकते हो? की ये मौत नही मर्डर है।

अपूर्व :– हाँ सही है। यह कोई मौत नही है मर्डर है। बच्ची के गर्दन पर लगे निशान इसकी गवाही दे रहे थे की इसको गर्दन दबाकर मारा गया है फिर देखा जाये तो कुए के आस पास 100 – 200 मीटर के एरिया मे किसी बच्चो के पैरो के निशान भी नही मिल रहे है। अगर गाँव के बच्चे यहाँ खेलने आते तो कोई न कोई क्लू हमे मिल ही जाता है मगर ऐसा कुछ मिलने की उम्मीद भी नही है। इसका मतलब बच्ची यहाँ तक चलकर नही आयी थी इसको मारने के बाद कोई यहाँ फेक कर गया है।

रुद्र :– इतना सब पता लगा लिया तो फिर तुमने गाँव वालो को क्यों नही बताया ओर इसके लिए पुलिस को इन्फॉर्म क्यों नही किया।

अपूर्व :– कोई फायदा नहीं। सुना नहीं आए दिन गाँव मे ऐसी घटना होती रहती है। मतलब गाँव मे सभी लोग जानते है की इसको मारा गया है। मगर किसने? ओर क्यों मारा? ये बताने के लिए कोई भी आगे नही आयेगा। अब हमे ये पता लगाना होगा की ये सब क्यों हो रहा है? ओर कौन कर रहा है?

रुद्र :– इसका भी पता लगाएंगे मगर मुझे लगता है पहले हमे चोकी वाला काम कंप्लीट करना चाहिए अगर चोकी ओपन हो गई तो गाँव मे ऐसी हिम्मत करने वालो की कमर टूटेगी जिससे ऐसी घटनाओ पर काफी हद तक लगाम लग जाएगी।

अपूर्व :– शायद तुम सही कह रहे हो सुभाष के साइन हो जाने के बाद एक साइन रह जाएगा जो पापा से करवा लेंगे ओर आज ही इस काम को खत्म करते है। इसके बाद इस केस की तह तक जाएंगे।

अपूर्व ओर रुद्र सुभाष के साइन करवाकर घर की ओर निकलते हैं।

अपूर्व के घर अर्पिता, अथक ओर सुजन्ता तीनों घर के चोक मे लगी चेयर पर ही बैठे मिलते है। अपूर्व ओर सुजन्ता दोनों एक दूसरे से हाय हैलो करते है।

अर्पिता अपूर्व से पूछती है :– भैया ऐसा क्या जरूरी काम आ गया जो रुद्र जी को आपने इतना जल्दी बुला लिया।

अपूर्व :– नहीं कोई खास काम नही था बस गाँव मे.... अपूर्व पूरी बात करता है उससे पहले ही बीच मे घर के मुख्य द्वार की कुंडी बजती है। अर्पिता दरवाजे के सामने ही बैठी थी। अर्पिता दरवाजे पर देखती है तो दरवाजे पर खड़ी लड़की पूछती है क्या ये अपूर्व का घर है? लड़की के मुह से अपूर्व का नाम सुनते ही अर्पिता के होठो पर मुस्कान आ जाती है। अपूर्व लड़की की आवाज मे अपना नाम सुनकर झट से पीछे मुड़कर देखता है। जींस टॉप पहने, कानो मे छोटी छोटी सी बालियाँ(ईयर रिंग), काले घने लंबे बाल, गोल चेहरा बड़ी बड़ी आंखे, हल्के पतले होठ, उबरा हुआ स्तन ओर यौवन रस परमसीमा पर, रंग इतना गोरा की पानी पीने पर कंठ से नजर आये। कोमल इतनी अगर शरीर पर नख लग जाए तो खून निकल आए खूबसूरती ऐसी की चाँद

भी देखकर शर्मा जाए एक जवान सी लड़की खड़ी मिलती है। अपूर्व को अपने सामने संगीता खड़ी मिलती हैं। संगीता को अचानक से घर की चौखट पर देख अथक भी आश्चर्य मे पड़ जाता है। अपूर्व संगीता को देखकर चेयर से खड़ा हो जाता है। अपूर्व को देखने के बाद संगीता के मन मे अब घर को लेकर कोई संदेह नही बचता है वह स्योर हो जाती है की यही अपूर्व का घर है। मंजूड़ी रूम से बाहर आती है।

मंजूड़ी आते ही पूछती है :– थे कुण सा?

संगीता दरवाजे पर बेग छोड़ती हुई घर मे प्रवेश करके मंजूड़ी के पाँव छूती है। मंजूड़ी आशीर्वाद देकर पूछती है :- बेटा कुण है? पहचानी कोणी।

संगीता बोलती है :– आंटी मैं संगीता, अपूर्व की दोस्त; आपसे फोन पर बात हुई थी?

अथक अपूर्व के कान के पास जाकर बोलता है:– अबे इसकी आंटी से बात कब हो गई?

अपूर्व अथक के सामने देखता है अथक सॉरी बोलता हुआ, मोसी माँ से बात कब हो गई।

अपूर्व अथक से कहता है :– कुछ समझ नहीं आ रहा है सुबह से क्या हो रहा है।

रुद्र अर्पिता के सामने देखकर मंद मंद मुस्कुराता है अर्पिता भी होठो पर हाथ रखकर अपनी हंसी को रोकती है।

मंजूड़ी सोचती हुई बोलती है :– फोन पे बात.... कद हुई; म्हारी तो किणु भी कोणी बात होई।

संगीता मंजूड़ी को याद दिलाती है :– बात नही हुई मतलब तो सुबह किससे बात हुई अरे आंटी शायद आप भूल गई। सुबह आपसे अपूर्व के फोन से बात हुई थी । मैंने कहा था मैं फलोदी तक आ गई तो आपने कहा था की फलोदी तक आ ही गई हो तो आधेक घंटे का रास्ता ओर है घर आ जाओ फिर बात करेंगे।

मंजूड़ी मन्हे तो की कोणी समझ आवे कहती हुई असमझस्य की स्थिति मे अपूर्व के सामने देखती है। अपूर्व इधर उधर देखने लगता है। अथक बात को संभालता है।

अथक मंजूड़ी को समझाता हुआ बोलता है :– मोसी माँ यह संगीता है हमारे साथ ही कॉलेज मे पढ़ती थी। अपूर्व की दोस्त है शायद इसने किसी ओर से बात की होगी। यह खुद अभी कन्फ़्युजन मे है। संगीता तुम यहाँ आओ ना वहाँ क्यों खड़ी हो। यहाँ आओ, आओ आओ। मंजूड़ी की तरफ हाथ करता हुआ बताता है ये मौसी माँ है मतलब अपूर्व की माँ है अपूर्व ओर रुद्र को तो तुम जानती ही हो ओर ये अपूर्व की बहन ओर मेरी फाइटर पार्टनर अर्पिता फिर सुजन्ता की ओर इशारा करता हुआ ओर बोलाता है यह सूजन्ता.... अथक की बात खत्म होने से पहले ही अर्पिता बोल पड़ती है :- मेरी होने वाली भाभी; अपूर्व की वाइफ़।

अर्पिता की बात सुनते ही सब अर्पिता की तरफ देखते है। अपूर्व सुजन्ता की तरफ देखता है सुजन्ता को शर्म आ जाती है वो सब से नजरे चुराती हुई नीचे देखती है फिर असमझस्य की स्थिति मे बेंच पर पड़ा पानी उठाकर पीने लगती है। अर्पिता की हरकतों को देखकर रुद्र की हंसी ओर बढ़ जाती है मगर वो कैसे भी करके कंट्रोल करता है।

अथक चोंकता हुआ बोलता है :– हे.....? भाभी....अथक अपूर्व के सामने देखता है। अपूर्व गर्दन पर हाथ फेरता हुआ इधर उधर देखने लगता है।

संगीता भी पूछती है :– भाभी....।

अर्पिता :– हाँ भाभी। अभी कुछ दिनो बाद ही शादी होने वाली है बस उसी की तैयारियां चल रही है।

अथक, अर्पिता को रोकता हुआ :– ओय छिपकली ये क्या बोल रही है।

मैं चलती हूँ कहती हुई सुजन्ता चेयर से उठकर रवाना हो जाती है।

अर्पिता सूजन्ता को रोकती हुई बोलती है :- अरे भाभी कहाँ जा रही हो जरा रुको; मैं छोड़ दूँगी ना। चाय पीकर जाना।

अर्पिता का बार बार इस कदर अपने आप के लिए भाभी शब्द सुनकर सूजन्ता अंदर ही अंदर शर्म के मारे पानी – पानी होंती जा रही थी।

अर्पिता संगीता से बोलती है :- अरे संगीता जी! आप...आप खड़े क्यों हों? आइये बैठिए। आप मेरे भैया की दोस्त हों तो इसे अपना ही घर समझिये है। आइये ना अर्पिता हाथ पकड़ के संगीता को बैठाती है। मंजूड़ी तो समझ ही नहीं पा रही थी क्या हों रहा। अथक ओर अपूर्व एक दूसरे को ही देखे जा रहे थे। रुद्र अर्पिता का ड्रामा देख कर मन ही मन हंस रहा था। मंजूड़ी कुछ बड्बड़ाती हुई चाय बनाने के लिए रसोई घर मे चली जाती है। रुद्र के बैठने के बाद अपूर्व ओर अथक भी बैठ जाते है। अपूर्व सूजन्ता के सामने ओर संगीता के बगल मे बैठा था। सुजन्ता शर्म के मारे किसी से नजरे भी नही मिला पा रही थी ओर यही दशा अपूर्व की भी हों रखी थी। अर्पिता के मज़ाक की वजह से अपूर्व नही सुजन्ता से नजरे मिला सकता था ओर नही संगीता से बात करने की हिम्मत हों रही थी।

मंजूड़ी मन ही मन बड्बड़ाती रहती है :- म्हारों तो भोगनों ही क़ाम कोनी करे है एक छोरी केवे सुबह म्हारु बात करी ओर एक आ म्हारी औलाद हरके ने ही भाभी कह देवे। मंजूड़ी चाय बनाकर लाती है अथक मंजूड़ी से चाय की ट्रे लेकर बेंच पर रखता है।

रुद्र संगीता से पूछता है :– तुम गाँव आ रही थी तो अपूर्व को इन्फॉर्म क्यों नही किया।

संगीता अपूर्व का नाम लिए बिना बताती है :– किसी के फोन पर कॉल किये थे मगर उसने एक भी कॉल अटेण्ड नही किया।

रुद्र बोलता है :– अच्छा तो मुझे या अथक को कॉल कर देती।

संगीता :– किसी ने अथक ओर तेरे फोन मे भी मेरे नंबर ब्लॉक कर दिये थे।

अर्पिता फिर से मजाक करती हुई पूछती है :– अब यहाँ ये "किसी ने" कौन है?

अथक आँख दिखाता हुआ अर्पिता के सामने देखता है। अपूर्व गुस्से से अर्पिता को देखता है अर्पिता अपूर्व के गुस्से से बचती हुई चाय का कफ उठाकर सुजन्ता को देती है।

अथक संगीता से बोलता है :– तो फिर तू ये कैसे बोल रही थी की मोसी माँ ओर तेरी बात हुई थी।

संगीता :– हाँ। आज सुबह ही अपूर्व के फोन से बात हुई थी। मैंने फोन पर प्रणाम भी बोला था ओर इन्होने मुझे खुश रहने का आशीर्वाद भी दिया मगर आंटी बोल रही है की इन्होने बात नही की; मेरे तो कुछ भी समझ नही आ रहा है।

रुद्र :– तू हॉस्टल से सीधा यहाँ आई या घर पर बताकर आई हों।

संगीता :– नहीं। मैं 2 दिन घर पर रहकर आई हूँ। मम्मी पापा को बताकर आई हूँ की अपूर्व से मिलने उसके गाँव जा रही हूँ।

मंजूड़ी :– थारे माँ बाप ने बेरो है की थारी ओर म्हारे छोरा री दोस्ती है ओर थने म्हारे घरा भी आने दिया।

संगीता :– हाँ, आंटी! मगर अपूर्व ने मेरे बारे मे आपको कभी बताया नही?

मंजूड़ी अपूर्व की तरफ देखकर बोलती है :– मन्हे तो चेतो ही कोणी हों की म्हारों छोरों बाहर जाईन ईतो परायों हों गयो। अपूर्व नजरे झुकाए नीचे ही देखता जा रहा था।

अथक मंजूड़ी को समझाता हुआ बोलता है :– मोसी माँ! ऐसी कोई बात नही है हमने संगीता के बारे मे इसलिए नही बताया था की एक लडकी से दोस्ती की बात सुनकर कहीं आप ओर मोसा दादा को...

मंजूड़ी बनावटी गुस्से से बोली :– बस कर अथक, इरि तरफदारी मैं जानु हूँ थे कई सोचियों ओर कई नहीं।

अपूर्व धीरे से बोलता है :– माँ...।

मंजूड़ी :– बस कर छोरा; मन्हे समझाने री जरूरत कोणी छोरी सु ही तो दोस्ती करी है। मन्हे कोई एतराज कोणी मन्हे तो आ छोरी घणी पसंद आई है पण अब आ बात थारे बाप ने समझाईजे।

अर्पिता मंजूड़ी को याद दिलाती है :– माँ, आपको चाचा के घर भी जाना है। 12.15 बजने को आए है अब इनके बारे मे बाते बाद मे करना; आप जल्दी निकलो।

मंजूड़ी हाँ करती हुई घर से निकलती है। अर्पिता रुद्र ओर अथक के साथ सुजन्ता को लेकर गाँव मे सर्वे के लिए निकल जाती है। घर से बाहर आने के बाद रुद्र खुलकर हँसता है। अर्पिता ने भी जो हंसी रोक रखी थी उसे अब रोक नही पाई। रुद्र ओर अर्पिता एक दूसरे से ताली लगाते हुए ज़ोर ज़ोर हँसते है। अथक दोनों को हँसते देख बिना कुछ समझे ही हँसने लगता है फिर अर्पिता से पूछता है :- क्या हुआ? इतने हंस क्यो रहे हो।

अर्पिता हँसती हुई रुद्र को बोलती है :– ये ले...ये बिना मतलब के ही हंस रहा है। हहहहहह....

रुद्र सुजन्ता की ओर इशारा करके बोला :– सुजन्ता भाभी। हहहहह....

अर्पिता ज़ोर ज़ोर से हँसती हुई बोली :– मतलब अपूर्व भैया, संगीता ओर इन्ह मैडम का चेहरा देखने लाइक था। अथक को भी अब तक लगभग बात समझ आ गई थी अब तो वो भी ज़ोर ज़ोर से हँसने लगा।

अर्पिता सुजन्ता से बोलती है :– सोर्री यार। मतलब संगीता को जलाने के लिए तुझे बलि का बकरा बनाना पड़ा। सॉरी...सॉरी...रियली सोर्री। हाहाहहहाह....???????????

सुजन्ता भी धीरे धीरे हँसने लगती है। सुजन्ता पागल मुझे आंटी ओर अपूर्व के सामने शर्म से पानी पानी कर दिया कहती हुई ज़ोर ज़ोर से हँसने लगती है ओर बोलती है बेशर्म मैं नजरे भी नही मिला पा रही थी।

रुद्र हँसता हुआ बोला :– ओर सुजन्ता जी आपने तो सच मे ही इसे सच मान लिया।

सुजन्ता :– नही रुद्र जी वो....हाहाहाहा....????? हंसी भी नही रुक रही । हंसी के आगे कुछ नही बोल पा रही हूँ।

रुद्र फिर से हँसता हुआ बोला :– ओर एक बात ओर बताता हूँ। वो संगीता से बात करने वाली आंटी हाहाहाहाहा...... ओर कोई नही है यह ही है अर्पिता जी। हाहाहाहा...... अरे यार।

अथक फिर से ज़ोर ज़ोर से हँसता है ओर बोलता है :– अब बस कर यार ये छिपकली कभी नही सुधरेगी। मेरा तो हंस हंस के पेट फट जाएगा। हाहाहाहाहा.... मेरे से तो हंसी के मारे अब एक कदम भी नही चला जाएगा। यहाँ चातरी(किसी घर के आगे बैठने के लिए बना हुआ चबूतरा) पर बैठते है। चारो जने हंसी के साथ चातरी पर बैठ जाते है। जब भी एक दूसरे के सामने देखते है। फिर से हस पड़ते है।

अथक :– यार अंदर उस अपूर्व का क्या हाल हुआ होगा। बेचारे को फसा दिया। हहहहह..... अरे छिपकली....।

रुद्र :- हहहहह.... बेचारा अपूर्व हहहहा संगीता तो छोड़ेगी नही। एक तरफ संगीता दूसरी तरफ ये सुजन्ता.... हहहहह.... है भगवान...। आंटी बनकर आशीर्वाद भी दे दिया...।

रुद्र की बात सुनकर फिर से सभी ज़ोर ज़ोर से हंस पड़ते है। रुद्र बोलता है आज काफी समय के बाद इतना खुलकर हंसा हूँ मतलब यार..... हाहाहाहा कुछ नही कह सकता।

सभी के बाहर निकलते ही संगीता अपूर्व पर टूट पड़ती है :– इसलिए कॉल नही उठा रहा था। गाँव मे तो दूसरी मिल गई ना; फिर मुझे क्यों याद करेगा। यहाँ नहीं आती तो शादी वाली बात भी पता नही चलती। अपूर्व संगीता को समझाने की कोशिश करता है मगर वो कहाँ सुनने वाली अपनी राम कहानी खत्म हो तो किसी ओर की सुनती। अपूर्व शांत होकर बैठ गया ओर संगीता को ही सुनता जा रहा था। अपूर्व को चुप चाप बैठा देख संगीता फिर से जिल्लाकर बोलती है अब कुछ बोलेगा भी।

अपूर्व :– महादेवी! अगर तुम शांत हो तो कुछ बोलूँ। तुम तो शुरू होने के बाद बंद भी नही हो रही हो।

संगीता :– ओर क्या करूँ। आंटी बोलती है उन्होने बात नहीं की; तुम कॉल नही उठाते हो ओर तो ओर यहाँ कोई ओर लड़की के साथ....

अपूर्व चिल्लाता हुआ बोला :– अरे यार कोई बात भी नही सुन रही हो। मेरी कोई शादी वादी नही हो रही है। वो तो गाँव मे कोई सर्वे करने आई है। अर्पिता की बच्ची पता नहीं क्यों भाभी भाभी कर रही है मुझे तो खुद को भी समझ नही आ रहा है ऊपर से तुम अलग से चिला रही हो सब अपने आप को पता नही क्या समझते है। कोई किसी को समझने की कोशिश भी नही करते यार।

संगीता थोड़ी सी शांत होकर बोलती है :– तो फिर वो लड़की क्यो कुछ नही बोल रही थी।

अपूर्व :– सब कुछ अर्पिता के आने के बाद ही बात करेंगे। अभी बस करो यार ऑलरेडी दिमाग का दही हो रखा है अब ओर खराब मत करो। तुम दूर से आई हो स्नान वगेरा करके फ्रेश हो जाओ तब तक मैं खाना लगा लेता हूँ।

अपूर्व न्हावनी मे पानी रख ओर म्हारा गाबा लेईन आ न्हानों है। अपूर्व आवाज सुनकर बोलता है:– पापा! फिर कुर्सी से उठकर कुनाल जी से पूछता है पापा, आप सुबह ही तो नहाकर गए थे।

कुनाल जी :– हाँ! पण वा सुखियाँ री छोरी चिंकी मर गई उनरे डाग(अंतिम संस्कार) से आयो हूँ। फिर संगीता को देखकर पूछते है बेटा आ कुण है?

अपूर्व :– पापा ये शहर से आई है। मेरी.....बीच मे ही कुनालजी बात काटते हुए बोले ठीक है, ठीक है। पहले मैं खंखोली खाकर आऊँ बाद मे बात करा कहते हुए कुनाल जी स्नान घर मे चले जाते है।

रुद्र, अथक, अर्पिता ओर सुजन्ता की हंसी मज़ाक कम होने के बाद सर्वे के काम की ओर बढ़े। अर्पिता सबसे पहले गाँव की हाइ सेकंडरी स्कूल की ओर ले जाती है। सुजन्ता ओर रुद्र स्कूल का बारीकी

से सर्वेक्षण करते है। 15 कमरो से बनी स्कूल के 12 कमरे ही जीवित रूप मे मिलते है बाकी के खंडर हो रखे है। 12 कमरे मे से भी 2 कमरे जर जर की हालत मे थे। स्कूल के पीछे 3 बीघे का स्कूल का मैदान पुरानी सुखी घास से भरा पड़ा था।

सुजन्ता मैदान को देखकर पूछती है :– ये मैदान तो स्कूल का है फिर ये इतनी पुरानी घास से लद्दा हुआ क्यों है? क्या बच्चे स्कूल मे खेलते नहीं है?

अर्पिता बताती है :– ये मैदान विवादास्पद है इसलिए इस हालत मे पड़ा है।

सुजन्ता :– विवादास्पद? स्कूल का मैदान किस कारण से विवादो मे गिरा है।

अर्पिता :- ये स्कूल सरकारी है। कभी ये बहुत ही सुंदर ओर आस पास के गांवो मे एक सबसे जाना माना ओर प्रतिष्ठित स्कूल हुआ करता था। आज से 23 साल पहले सरकारी स्कूल होने के बावजूद गाँव के 30 लोगो की बनी एक कमेटी इस स्कूल को ओपरेट कर रही थी। स्कूल के हर निर्माण ओर जरूरत की वस्तुओ को उपलब्ध करवाने का कार्य करती थी। गाँव का हर विकास कार्य उस कमेटी के निरक्षण मे ही किया जाता था। कमेटी मे सदस्य के लिए हर तीन साल के बाद गाँव के लोगो मे सदस्य का चुनाव होता था। मगर अध्यक्ष चुने गए सदस्यो मे से ही सर्वसहमति से चुना जाता था। 1989 मे 30 सदस्य के चुनाव मे दो व्यक्ति एक दूसरे के विरोधी ओर जानी दुश्मन साथ मे जीतकर कमेटी के सदस्य बन गए। दोनों जानी दुश्मन थे तो कमेटी मे कभी भी उनके विचारो पर सहमति नही बनी थी तो फिर एक दिन कमेटी ने निर्णय लिया की इन दोनों का अलग से चुनाव करवाया जाए। कमेटी के 28 सदस्य मतदान करेंगे जो जीतेगा वो इस कमेटी का सदस्य होगा ओर हारने वाले को कमेटी से बाहर किया जाएगा। चुनाव हुए ओर संग्राम सिंह को हार का सामना करना पड़ा इससे गुस्साये संग्राम सिंह ने रात्रिकाल मे स्कूल पर बुल्डजर चलवा दिया। जिससे ये तीन कमरे खंडर हो गए जो आज तक ऐसे ही पड़े है। जब इस मामले को लेकर संग्राम सिंह के खिलाफ खेप पंचायत बैठी तो संग्राम सिंह पंचायत मे हाजिर होने की बजाय पंच ओर कमेटी के खिलाफ पुलिस लेकर आ

गया। संग्राम सिंह का व्यक्तिगत लड़ाई का जानीदुश्मन कालुराम ने गाँव के लोगो को भड़काते हुए कहा की पुलिस अपराधी का साथ दे रही है। स्कूल पर बुल्डजर चलाने मे पुलिस भी इसके साथ थी ओर अब ये पंचायत मे भी पुलिस को साथ लेकर आ रहा है। कालुराम की बात सुन गाँव के गुस्साये लोगो ने बिना सोचे समझे ही पुलिस पर पथराव कर दिया। चोकी से आए चोटीले पुलिस कर्मियों ने शहर से पूरा पुलिस दल बुला कालूराम को गिरफ्तार कर लिया। जिससे गाँव मे ओर ज्यादा हिंसा भड़क गई। इस राजनैतिक आँधी ने स्कूली बच्चो को भी नही बक्सा आवेश मे आकार गाँव के स्कूली बच्चो ने चोकी पर हमला कर चोकी को जला दिया जिसमे एक पुलिस कर्मी काफी हद तक आग मे जूझ गया। स्कूल के प्रिन्सिपल ने हाइ कोर्ट मे संग्राम सिंह को सरकारी संपति को नुकसान पहुँचाने ओर गाँव मे हिंसा फैलाने के खिलाफ ओर गाँव की अपंजीकृत कमेटी से स्कूल के मामले मे इंटरफ़ेर करने ओर स्कूल मेनेजमेंट व प्रशानिक कार्य को अपने अंडर करने के खिलाफ फ़ाइल सूट कर दी। इस मामले मे गाँव के पंचो सहित 17 लोगो के खिलाफ कारवाई की गई थी। इस घटना क्रम के कुछ दिन बाद ही स्कूल के प्रिन्सिपल की सङ्ग्धिक मौत हो गई। जिससे गुस्साये लोग चोकी पर आए दिन हमला करने लग गए थे। चोकी मे एक एस आई के साथ तीन पुलिस वाले रहते थे। गाँव के लोगो से परेशान होकर एस आई थाने पर ताला लगाकर फलोदी निकल गया। जो आज तक वापस आ रहा है। पिछले दस सालों से ये स्कूल अपने जीर्णोद्धार के इंतजार मे खड़ी है। मैं बस इतना ही जानती हूँ बाकी की हिस्टरी क्या है मुझे भी पता नही है। जो पापा से सुना था वो बताया।

कुनाल जी स्नान करके बाहर आते है। अपूर्व संगीता का परिचय करवाता हुआ बोलता है :– पापा ये संगीता है, कॉलेज मे मेरे साथ पढ़ती थी गाँव मे घूमने के लिए आई है। हम कॉलेज मे बहुत अच्छे दोस्त हुआ करते थे।

कुनाल जी :– दोस्त होया करते थे मतलब अब कोणी हो।

अपूर्व :– नहीं नही पापा! मेरा मतलब वो नही था। दोस्त तो अभी भी है.....संगीता कुनालजी के पाँव छु लेती है। कुनाल जी आशीर्वाद देते है खुश रहो... बेटा।

कुनाल जी घर को खाली खाली पाकर बोले :– अर्पिता ओर अथक कठे गया; दिख कोणी रहयाँ है।

अपूर्व :– पापा वो दोनों रुद्र ओर सूजन्ता के साथ गाँव दिखाने गये है।

कुनाल जी :– ठीक है थू दोपहरी लगा दे सुबह भी कलेवों कोणी करियों। फिर संगीता से कहते है :- ओर बेटा थू भी न्हा धोकर आराम कर ले फ़चे सांझ के वक्त गाँव मे घूम आइजे।

अर्पिता सुजन्ता को बताती है :- सुजन्ता स्कूल के पीछे की बाउंड्री से छटा हुआ ये गाँव का तालाब है ओर तालाब के किनारे पर बना दुर्गा माता का पुराना मंदिर है चलो आपको मंदिर के अंदर तक घूमा लाती हूँ। अभी लगभग दोपहर के 1.30 बज रहे है तो देवी माँ के दर्शन नही हो पाएंगे। मुख्य मंदिर के कपाट बंद है मगर आपको इसकी नकाशी ओर कला देखकर बहुत अच्छा लगेगा। सभी मंदिर के अंदर दर्शन करने जाते है। मंदिर के सोन्दर्य ओर कला को देखकर सुजन्ता की इच्छा एक ग्रुप फोटो लेने की हुई। फोटो के लिए सभी हाँ करते है। रुद्र सबकी ग्रुप फोटो लेता है फिर रुद्र की जगह पर अर्पिता आती है ओर एक फोटो लेती है। ऐसे सभी एक दूसरे के स्केप होने की जगह लेकर फोटो लेते है फिर सभी अपनी अपनी सेलफ़ी लेने मे व्यस्त हो जाते है। अथक चोरी चुपके सुजन्ता के पिक्स निकालता है। अर्पिता की नजरे रुद्र को ही निहारती रहती है रुद्र मंदिर के प्रांगण मे पोल के सहारे बंद आंखे करके बैठ जाता है।

कुनाल जी खाना खाकर फ्री होते है तो अपूर्व पुलिस चोकी ओपन करवाने वाली बात करता है।

कुनाल जी बोलते है :– बेटा, पुलिस चोकी खुलाने वालो काम भारी है पुरो गाँव खिलाफ है। कल को अगर....

अपूर्व कुनाल जी को समझाता हुआ बोलता है :– पापा, आप चिंता मत करो। अब समय बदल गया ओर किसी भी काम को करने के लिए किसी न किसी को शुरुआत करनी पड़ती है ओर इस गाँव को बदलने की शुरुआत मैंने की है तो विश्वास करो मैं कुछ ही महीनो मे गाँव की

तस्वीर बदल के रख दूंगा। बस आपका आशीर्वाद ओर सपोर्ट चाहिए बाकी दुनिया की कोई भी ताकत अब मुझे रोक नही सकती है।

कुनाल जी :– बेटा! म्हारों आशीर्वाद हमेशा थारे हाथे है पण गाँव ओर समाज से लड़नों इति सरल बात कोणी है।

अपूर्व :– पापा मैंने संकल्प किया है की इस गाँव की हर एक कुरीति को जड़ से उखाड़ फेकुंगा। ओर फिर आप ही तो कहते है की इंसान को लिया गया अपना संकल्प किसी भी परस्थितियों मे पूरा करना चाहिए। ओर आप तो यह भी कहते है की इंसान को अपने आप पर जीत का पूरा विश्वास रखना चाहिए वरना हार निश्चित होती है इसलिए मैं तो कल होने वाली मेरी जीत का अभी से जश्न माना रहा हूँ इसका मतलब है की मेरी जीत पक्की है।

कुनाल जी हल्की सी मुस्कान करके बोले :– मन्हे भी पुरो भरोसों है बेटा, कहते हुए साइन कर देते है।

अपूर्व के चाचा के घर

बद्रि... ओ बद्रि...! सुन वो ताई जी को पूछ की अर्पिता क्यूँ नही आई। सामने चौक मे ही सरोज के ससुराल वालो के साथ लोगबाग बैठे थे दरवाजा के पीछे से धीमी आवाज मे सरोज अपने छोटे भाई बद्रि को बोल रही थी।

बद्रि 10 साल का गौरा रंग, गोल-मटोल गाल, 3.5 फिट लंबा, भूरी आंखे, छोटी नाक वाला प्यारा केवल जी का एकलोता लड़का है।

बद्रि :– दीदी, कई है थू भी पुछले मन्हे क्यूँ कैवे?

सरोज प्यार से बोलती है :– ए भाई, सुन ना, मैं बाहर नही आ सकूँ तू भी पुछ ना।

बद्रि मंजूड़ी से अर्पिता के बारे मे पूछता है। मंजूड़ी बताती है की वो घर पर शहर से अपूर्व की कोई दोस्त आयी हुई है तो शायद उसके साथ बाते करने बैठ गई होगी।

अर्पिता का नाम सुनकर एक औरत मंजूड़ी से बोली : – ऐ मंजूड़ी अबे तो थारी अर्पिता रो भी कठी हगाई – हगपन करावा दे। देख थारे से ज्यादा थारी देरानी होशियार निकली जिकों टाइम माथे छोरी ने परनावे है आज काल रो जमानों कोणी।

दूसरी औरत :– हाँ बाई ए, जमानों कोणी है। थारी अर्पिता तो सरोज से 7 साल मोटी है तो ही थू लिया बैठी है। समझदारी तो आ आशुड़ी दिखाई जिकों 13 साल मे ही छोरी ने ठिकाने भेजे है।

मंजूड़ी :– म्हारी छोरी बाड़ा कोणी कूदे; टाइम आया सब हो जाय पहला म्हारे अपूर्व रो ब्याह कराऊँ।

औरते :– अरे थू बावली हो गई है छोरा ने तो परनावनों ही है पण ओ छोरी रो बोझ क्यूँ लिया बैठी।

मंजूड़ी :– म्हारी छोरी म्हारे माथे बोझ कोणी है कोई बेटियाँ माँ बाप माथे बोझ कोणी होवे। फिर आशा के ऊपर कमेंट कसती हुई बोलती है ओर म्हारे घर मे लुगाइयाँ री पंचायती कोणी चाले अपूर्व रा पिताजी जो भी करे है। वो ही सही है।

आशा मंजूड़ी की बात सुनकर बोली :– थारो कई मतलब है की म्हारे घर मे म्हारी चले थारा देवर री कोणी।

मंजूड़ी बात को संभालती हुई– आशुड़ी, मैं थारो तो नाम कोणी लियो। मैं तो ऐ लुगाया जिकों दूसरा रे घर री पंचायती ठोके इन्हरो जवाब दियों हूँ।

औरते :– अरे बाई, अर्पिता रो अबार ब्याह कोणी करावे तो ठीक हैं पण कोई ठिकानो तो कर दे। कोई ठिकानो करयोंडो रवेला तो फचे इतो झंझट कोणी करणो पड़ेला।

मंजूड़ी कोई जवाब नहीं देती है। सरोज की सास कपड़े ओर गहने दिखाने के लिए लेकर आती है। 2 तोला सोने के कंगन, 2 तोला सोने का हार, 4 तोला चाँदी की पाजेब, 1 तोला चाँदी की अंगूठी, चार सूट कपड़े, 2 जोड़ी जूते की ओर एक मेक अप शेट। गाँव की औरते दस्तूरी मे इतना सब देखकर प्रशंसा करने मे लगी थी। बाई ठिकानो तो चौखों

होदियों(ढूंढा) दस्तूरी मे ही छोरी ने होनों अर गाबा सु जड़ दी। सरोज रा तो भाग खुलगा घनी होरी रवेला।

मंजूड़ी :- वह तो ब्याह फचे ही ठा पड़ी छोरी होरी है या दोरी। रिश्तो बराबरी मे ही चोखों लागे है। घणा रुपया वाला रे वठे टाबर कम ही होरा रेवे। काले ये कहता जेज़ कोणी करे की थारो बाप कई दियों।

एक औरत मंजूड़ी की बात सुनकर बोलती है :- अरे मंजूड़ी थू बोले जटिलू ठा है थारे अर्पिता रे एडो रिश्तो कोणी आयो नी। इन्ह वास्ते तू ऐडी बाता करे।

मंजूड़ी :- म्हारे तो अर्पिता ओर सरोज दोनों बराबर ही है। म्हारी ऐडी सोच कोणी की मैं म्हारे देवर रे टाबरा ने पराया समझूँ।

ब्याहन जी(सरोज री सासु) :- अबे तो म्हारी घर री लक्ष्मी रो इंतजार रेवेला कद म्हारे घर आवे ओर म्हारे घर री शोभा बढ़ावे।

आशा :- ब्याहन जी। देवी माँ रो आसीस रहियों तो म्हारी छोरी घणी बेगी थारे घरा सेवा करने आवेला।

एक औरत बोली :- आशुड़ी थारी छोरी तो सास ससुर री सेवा कर लेवेला पण थारी जेठानी री छोरी तो मैडम बनी फिरे है। उनरा तो नित नियम औलबा आवता दिखे है। मंजूड़ी बिना कोई प्रतिक्रिया दिये चुपचाप उठकर कमरे मे सरोज के पास चली जाती है। आशा सभी औरतों को भोजन करने के लिए बोलती है। आशा के घर आए मेहमान भोजन करके अपने अपने घर जाते है। सरोज की सास सरोज को 1000 रु के साथ आशीर्वाद देकर चली जाती है।

लगभग 2 बजे के आस पास रुद्र अथक ओर अर्पिता तीनों घर लौट के आते है। संगीता अर्पिता के कमरे मे आराम कर रही होती है। सभी अपूर्व के कमरे मे चले जाते है। अपूर्व न्यूज पेपर पढ़ रहा होता है जिसमे भरतपुर की एक न्यूज़ पर नजर पड़ती है।

न्यूज़ हैड लाइन – 2009 मे 5 साल की नाबलिंग बच्ची के साथ बलात्कार कर हत्या करने वाले को 4 साल बाद आजीवन कारावास की सजा।

राजस्थान के भरतपुर जिले की एक अदालत ने बुधवार को पाँच साल की एक बच्ची के साथ बलात्कार करने ओर उसके चहरे पर पत्थर से मारकर ओर उसके निजी अंगो को काटकर हत्या करने को दुर्लभतम अपराध बताते हुए धारा 302(हत्या) ओर 363(अपहरण)के तहत दोषी ठहराया ओर उसे धारा 376(बलात्कार) के तहत अंतिम सांस तक कारावास की सजा सुनाई।

ये खबर पढ़ने के बाद अपूर्व ने चिंकी के मौत के बारे मे गहराई से सोचने पर मजबूर कर दियाँ। अपूर्व हाथ की अंगुलियो से पेन को घूमाता हुआ चिंकी के बारे मे सोच रहा था तभी कमरे मे एक साथ मचा शोर अपूर्व के विचारो को चीरता हुआ उसके कानो तक जा पहुंचता है अपूर्व के खुली आंखो की नींद टूटी।

अर्पिता मज़ाक करती हुई बोलती है :– ओह...हो भैया, इतनी गहराई से किसके बारे मे सोच रहे थे। संगीता या सुजन्ता।

अपूर्व :– जस्ट सटअप, मैं मज़ाक के मूड मे नही हूँ रुद्र तुम बताओ कैसा लगा हमारा गाँव?

रुद्र बेड पर बैठता हुआ बोला :– गाँव तो बहुत प्यारा है मगर शांति ओर सुकून तो सिर्फ मंदिर मे मिला था बाकी गाँव का हर एक कोना हिंसा का इतिहास दोहराता गवाही दे रहा है।

अपूर्व, रुद्र की बात सुनकर बोला :– गाँव का ऐसा कोनसा इतिहास पढ़ लिया? जिसमे हिंसा ही नजर आ रही है।

रुद्र :– अभी बहुत जोरों की भूख लगी है। पहले खाना मिल जाए तो फिर आगे की बाते होगी वरना भूखा पेट भजन नहीं होई गोपाला भले ही लेले थारी फाची माला।

अर्पिता बोलती है मैं कुछ बनाकर ले आती हूँ आप लोग बैठ कर गप शप मारो।

अर्पिता खाना बनाने जाती है अपूर्व रुद्र के साथ चिंकी के केस के बारे मे बात करता है।

अपूर्व :– रुद्र, मुझे लगता है की चिंकी के साथ कुछ गलत हुआ।

रुद्र :– मतलब?

अपूर्व :– मेरे हिसाब से चिंकी के साथ रेप करके फिर उसको मारा गया।

रुद्र :– हो सकता है मगर हम किस आधार पर ये कह सकते हो की चिंकी का रेप हुआ है फिर उसका मर्डर किया गया है। मेरा मतलब है की नही उसके कपड़े फटे हुए थे ओर नही उसके शरीर पर कोई स्क्रेच लगा हुआ था ओर पाँच साल की बच्ची के साथ कौन ऐसा करेगा।

अपूर्व :– उसके गले पर लगे निशान ही काफी है ये साबित करने के लिए की उसका मर्डर हुआ है मगर सिर्फ गले के निशान के आधार पर रेप हुआ ये साबित नही कर सकते।

रुद्र :- गलती हो गई की हमने चिंकी की बॉडी को जलाने दिया हमे पुलिस को इन्फॉर्म करके उसकी बॉडी का पोस्टमार्टम करवाना था। चिंकी के साथ ही उसके गुनहगार की सजा भी राख़ हो गई।

अपूर्व :– मगर अपूर्व अभी जिंदा है चिंकी को इंसाफ तो मिलेगा। जरूर मिलेगा...

केडो इंसाफ बेटा? मंजूड़ी कमरे मे आती हुई बोली।

अपूर्व :– अरे माँ! तू कब आई।

मंजूड़ी :– मैं तो अभी आई हूँ पण तू किण चिंकी री बात कर रहियों थों?

अपूर्व :– अरे माँ कुछ नही।बस वो सुखदेव जी वाली छोरी चिंकी री बात चल रही थी। तू बता वो सरोज के ससुराल वालो के बारे मे; हमारी सरोज के लाइक तो है ना वो वहाँ सुखी तो रहेगी ना।

मंजूड़ी :– हाँ बेटा, ठिकानो तो चोखों ही करियों है घणी रुपया-पैसा वालो परिवार है।

अर्पिता कमरे मे आती हुई बोलती है रुद्र जी खाना तैयार है हाथ धोकर आ जाओ।

मंजूड़ी अर्पिता से बोलती है :– अर्पिता भाता मे लापसी आई है आ भी परोस दे ओर फचे सरोज से मिलन आईजे वा थने याद कर रही थी।

अर्पिता खाना लगाती है संगीता भी उठकर आ जाती है अर्पिता संगीता को खाने के लिए बुलाती है। संगीता खाने के लिए इंकार कर देती है अपूर्व को बुलाने पर अपूर्व भी बोलता है मैंने भी कर लिया।

अर्पिता अपूर्व के मजे लेती हुई बोली :– आरे वाह...! भैया; क्या बात है अकेले थे तो दोनों साथ मे... ईऊ...।

अपूर्व गुस्से से बोला :– क्या मतलब है तेरा सुबह से देख रहा हूँ। पहले वो सुजन्ता वाली बात अब ये....क्या? चल क्या रहा है? तेरे दिमाग मे।

अर्पिता अपूर्व को आंखो से संगीता की ओर इशारा करती हुई स्माइल करती है अपूर्व समझ नही पाता है। रुद्र ओर अथक दोनों को हंसी आ जाती है।

अपूर्व रुद्र ओर अथक पर जिल्ल जिल्लाता हुआ बोलता है :– किस बात की हंसी है ये हो क्या रहा है।

अर्पिता सुबह संगीता से फोन पर हुई बात दोहराती है :- बेटा! तुम गाँव आ जाओ फिर बात करेंगे फलोदी तक तो आ ही गई हो आधेक घंटे की ओर बात है। फिर अपूर्व से भी मिलकर बात कर लेना।

संगीता आवाज सुनकर एक दम से बोलती है :– आंटी! ये तो सुबह आंटी की आवाज...... मतलब.... वो...

रुद्र ओर अथक ज़ोर ज़ोर से हंसने लगते है साथ मे अर्पिता भी हँस पड़ती है। संगीता सर पर हाथ रखती हुई बोलती है :– ओ गॉड... मतलब.... तुम थी।

अर्पिता हँसती हुई बोलती है :– हाँ। वो मैं.... हाहहहहाहा.... सॉरी...हहहहा.... सॉरी....हाहाहा।

अपूर्व :– ओर वो सुजन्ता ओर भाभी....

अर्पिता :– संगीता मैडम को जलाने के लिए.... हाहाहाहा.... सॉरी....

अब तो संगीता अपूर्व ओर मंजूड़ी भी हँस पड़े।

फिर मंजूड़ी बोलती है :– इति मोटी गधेड़ी होई पण लखन कद आई। चुप चाप रोटी खा लो। बेशर्मा कहींका।

** ** **

शाम का समय आसमान बादलों से धुंधलाया हुआ था। बिलकुल बारीक बारीक बारिश की बुँदे बरस रही थी। बड़ा ही सुहाना मौसम हो रखा था। अथक ओर अपूर्व संगीता के साथ खेत की माठ पर सुहाने मोसम का आनंद उठा रहे थे। हल्की हल्की ठंडी हवा चल रही थी। रुद्र छत पर बने छपर के नीचे बैठा फोन मे बच्चन जी की कविताएं पढ़ रहा होता है अर्पिता चाय बनाकर छत पर ले आती है। रुद्र एक हाथ मे चाय का कफ उठाये चाय पीता है ओर दूसरे हाथ मे पकड़े फोन मे नजरे गढ़ाए बैठा होता है। अर्पिता एक टिक नजरों से उसको ही निहारे जाती है। रुद्र की नजर अचानक अर्पिता पर जा टिकती है अर्पिता नजरे चुराती हुई बादलो की तरफ देखने लगती है। रुद्र को अहसास होता है की अर्पिता उसको ही देखे जा रही थी। रुद्र तिरछी नजरों से अर्पिता की चोरी पकड़ने की कोशिश कर रहा था। रुद्र अर्पिता की तरफ देखता है तो अर्पिता इधर उधर नजरे घूमा लेती ओर जब रुद्र फोन मे देखता है तो अर्पिता रुद्र को फिर से देखने लगती है। काफी देर तक ये नाटक चलता है। फिर रुद्र अर्पिता से बोलता है :- क्या चल रहा है।

हल्की हल्की बारिश अर्पिता जवाब देती है।

रुद्र :- यह तो मुझे भी पता है मगर तुम क्या कर रही हो।

अर्पिता :- नही मैं कुछ नही कर रही हूँ बस इस बारिश के साथ चाय का मजा ले रही हूँ।

रुद्र :- वो तो दिख रहा है ध्यान चाय मे कम कही ओर ज्यादा है।

अर्पिता हल्की हल्की मुस्कुराती हुई बोलती है :- बहुत प्यारे लग रहे हो।

रुद्र :- मतलब।

अर्पिता :- चाय पीते हुए बहुत प्यारे लग रहे हो।

रुद्र :- बकवास।

अर्पिता :- सच्ची।

रुद्र स्माइल करके मोबाइल मे लग जाता है।

अर्पिता :- ऐसा क्या है इस खिलौने मे जो सामने बैठी इतनी खूबसूरत ओर जवान लड़की भी नहीं दिखती है हर वक्त इससे ही चिपके रहते हो।

रुद्र :- क्या मतलब।

अर्पिता :- इतने भी भोले मत बनो जब मैं कोई काम कर रही होती हूँ तो चोरी चुपके देखे जाते हो ओर अब सामने बैठी हूँ तो नजरे कहीं ओर टिकाये बैठे हो दिमाग मे चल क्या रहा है।

रुद्र :– नहीं ऐसा तो कुछ नही है।

अर्पिता :– चलो छोड़ो, ये सुनाओ कल सरोज क्या बोल रही थी।

रुद्र :– सरोज; कब?

अर्पिता :– ओह! अब यह भी...। आपको क्या लगता है की मैंने कुछ सुना नही; सब सुन लिया था मैं यही सीढ़ियो पर ही खड़ी थी।

रुद्र :– सब क्या सुन लिया।

अर्पिता :– फिर कभी बताऊँगी फिलहाल के लिए इतना ही काफी है अब आप बताओ की आपके दिमाग मे क्या चल रहा है।

रुद्र चाय का कफ टेबल पर रखते हुए बोला :– चल तो बहुत कुछ रहा है मगर अभी कुछ बताने लायक नहीं है। वक्त आने दो।

अर्पिता दोनों हाथो की कोहनीयो को टेबल पर रखे ओर गालो को बंद मुट्ठी की कलाहीयों पर रख रुद्र के नजदीक आकर बोली :– वक्त

के इंतजार मे रहोगे तो हाथ आया मोका चूक जाएगा फिर आँख मार कर हँसती हुई निकल जाती है। रुद्र कुछ समझ पाता तब तक वो सीढ़ियो उतर जाती है रुद्र पीछे से अर्पिता को आवाज ही लगाता रह जाता है फिर सिर के बालो मे दायें हाथ को फरता हुआ :– ओ सीट मैं भी बुद्धू हूँ समझ ही नहीं पाया।

अपूर्व रिलेक्स प्लेस पर संगीता ओर अथक के साथ बैठा था अपूर्व मन ही मन मे चिंकी वाले मेटर पर मंथन कर रहा था।

खेतों के वातावरण की बात ही कुछ ओर है कितना मनोहरम नजारा हैं। वाउ... जी करता है इन्ह लम्हो मे ही ज़िंदगी गुजर जाए यहाँ से जाने का मन भी नहीं करता अपूर्व के बांह को दोनों हाथो से पकड़े कंधे पर सर रख के संगीता मौसम के साथ प्रेम प्रसंगयुक्त रोमानी मे मसगुल होकर बोलती है।

अपूर्व :- शायद; अब हमे चलना चाहिए समय बहुत हो गया घर पर माँ भी इंतजार कर रही होगी।

संगीता :– क्या हुआ? जब से मैं आई देख रही हूँ तुम बहुत परेशान से नजर आ रहे हो।

अपूर्व :– वो चिंकी.... चलो छोड़ो तुम नही समझोगी कहता हुआ वहाँ से निकल जाता है। अथक ओर संगीता भी पीछे पीछे लौट आते है।

सभी शाम का भोजन साथ मे करते है फिर सभी साथ मे गप शप के लिए मकान के चोक मे साथ बैठते है। मंजूड़ी गाँव की औरतों को लेकर अर्पिता के बारे मे कुनाल जी से बात चलाती है।

मंजूड़ी कुनाल जी से बोलती है :– आपणि अर्पिता गाँव रे सारी लुगाया रे नजारो मे चढ़ियोडी है सब यही बाता करे की अबे कुनाल जी री छोरी रो ब्याह बाकी है। घर का काम काज तो सिखाया कोणी खाली पढ़ाई माथे ही ध्यान दियों।

कुनाल जी बोले :– कि फर्क कोणी पड़े छोरी ने शहर भेजा पढ़ने रे खातिर गाँव वाला तो कहता रही।

मंजूड़ी :– गाँव वाला भी गलत कोणी कैवे है छोरी ने 12 वी तक पढ़ायों ओहि घनो है। मन्हे लागे....

अपूर्व बीच मे ही :– ...की आगे की पढ़ाई वास्ते जोधपुर, के एन कॉलेज मे एड्मिशन फोरम भरवा देनों चाहिजे। ऑनलाइन फोरम शुरू हो गया।

कुनाल जी :– आ घरा बैठी पढ़ाई कर सके वो वालो फोरम भरा दे खाली परीक्षा देने ही जानो पड़ी।

अर्पिता :– लेकिन पापा मैं तो रेगुलर कॉलेज जॉइन करना चाहती हूँ।

कुनाल जी :– कॉलेज जानो जरूरी कोणी है। रोजाना बस मे आनो जानो भारी पड़ी तू घरे बैठी ही पढ़ सके वो फोरम भर लेना। मैं खेत मे जा रहयों हूँ टाइम माथे सो जाओ कहते हुए कुनाल जी उठकर खेत की ओर रवाना हो जाते है ।

अपूर्व ओर अथक अपने कमरे की ओर निकल जाते है। संगीता ओर मंजूड़ी भी सोने के लिए निकल जाती है। अर्पिता रुद्र के सामने देखती है। रुद्र कुर्सी से उठता हुआ अर्पिता से कल सुबह जरूरी डॉकयुमेंट निकाल कर रखना कहता हुआ छत की ओर निकल जाता है। अर्पिता कुछ भी नही समझ पाती है ओर रूम मे चली जाती है। आज मोसम खराब था ओर हल्की हल्की बारिश की बुँदे बरस रही थी तो सभी अंदर ही सो रहे थे।

रुद्र बारिश की हल्की बुंदों के साथ छत पर ही बैठा था कुछ देर बाद अर्पिता भी छत पर आ जाती है।

रुद्र अर्पिता को छत पर आते देख बोला :– आज तो पता था ना की मैं छत पर ही हूँ। फिर भी...

अर्पिता रुद्र के बगल मे बैठती हुई बोली :– जानती थी आप ये ही सवाल करोंगे। हाँ पता था ओर मैं आपसे मिलने के लिए ही आई हूँ। क्यों आपको कोई प्रॉबलम।

रुद्र :– नहीं नही कोई प्रॉबलम नही है। आपका घर है जब मन करे जहां मन करे आ-जा सकती हो ओर फिर मैं भी तो आपका ही हूँ।

अर्पिता :– क्या मतलब...?

रुद्र :– नहीं कुछ नही आप बताओ कोई बात करनी थी।

अर्पिता :– नींद नही आ रही थी। वो संगीता भी सो गई थी तो अकेले मन नही लग रहा था। कुछ देर शांत रहने के बाद अर्पिता बोली मौसम कितना सुहाना है ना...

रुद्र :– हाँ...

अर्पिता :– आपको बारिश मे बैठना पसंद है।

रुद्र :– हाँ मगर हल्की बारिश मे।

अर्पिता :– इस मोसम के साथ चाय पीने को मिल जाए तो कितना अच्छा लगता है ना।

रुद्र :– हाँ मगर अभी इतनी रात गए।

अर्पिता चाय से भरा कफ रुद्र की तरफ करती हुई बोली :– तो फिर यह कफ लो।

रुद्र कफ कि तरफ देखकर बोला :– चाय का कफ... इतने रात गए।

अर्पिता :– हाँ मुझे पता था की आप यहाँ अकेले भीग रहे हो तो सोचा चाय की जरूरत महसूस हो रही होगी। पियो पियो...

रुद्र धीरे से बोलता है :– पगली...।

अर्पिता बोलती है :– सभी कहते है।

रुद्र पूछता है :– क्या?

अर्पिता मुस्कुराती हुई बोलती है :– यही की कुछ नही...।

दोनों बहकी बहकी सी बाते करते हुए मंद मंद मुस्कुरा रहे थे।

रुद्र अर्पिता कि तरफ देखकर बोला :– क्या बात है? ये हल्की हल्की सी मुस्कान।

अर्पिता बोली :– आपके होठो पर तो बहुत ही प्यारी लग रही है।

रुद्र चाय कि चुस्की लेकर बोला :– बात घूमाने मे उस्ताद हो।

अर्पिता फिर जवाब मे बोलती है :– आप से ही सीखा।

रुद्र :– क्या?

अर्पिता :– यही की किसी को तिरछी नजरों से कैसे घायल करे।

रुद्र दूसरी तरफ देखता हुआ हल्का सा हँसता है।

अर्पिता :– प्यार करते हो?

रुद्र अर्पिता के सामने देखकर बोला :– क्या?

अर्पिता बात पलटती हुई बोलती है :– मौसम कितना सुहाना है ना।

रुद्र :– हाँ। मगर आपने अभी क्या बोला।

अर्पिता जवाब मे बोलती है :– मौसम कितना प्यारा है ना।

रुद्र :– हाँ मगर इससे पहले क्या बोला?

अर्पिता हल्की हल्की मुस्कुराती हुई बोली :– इससे पहले तो क्या बोला? हाँ यही की मोसम कितना प्यारा है ना।

रुद्र – नहीं नही इससे पहले।

अर्पिता हँसती हुई बोलती है :– कुछ नही बोला रुद्र जी; शायद आपके कान बज रहे है।

रुद्र चुपचाप रह जाता है अर्पिता रुद्र के कुछ ओर नजदीक सरक कर बैठ जाती है अर्पिता को करीब आकर बैठा देख रुद्र के दिल की धडकन बढ़ जाती है।

रुद्र धीरे से बोलता है :– अर्पिता जी...

अर्पिता :– क्यो अच्छा नही लगा।

रुद्र :– नहीं... हाँ... वो... ऐसी बात नही है।

अर्पिता :– फटू... चाय ठंडी हो गई।

रुद्र :– आपकी चाय कहाँ है?

अर्पिता :– आपके हाथ मे।

रुद्र :– मतलब?

अर्पिता :– साथ मे शेयर करते है ना एक चुस्की आप लेओ ओर एक चुस्की मैं।

रुद्र :– समझा नहीं।

अर्पिता :– एक ही कफ मे चाय पियोगे तो सब समझ मे आ जाएगा शुरू तो करो।

रुद्र ओर अर्पिता दोनों खामोशी के साथ मे चाय पीते है। फिर अर्पिता बोलती है :– आज मौसम कितना सुहाना है ना।

रुद्र :– ये बात तीसरी बार बोल रही हों।

अर्पिता :–जानती हूँ मगर तुम समझ नही पा रहे हो।

रुद्र मन ही मन मे बोलती है :– अब सब कुछ जान गया हूँ तुम भी मुझ से प्यार कर बैठी हो बस हिम्मत नही हो रही है नही तुम हिम्मत कर रही हो ओर नही मेरी हिम्मत हो रही है।

अर्पिता :– क्या सोच रहे हो।

रुद्र :– नहीं कुछ नही।

अर्पिता :– आर यू लव विथ मी। रुद्र अर्पिता से ये शब्द सुनकर अर्पिता को ही देखता रह जाता है।

अर्पिता फिर से बोलती है :– देख क्या रहे हो, जवाब दो, प्यार करते हो?

मगर रुद्र उसको ही देखता रहता हैं।

अर्पिता :– अब देखते ही रहोंगे या कुछ बोलोगे भी।

रुद्र :– नही... हाँ... मगर तुम?

अर्पिता :– आप रहने दो। फटू के फटू ही रहोंगे जब से आए हो मुझे ही देखते हो मेरे बारे मे ही सोचते हो किसी को बताए बगैर मुझे ही ढूंढते हो सब जानती हूँ आपके बारे मे मगर आप कुछ नही बोलोंगे।

रुद्र :– हाँ। मगर आपने मुझे ऐसे डाइरैक्ट...

अर्पिता :– अभी सदमे मे हो पहले बाहर आ जाओ फिर बात करते है।

रुद्र :– नहीं सदमे नही हूँ मगर ऐसा सोचा नही था की तुम गाँव से होकर ये प्यार ओर प्रपोज... मैं तो डर रहा था। तुम यार गाँव की लड़कियां तो आगे निकल गई।

अर्पिता :– कौन सी दुनिया मे जी रहे हो रुद्र जी वो टाइम गया। आपको क्या लगा की हम गाँव की लड़कियां प्रपोज करना नही जानती है। आपके चाल चलन के भाव से समझ गई थी की आपके मन मे क्या चल रहा है।

रुद्र सर पर हाथ फ़ैरता हुआ हसता है ओर कहता है अरे रुद्र कहाँ रह गया। अर्पिता भी हल्की हल्की सी मुस्कुराती रहती है। फिर अर्पिता धीरे से रुद्र के गाल पर किस्स करती हुई उठकर नीचे भाग जाती है। रुद्र को कुछ समझ नही आ रहा था वो वहाँ छत पर ही लुढ़क

जाता है। रुद्र बार बार गाल पर हाथ लगाता ओर हाथ को देखता। ये पहले प्यार का अहसास हो रहा था।

अर्पिता कमरे मे जाकर झूम उठती है। सोने की कोशिश करती है मगर नाकामियाब रहती है। बैड पर सोती है ओर फिर उठ खड़ी होती है। ये प्यार की बारिश थी जिसमे आज अर्पिता पूरी तरीके से भीग गई थी। रुद्र छत के एक कोने से दूसरे कोने तक पाँव पटक रहा था ओर अर्पिता कमरे के चारो कोनो को दस पंद्रह बार नाप चुकी थी। संगीता की आँख खुली तो देखा अर्पिता कमरे मे ही वॉक कर रही है। पहले तो संगीता को डर लगा की कहीं अर्पिता को नींद मे चलने की आदत तो नहीं है मगर फिर अर्पिता से बात करने पर पता चला की यहाँ तो रोग कुछ ओर ही लगा है। संगीता घड़ी के सामने देखती है घड़ी रात के 2.30 बजे की ओर इशारा कर रही थी। घड़ी देख के संगीता फिर से सो गई। अर्पिता बेड पर लेटकर रुद्र के सपने देखती है कुछ ही देर मे नींद उसको अपनी आगोश मे ले लेती है जो सुबह के 6 बजे तक नही छोड़ती है।

संगीता आदत से मजबूर सुबह 5.00 बजे ही उठ जाती है। मंजूड़ी स्नान घर से बाहर निकल कर देखती है तो संगीता सामने ही खड़ी मिलती है। मंजूड़ी पूछती है :– बेटा, बेगी घनी उठी हालिजे तो 5 बजे है। जा फाची सो जा 6 बजे तक आराम से उठ जाना। संगीता इंकार करती हुई स्नान करने के लिए बाथरूम मे गुस्स जाती है। मंजूड़ी अपने सुबह के पाठ पुजा मे व्यस्त हो जाती है। अपूर्व को भी चोकी के काम से शहर जाना था तो जल्दी उठ कर अथक ओर रुद्र को भी जगा देता है। अर्पिता की आंख तकरीबन 7 बजे के आस पास मंजूड़ी की डाट के साथ खुलती है। संगीता सुबह की चाय बनाकर सभी को सर्वे करती है। कुनाल जी चाय की बहुत ही प्रशंसा करते है। अर्पिता रुद्र से बोलती है क्या बात है ये भाभी तो शादी से पहले ही पापा को इंप्रेस करने मे लग गई। रुद्र बोलता है लाइन तो क्लियर करनी पड़ेगी ना अब अपूर्व से कुछ उम्मीद रही दोनों हल्के से हँसते हँसते चाय खत्म करते है।

तकरीबन 10 बजे के आस पास अपूर्व रुद्र ओर अथक के साथ गाँव के कुछ लड़को को साथ लेकर शहर की बस पकड़ता है। अपूर्व एसपी ऑफिस जाता हैं। अपूर्व के सपोर्ट के लिए बिरम जी भी वही ही उपस्थित होते है। अपूर्व एसपी सर को गाँव की हिस्ट्री बताता हुआ

चोकी को रीओपन करवाने की एप्लिकेशन देता है। एसपी सर एक टीम को गठित कर बहुत जल्द गाँव ओर चोकी का जायजा लेने के लिए भेजने का बोलते है फिर बिरम जी ओर अपूर्व दोनों एक साथ एसपी ऑफिस से बाहर आते है। अथक अपूर्व को सी आई के साथ कदम से कदम मिलाते हुए बाहर आता देख रुद्र से बोला :– सी आई सर के साथ बाहर आता हुआ अपूर्व कितना प्यारा लगता है ना।

रुद्र :– हाँ। ओर ये भी अगर वर्दी मे हो तो ओर भी अच्छा लगता।

अथक :– अपूर्व अपने सपने को लेकर जो मेहनत कर रहा है ना बहुत जल्द वर्दी मे भी देखेंगे।

अपूर्व एसपी ऑफिस से बाहर आता हुआ बिरम जी से कहता है :– सर, गाँव मे कल हुई एक 5 साल की बच्ची की अकाल्पनिक मौत की घटना ने मुझे इस काम को बहुत जल्दी करवाने पर मजबूर कर दिया। अब वो मौत थी या हत्या ये कन्फ़र्म नही कह सकता मगर मेरे विचार मे 80% वो एक हत्या ही थी इसलिए मुझे लगता है की इस चोकी का जल्द खुलना बहुत जरूरी है।

बिरम जी पूछते है :– 5 साल की बच्ची की हत्या।

अपूर्व :– हाँ सर! मुझे तो यह एक हत्या ही लगती थी।

बिरम जी :– किस तर्ज पर तुम्हें ऐसा लगता है।

अपूर्व :– सर, एक तो उस बच्ची की बॉडी गाँव के कुए के पास थी ओर दूसरा ये की उसके गर्दन पर कुछ निशान थे मतलब ऐसा लगता है की उसे गला दबाकर मारा गया था। अगर आप इसके बारे मे ईनक्कारी करे तो...

बीच मे ही बिरम जी बोल पड़ते है :– अपूर्व। बच्ची का केस स्टेशन तक नही पहुंचा ओर नहीं किसी ने इसके लिए कम्प्लेण्ट करी है। तो ऐसे मे हम कोई एक्शन नही ले सकते है। एनी वय... चलता हूँ।

अपूर्व :– जी सर।

अथक :– चलो, अब पहले चाय पीते है फिर बस अड्डे चलेंगे।

सभी चाय पीने के लिए अरोड़ा रेस्टोरेन्ट जाते है चाय पीने के बाद रुद्र अपूर्व से 'के एन कॉलेज' चलने के लिए बोलता है।

अथक :– कॉलेज क्यों?

रुद्र :– अर्पिता के बीए का फोरम भरना है कल लास्ट तारीख है कॉलेज के सामने ही ई-मित्र से फोरम भरवाकर सबमिट करवाना है।

अथक :– मगर...

रुद्र :– अगर मगर कुछ नहीं अंकल को फिर समझाते रहेंगे पहले फोरम तो भर देते है।

अथक :– वो बात नही है फोरम तो भर देंगे मगर फिर अर्पिता का जोधपुर मे रहना अलाऊ करेंगे।

रुद्र :– गर्ल्स पीजी हॉस्टल मे रहेगी उसका भी इंतजाम हो जाएगा अभी बस फोरम...

अपूर्व :– चलो, भर देते है। आगे क्या होगा वो सब बाद मे ही सोचेंगे।

अपूर्व सुभाष ओर दूसरे लड़को को गाँव के लिए निकलने को बोलता है बाकी सब गाँव की बस पकड़ते है सुभाष अपूर्व के साथ चल देता है चारो के एन कॉलेज पहुँचते है। रुद्र फोरम भरवाता है फोरम भरने के बाद फोरम की हार्डकोपी पर अर्पिता के हस्ताक्षर की जरूरत पड़ती है रुद्र अर्पिता के हस्ताक्षर को देखकर जाली हस्ताक्षर करता है। अपूर्व सिद्धांतों पर चलने वाला प्रशासनिक सेवा की तैयारी करने वाला विध्यार्थी होने के कारण रुद्र को जाली हस्ताक्षर करने पर टोकता है। रुद्र कहता है कहाँ रहता है अपूर्व! आज कल ये सब चलता है अर्पिता को कहाँ से लेकर आएगा हस्ताक्षर मैंने कर दिये है सारे डॉकयुमेंट साथ लेकर आये है अभी किसी लड़की को पकड़ कर बात करके उसके द्वारा जमा करावा देंगे।

अपूर्व :– मगर ये गलत है। रुद्र...!

रुद्र :- कुछ गलत नहीं है। सब सही है ओर जायज भी; सिर्फ अर्पिता के ही साइन किए है कोई कलेक्टर के साइन नहीं किये है ओर इसमे तुझे गलत लगता है तो ये लोग इतनी शर्ते रखते है क्या वो गलत नहीं है? कभी ये अटेच करो कभी वो अटेच करो, कभी इसके साइन नही है कभी उसके साइन नहीं है। बेचारे स्टूडेंट्स करे भी तो क्या? ये सब तुम्हारे नजर मे गलत है हमारी नजर मे कुछ नही।

अथक :- अपूर्व, हम लोग लॉ के स्टूडेंट है हमारी पहली क्लास ही यही से शुरू होती है की झूठ को सच कैसे दिखाना है ओर सच को कैसे झूठा पटकना है। यार तुम अपना देखो रुद्र जो कर रहा है करने दो।

अपूर्व :- ठीक है। जो तुम लोगो को अच्छा लगे करो। कोई प्रोब्लेम हुई तो मैं इन्वोल्व नहीं हूँ।

रुद्र :- तुम बस देखते जाओ ये फोरम कैसे सबमिट होता है ओर अर्पिता का फ़र्स्ट लिस्ट मे ही नाम कैसे निकलता है।

रुद्र कॉलेज के मुख्य द्वार पर खड़ा होता है एक लड़कियों का ग्रुप निकलता है। रुद्र उस ग्रुप से बात करता है ये मेरे दोस्त के बहन का फोरम है वो साथ नही आ सकती है ओर इस कॉलेज मे बॉय्ज़ अलाऊ नही हैं अगर तुम मे से कोई इस फोरम को जाकर सबमिट करवा दो तो तुम्हारी ही एक बहन की हेल्प हो जाएगी ओर वो उदास खड़ा भाई(अपूर्व की तरफ इशारा करता हुआ) उसकी बहुत सारी दुवाएँ मिलेगी एक लड़की रुद्र की बातों से हल्की हल्की मुस्कुराती हुई मान जाती है ओर फोरम लेकर जमा करवाने चली जाती है अर्पिता का फोरम बिना कोई रुकावट के जमा हो जाता है।

संगीता कमरे मे बैठी न्यूज़ पेपर पढ़ रही होती है अर्पिता चाय बनाकर ले आती है। संगीता पूछती है ये कौनसा समय है चाय पीने का तो अर्पिता बताती है अभी 12.30 बजे है यह चाय पीने का अच्छा टाइम है फिर 2 बजे के पास मे खाना हो जाएगा। संगीता बोलती है मगर मुझे आदत नही है।

अर्पिता कहती है :– हो जाएगी अगर कुछ दिन साथ रहोगी तो फिर सवाल करती हुई पूछती है वैसे आप दोनों की मुलाक़ात कैसे हुई थी।

संगीता :– दोनों कौन?

अर्पिता :– भैया ओर आप?

संगीता :– हाँ अपूर्व ओर मेरी; हम दोनों की मुलाक़ात रुद्र की ही देन है रुद्र बचपन से मेरे पापा के केफे मे काम करता था। रुद्र के पढ़ाई का खर्च लगभग मेरे पापा ने ही उठाया था। जब मैं लॉ की पढ़ाई के लिए कॉलेज अहमदाबाद शिफ्ट हुई तब साथ मे रुद्र भी शिफ्ट हो गया फिर रुद्र ओर अपूर्व की दोस्ती हुई फिर मेरी ओर अपूर्व की भी दोस्ती हो गई। हम चारो साथ मे ही कॉलेज मे पढ़ते थे।

अर्पिता :- ओर आपको फिर भैया से प्यार हो गया।

संगीता :– नही, प्यार का अभी तक कोई इरादा नही है। जब होगा तो बता दूँगी।

अर्पिता :– अच्छा तो फिर सुजन्ता की बात सुनकर इतनी जलन क्यों हो रही थी।

संगीता :– कोई जलन नही हुई।

अर्पिता :– वो तो सामने दिख रहा है। कोई लड़की का एक दोस्त के लिए इतना दूर अनजान गाँव तक का सफर करना... मतलब तुम खुद समझती हो।

संगीता :– अभी बस दोस्त है प्यार का कोई इरादा नही है मैं खुले विचारो की हूँ ऐसा कुछ होता तो पहले ही बता देती है।

अर्पिता :– चलो अच्छा है प्यार नही तो दोस्ती पर ही छोड़ देते है बाकी सब समय बता देगा।

अपूर्व ओर उसके साथी शहर से गाँव आते है तो गाँव के बाइपास एरिया के पास पड़े 100 बीघा बिडा मे से एक लड़की की आवाज सुनाई देती है। अपूर्व ओर उसके साथी आवाज सुनकर बिडे की ओर भागते है मगर बकरियों के अलावा कोई नजर नही आता है। सुभाष कहता है चलो यहाँ कोई नही है शायद हमे भ्रम हुआ। अपूर्व कहता है नही कोई भ्रम नही हुआ उधर देख टेकरी पर कुछ भेड़ – बकरियाँ नजर आ रही है इसका मतलब कुछ तो है तभी लड़की की आवाज फिर से गूँजती है। अपूर्व ओर उसके साथी बड़े बड़े केंर के पेड़ो की ओर भागते हुए जाते है जहां चार लड़को के चंगुल से एक 13 साल की बेबस लड़की अपने आप को बचाने की कोशिश करती है। रुद्र ओर अथक बिना कुछ आव-ताव देखे उन लड़को पर टूट पडते है मगर जैसे तैसे करके वो लोग वहाँ से भागने मे कामियाब हो ही जाते है अथक अपना कोट उतार कर उस लड़की को ढकता है लड़की बहुत गबरा जाती है। रुद्र उसे अब सुरक्षित होने का विश्वास दिलाता है अपूर्व बैग से बोतल निकाल कर उसे पानी पीने को देता है फिर रुद्र उसके ओर उन्ह लड़को के बारे मे पूछता है।

लड़की गबराई हुई थी तो धीरे धीरे बोली :– मेरा नाम नदिमा है मैं बोहरा समाज की हूँ। हमेशा मेरे पापा ओर भैया के साथ भेड़ियाँ चराने आती हूँ। आज पापा की तबीयत खराब थी तो मैं अकेले ही आ गई थी मगर मुझे पता नही था की मेरे साथ ये सब...... कहती हुई लड़की रोने लगती है रुद्र उसको चुप करवाता है। अपूर्व उन्ह लड़को के बारे मे पूछता है लड़की के बताने से पहले ही सुभाष बोल देता है की पूर्व सरपंच का लड़का ओर उसके दोस्त थे।

अपूर्व लड़की से उसके घर वालो के नंबर लेकर कॉल करता है लड़की की माँ कॉल उठाती है। अपूर्व वहाँ की घटना बताता हुआ उसकी माँ को बुलाता है उसकी माँ के वहाँ आने पर अपूर्व पहले तो उसकी माँ को अकेले भेड़िया चराने भेजने को लेकर डांटता है फिर शांत होकर समझाता हुआ उनको बच्ची के साथ घर भेज देता है। अथक को चरती भेड़ियो के साथ कुछ देर रहने का बोलकर अपूर्व रुद्र ओर सुभाष के साथ सरपंच के घर की चला जाता है।

अथक अकेला बाते करता हुआ बोलता है :– ये लो आज का दिन देखने के लिए पढ़ा; लॉ के स्टूडेंट को भेड़िये चराने की ज़िम्मेदारी दे दी।

हुर्र हुर्र हुर्र हे हे हे हे टर्र टर्र टर्र देखि कठी मरे है किस्मत अथक किस्मत तेरे कर्मा मे भेड़िया चराना ही लिखा है। भगवान न करे कहीं सुजन्ता न आ जाये अगर उसने देख लिया तो इज्जत के कांकरे हो जाएंगे। तेरी लव स्टोरी तो शुरू होने से पहले ही खत्म।

अपूर्व रुद्र ओर सुभाष तीनों सरपंच के घर पहुँचते है अपूर्व सरपंच से राम राम करता है सरपंच भी जवाब मे राम राम करता हुआ अपूर्व को बैठने को बोलता है।

रुद्र गुस्से मे तो था ही सरपंच के आदर को ठुकराता हुआ बोला :– जिस घर मे दुर्योधन जैसे इंसान रहते है वहाँ हम बैठते नहीं है।

सरपंच अपनी बेज्जती होते देख बोला :– कई बकवास करे है।

अपूर्व रुद्र की ओर शांत रहने का इशारा करता है। फिर सरपंच से बात करता है :– सरपंच जी, आपके इस आदर सत्कार के लिए शुक्रिया मगर हम बैठने के लिए नही आए है हमे तो बस आपके लड़के से मिलना था अगर उसे आप बुला लेते तो।

सरपंच चिड़चिड़ाता हुआ बोला :– वो बाहरे गयोड़ों है क्यू कोई काम हो।

रुद्र फिर बोलता है :– ऐसे दरिंदों का इस दुनिया मे भी कोई काम नहीं है।

सरपंच :– ऐ छोरा, तू अपनी जबान संभाल के बात कर, थने बैरो है कठे ऊबो है। अपूर्व तू साफ साफ बता कई कहनों चावे है।

अपूर्व :– सरपंच जी, अगर कहने जैसी बात होती तो वो अभी सामने आ जाता अपने छोरे के पायजामा के नाड़े का ध्यान रखो। घर की बहू बेटियाँ की इज्जत खतरे मे है। अपने लड़के को घर के साथ साथ गाँव की बहन बेटियों की इज्जत करना सिखाओ।

रुद्र :– लड़कियों की इज्जत करना सिखाओ लुटना नहीं।

सरपंच चिलाता हुआ अपने लड़के को आवाज लगाता है :– विक्रम ऐ विक्रमीया....! बारे मर.....

विक्रम कमरे से बाहर आता है सरपंच विक्रम के सामने देखता हुआ पूछता है :– कई करण आयो रे।

विक्रम :– कई कोणी करियों; इन्ह अपूर्व री तो.....

रुद्र ऊंची आवाज मे बोला :– ओय, अपूर्व के पीछे भी नजर घूमा ले अगर कुछ भी बोला तो यही लूटा लूटा(घसीटकर) के मारूँगा बता इनको क्या कर रहा था।

सुभाष :– ये क्या बताएगा चाचा मैं बताता हूँ।

सरपंच :– कोई जरूरत कोणी खुद री तो दिखे कोणी ओर मारे छोरा रे बारे मे बताय। अपूर्व तू बता कई होयों।

अपूर्व :– बाई पास वाला बिड़ा मे बकरियाँ चरा रही नाजिर जी बोहरा की लड़की के साथ जबदस्ती कर रहा था।

विक्रम अपूर्व की बात को हंसी मे लेता हुआ बोला :- हाहाहाहा ये कोई नई बात है। हअ...।

रुद्र गुस्से से बोला :– नई वाली तो बात नही है मगर मेरे सामने ये पहली गलती है अगर इस बार कोई गलती करता पकड़ा गया ना; माँ भवानी की कसम पैरो पर खड़ा रहने लायक नही छोड़ुंगा इस बात का ध्यान रखना।

अपूर्व :– सरपंच जी, ध्यान रखना वरना जवान बेटे का बोझ बुढ़ापे मे उठा नही पाओंगे।

सरपंच हाथ जोड़कर बोलते है :– म्हारे हाथो से बाहर है बेटा... पण आगे से एड़ी गलती कोणी होने दूंला।

रुद्र :– वो ही आपके ओर हमारे दोनों के लिए ठीक रहेगा। चलते है।

फिर अपूर्व नाजिर जी के घर जाता है नाजिर जी अपूर्व ओर रुद्र को देखकर हाथ जोड़ते हुए दरवाजा तक सामने आते है बड़े ही आदर से सबका स्वागत करते है।

अपूर्व नाजिर जी के जोड़े हुए हाथो को पकड़ कर नीचे करता हुआ बोला :– हम उम्र मे आपसे छोटे है आपको ऐसे हाथ नही जोड़ने चाहिए।

नाजिर जी :– नहीं बेटा, आज तो मैं थारो कर्जदार बन गयो। म्हारी छोरी री इज्जत नही बचाई तू तो म्हारे घर री इज्जत बचा ली अगर आज तू बखत पे नही आता तो म्हा लोग किणे ही मुंडो देखावे जेडा कोणी रहता है।

नदिमा(नाजिर जी की बेटी) थाली मे हल्दी से रंगकर एक धागा लेकर आती है ओर अपूर्व से बोलती है :– अपूर्व भैया, म्हारे मजहब मे तो ये नही माना जाता है पण कहते है आपके धर्म मे इस धागे का बहुत मोल है भाई बहन का ये विश्वास धागा रक्षा सूत्र होता है। आज आपने म्हारी इज्जत की रक्षा करके एक भाई का धर्म निभाया है इसलिए मैं इस धागे के जरिये आपको ज़िंदगी भर के लिए अपना भाई बनाना चाहती हूँ अपूर्व नदिमा से राखी बंधवा कर अपनी धर्म बहन बना देता है ओर उसे अर्पिता की तरह बहन बताकर ज़िंदगी भर रक्षा करने का वचन देता है।

रुद्र नदिमा से पूछता है :– नदिमा, पढ़ाई भी करती है या सिर्फ भेड़...

नदिमा :– भैया, 6 वी कक्षा तक पढ़ी फिर आगे अम्मा ओर अब्बू...

रुद्र :– कोई नही; तुम आगे पढ़ना चाहती हो।

नदिमा हाँ मे सर हिलाती हुई बोलती है :- हाँ, अगर अब्बू मान जाए तो।

रुद्र नाजिर जी से बोलता है :– क्या नाजिर जी अगर बच्ची आगे तक पढ़नी चावे तो इसके पढ़ने मे आपको क्या परेशानी हो रही है।

नाजिर जी :– बेटा, तीन औलाद है घर मे आ ही मोटी है भेड़ बकरिया चराकर घर रो खर्चो निकालूँ हूँ इतने मे पढ़ाई रो खर्च...।

रुद्र :– नाजिर जी, सरकारी स्कूल मे बच्चे की पढ़ाई का कोई खर्चा नही आता है पूरे वर्ष मे ही मुश्किल से 5000 हजार तक खर्चा आयेगा ओर वो मैं दूंगा आप इस बच्ची को आगे पढ़ाओ।

नाजिर जी :– बेटा, वो...

अपूर्व नाजिर जी का हाथ पकता हुआ बोला :– बेटा वेटा अब कुछ नही नाजिर जी स्कूल खुलते ही इसका दाखिला करवा देना। अब हम चलते है।

फिर अपूर्व सुभाष से कहता है :– सुभाष अब तू अकेला नही रहा भाई घर पर इंतजार करने वाली आ गई है। हम लोग अथक के पास जाते है तुम यहाँ से सीधे घर की ओर निकल जाओ।

रुद्र बोलता है :– ओर हाँ मेरे भानजे जिनांश को मेरा प्यार देना।

सुभाष :– हाँ जरूर, चलता हूँ।

अथक :– हुर्र हुर्र.... हहहे... टिट्र्र टिट्र्र... आरे यार ये तो कुछ समझ ही नही रही है। अब क्या करूँ इस अपूर्व के बच्चे ने कहाँ फ़स्सा दिया।

रुद्र अपूर्व से अथक के बारे मे बोलता है :– अरे यार, अपूर्व आज तो कमीने की हालत बड़ी ही टाइट हो गई होगी बकरियों के बीच मे भागता होगा। बेचारा!

अपूर्व हँसता हुआ बोलता है :- हाँ, लगता ऐसा ही है.... फिर रुद्र ओर अपूर्व दोनों साथ मे हँसते है।

रुद्र हाहाहाहा हँसता हुआ बोलता है :– मुझे तो लगता है उसको 10 – 12 बकरियाँ दिला देनी चाहिए नदिमा ओर वो दोनों साथ मे चराते रहेंगे... अपूर्व ओर रुद्र दोनों हसी मज़ाक करते हुए अथक तक पहुँचते है।

अथक अपूर्व ओर रुद्र से बोलता है :– आरे यार ये लोग इनको कैसे हैंडल करते होंगे यार! एकाद घंटे मे ही मुझे तो थका दिया भाग भाग कर परेशान हो गया।

अपूर्व हँसता हुआ बोलता है :– ठीक है तो इसका भी अनुभव मिल गया की बकरियाँ कैसे चराते है कभी कोर्ट मे बकरियों से सबन्धित कोई

केस आ जाएगा तो ये अनुभव काम आयेगा। फिर रुद्र ओर अपूर्व दोनों हँसने लगते है।

अथक लाठी जमीन पर फेकता हुआ बोला :– हँस लो...हँस लो .....। कमीनों....। आज तुम्हारा दिन है।

रुद्र अपूर्व से बोलता है :– आरे यार, मैं क्या सोच रहा था अथक को एक दो बकरियाँ खरीद कर दे ही देते है। कोर्ट से वकील साहब तो पता नही कब प्रेक्टिस के लिए बुलाएँगे तब तक के लिए ये ही ठीक रहेगा फ्री बैठा क्या करेगा। अपूर्व ओर रुद्र हँसी ठिठोली करते रहते है अपूर्व ओर रुद्र को हसता देख अथक भी धीरे धीरे हँस देता है।

फिर नदिमा की माँ के आने पर उसको बकरिया सोपकर तीनों दोस्त घर की ओर निकल जाते है।

** ** **

गोधुली वेला सूर्य अस्त होने को आया था अथक ओर अपूर्व अपने पीस पॉइंट पर चले जाते है। संगीता मंजूड़ी के साथ रसोई मे हाथ बटाती है अर्पिता अपने रूम मे बैठी लेप टॉप के साथ खेल रही होती है उसी वक्त सरोज अर्पिता से झगड़ने के लिए घर पर आ जाती है। सरोज अपने घर अर्पिता के नहीं आने पर नाराजगी जताती है अर्पिता सरोज से सॉरी बोलती है दोनों के बीच समझाईश होती है। फिर सरोज अर्पिता से रुद्र के बारे मे पूछती है। अर्पिता बताती है इस वक्त उनकी एक ही जगह है वो है घर की छत जाकर मिल ले सरोज रुद्र के पास छत पर जाती है।

जिजू, रुद्र जिजू कहा हो, कहती हुई सरोज छत पर आ जाती है।

रुद्र सरोज के सामने देखकर बोलता है :– हाय!

सरोज :– हाय! अकेले अकेले क्या कर रहे हो।

रुद्र बोलता है :– बैठा हूँ। ये प्रेमचद जी की "बड़े घर की बेटी" किताब पढ़ रहा था।

सरोज :– आपको पढ़ने का बहुत शोक है।

रुद्र :– क्यों? आपको नही है।

सरोज :– नहीं ऐसी बात नही है मुझे तो ऐसी कहानिया पढ़ने का बहुत शोक है मगर अभी तो स्कूल की किताबे भी पूरी नही होती है तो ये कब पढे।

रुद्र :– सो तो है। एनी वे, कोंग्रेचुलेशन... सगाई होने पर।

सरोज :– हाहाहा... थैंक यू; ओर आपको भी।

रुद्र :– मुझे किस बात की बधाई।

सरोज :– अर्पिता ने बताया था कल रात को आपके साथ क्या बात हुई।

रुद्र :– ओह...! ये बात है।

सरोज :– हाँ जी, अब तो मुझे हक है आपको जिजू बुलाने का।

रुद्र बात पलटता हुआ बोला :– वो नादान है ओर आप भी।

सरोज :– सही है; हम लड़कियां पैदाइशी नादान होती है आप लोग तो होशियार होते हो ना।

रुद्र :– अरे आप तो बुरा मान गई मेरा मतलब वो नही था।

सरोज :– चलो छोड़ो रुद्र जी! इन्ह बातों को नादान कौन है ओर कौन नही ये तो वक्त ही बताएगा आप तो बस इतना बताओ मेरी शादी तक तो आप रुक रहे हो ना।

रुद्र :– मेरा तो जाने का कोई इरादा नही है मगर हाँ लगता है आपको जल्दी है हमे यहा से विदा करने की।

सरोज :– नही रुद्र जी, हमारा ऐसा कोई विचार नही है इस गाँव ओर गलियों से विदा होने का वक्त तो हमारा नजदीक आ रहा है ।

रुद्र :– बहुत खुश नजर आ रहे हो लगता है शादी को लेकर उत्साहित हो।

सरोज :– ये तो सभी को लगता है मगर दिल तो उस लड़की का जाने जिसकी शादी होने वाली होती है। मैं तो खुश नही हूँ फिर पता नही आप लोगो को किस ऐंगल से हॅप्पी नजर आ रही हूँ।

रुद्र :– अच्छा ऐसा क्या हुआ? जो खुश नही हों। हमने तो सुना है शादी मे तो सभी खुश होते है।

सरोज :– हाँ। हमने भी सुना था मगर दूसरों की शादी हो तो खुशी होती है खुद की शादी मे तो सिर्फ लड़के ही खुश हो सकते है। लड़कियां पर तो शादी बस थोपी जाती है ओर बेचारी लड़कियां उसे स्वीकार करती है।

रुद्र :– ये शादी के पहले की नरवेशनेस है सामान्यता यह शादी के समय हर एक लड़कियों के साथ होता है कुछ समय के बाद सब ठीक हो जाएगा। डोंट माइंड।

सरोज :– बस यही सोचकर हम लड़कियां चलती रहती है की एक दिन सब ठीक हो जाएगा ओर ऐसे करते करते पता नही चलता कब उम्र निकल जाती है ओर जिम्मेदारियाँ बढ़ती जाती है। एनी वे कभी तो ऐसा वक्त भी आयेगा जब लोग हमारी फीलिङ्ग्स को भी समझेङ्गे आगे आप "बड़े घर की बेटी" कहानी पढ़ रहे हो तो शायद इसमे भी कोई जवाब मिल जाएगा।

रुद्र :– सरोज जी आपकी बातों को मैं समझ रहा हूँ जब भी आपको लगे की आपकी परेशानी मेरे साथ शेयर करने लाइक है उस वक्त बेफिक्र होकर बता सकते हो। फिलहाल आप इस उलझन मे हो की अपनी परेशानी मेरे साथ शेयर करनी चाहिए या नही इसलिए कब से आप पहेलीयों मे बात कर रही हो मगर आपकी बातों से इतना तो मैं समझ चुका हूँ की आप इस शादी को लेकर अभी खुश नही हो।

सरोज :– शायद आपने सही पकड़ा है अभी मैं चलती हूँ बाकी की बातें फिर कभी करेंगे बहुत देर हो जाएगी। घर पर सभी इंतजार कर रहे होंगे मैं तो बस अर्पिता से मिलने आई थी तो सोचा आप से हाय हैलो कर लेती हूँ।

रुद्र :– अच्छा किया कभी किसी दोस्त की कमी महसूस करो तो आपका स्वागत है।

सरोज :– फिलहाल तो मुझे जाना होगा फिर कभी जरूर बात करूंगी। बाय।

रुद्र :– बाय। शी यू। सरोज भी शी यू कहती हुई अपने घर की ओर निकल पड़ती है।

अथक तुम्हें नही लगता की गाँव मे इस बार सरपंचो के चुनाव मे किसी युवा और पढे लिखे उम्मीदवार को उतारना चाहिए अपूर्व अथक से बात करता है।

अथक :– हम्म... उतारना तो चाहिए इस बार महिला सीट है अगर कोई लड़की हो तो ओर भी अच्छा हो सकता है।

अपूर्व :– गाँव मे लेडीज का सरपंच बनना बस नाम मात्र होता है सारे फैसले तो उसके मर्द ही लेता है।

अथक :– इसलिए इस बार किसी युवती को उम्मीदवार बनाकर उतारे तो कैसा होगा।

अपूर्व :– उम्मीदवार उतार ने का मतलब?

अथक :– यही की 2014 के चुनावो मे गाँव से हमारा उम्मीदवार उतारते है ओर जिससे वो नाममात्र नहीं रहकर वो खुद फैसले ले।

अपूर्व :– मगर हमारा उम्मीदवार का मतलब नही समझा। कौन हो सकता है?

अथक :– अर्पिता...

अपूर्व :– नही, कभी सोचना भी मत; उसके सपने अलग है ओर वो तीन साल के लिए जोधपुर सिफ्ट हो रही है इसके लिए तुझे कोई ओर को ही सोचना पड़ेगा।

अथक :– ठीक है सोचते है मगर फिलहाल तुम राजनीति मे ज्यादा भाग नही लो तो ही अच्छा होगा आगे चलकर पुलिस स्पेक्टर बनना है कोई राजनेता नही।

अपूर्व :– जानता हूँ मगर इस गाँव की तस्वीर बदलनी है तो हमे पुरानी सोच वालो को तरुण सोच रखने वालो मे बदलना होगा उसके लिए हमे अभी से तैयार होना पड़ेगा।

अथक :– हम्म देखते है क्या होता है? फिलहाल तो भूख लग रही है घर चलते है।

छोरी थन्हे तो रसोई रो सारो काम आवे थारी माँ कनू सिखी मंजूड़ी संगीता से पूछती है।

संगीता :– नही आंटी जी, वो युट्यूब से।

मंजूड़ी :– हे...??? ओ कुण हैं।

संगीता :– आंटी जी यह कोई इंसान नही है यह तो एक मोबाइल फोन पर एप्प है जिस पर सीखने की हर चीज मिल जाती है ओर आपको पता है यह सब मैंने कॉलेज मे आने के बाद ही सीखा।

मंजूड़ी :– अच्छा! थू तो घनी होशियार निकली बड़ो किस्मत वालो होवेला जिकों थारू ब्याह करेला।

संगीता हल्की सी स्माइल करती हुई मन मे बोलती है :– वो किस्मत वाला ओर कोई नही आंटी जी आपका ही बेटा है जिसके लिए मैं पापा से झगड़ के यहाँ तक आई हूँ।

मोसी माँ खाना कहाँ है बहुत जोरों से भूख लगी है अथक चिलाता हुआ रसोई मे घुसता है।

संगीता खाना लगाती है सभी रात का भोजन करते है रात का खाना होने के बाद अपूर्व रूम मे पढ़ने बैठ जाता है संगीता ओर अथक दोनों चौक मे गप शप मारने बैठ गए। अर्पिता ओर रुद्र दोनों सोने को चले गए।

दूसरे दिन सुबह चाय के समय मंजूड़ी अपूर्व से सरोज के ब्याह पर सभी के कपड़े खरीदने के लिए चलने को बोलती है। अथक फोन से ऑनलाइन शॉपिंग करने की राय देता है तो कुनाल जी यह बोलते हुए टोकते है की बेटा तुम्हारे ये ऑनलाइन वाले उधार ड्रेस दे देंगे क्या? अथक लड़खड़ाती जुबान से बोलता है मोसु दादा... वो... तब कुनालजी समझाते हुए बोलते है बेटे ऑनलाइन शॉपिंग करना कोई बुरी बात नही है मगर हमारे स्थानीय व्यापारियों का भी सोचना चाहिए, जब हमे उधार मे कोई सामान खरीदना होता है तो हम हमारे आस पास के दुकानदारो के पास जाते है ओर जब रोकड़ हो तो ऑनलाइन वाले याद आ जाते है ऐसा नही होना चाहिए। कुनाल जी की बात सुनकर अथक हमेशा ये बात याद रखूँगा बोलता हुआ सोरी कहता है। इधर सरोज के पापा कॉल करके अपूर्व को निमंत्रण कार्ड छपवाने ओर हलवाई वाले को फिक्स करने के लिए बोलते है। अपूर्व रुद्र ओर अथक को अर्पिता ओर मंजूड़ी के साथ मार्केट जाकर शॉपिंग करने का बोलता है ओर खुद सरोज के घर चला जाता है। जब वो चारो शॉपिंग के लिए जाते है तो रुद्र मंजूड़ी की हेल्प करता है। अर्पिता चोरी छुपे रुद्र के लिए गिफ्ट खरीदती है, अथक साड़ियों की दुकान से निकल कर गर्ल्स वेयर्स शॉपिंग मे जाता है। वहाँ से येल्लो कलर की एथनिक श्रग ड्रेस खरीदता है। शॉपिंग मोल से बाहर निकलते वक्त अथक सुजन्ता से टकरा जाता है। अथक ओर सुजन्ता दोनों एक दूसरे को वहाँ देखकर सरप्राइज़ हो जाते है

अथक अचानक उसको अपने सामने देखकर कन्फ्युजन मे बोलता है तुम, नही आप, नही सुजन्ता जी आप यहाँ। सुजन्ता भी बोलती है हाँ मैं, वो कुछ ड्रेसेस खरीदनी थी सो... मगर आपको यहाँ देखने की उम्मीद नही थी। मेरा तो ठीक है मगर आप इस गर्ल्स वेयर्स शॉप मे क्या कर रहे हो। अथक बोलता है हाँ वो मोसी माँ ओर रुद्र के सरोज की शादी की शॉपिंग करने के लिए आया था। सुजन्ता बोलती है मगर कहाँ है वो लोग मुझे तो कहीं नजर नही आ रहे है। अथक जवाब मे बोलता है अरे वो उस सामने वाली शॉप मे है। सुजन्ता पूछती है तो आप अकेले यहाँ किसके लिए आये हो। अथक धीरे से बोलता है जिसके लिए खरीदने आया वो तो मेरे सामने ही खड़ी है। सुजन्ता सुन लेती है वो बोलती जी, समझी नही। अथक नही कुछ नही कहता हुआ निकलने की कोशिश करता है।

सुजन्ता अथक को रोकती हुई बोलती है अगर आपके पास समय है तो मेरी हेल्प कर सकते हो। अथक बोलता है जी किस तरह की हेल्प। सुजन्ता बोलती है ड्रेसेज सिलैक्ट करने की। अथक मुसकुराता हुआ बोलता है स्योर, क्यों नही। दोनों साथ मे ड्रेस खरीदते है, सुजन्ता एक जीन्स टॉप, अनारकाली शूट ओर लॉन्ग स्कर्ट ड्रेस खरीदती है फिर सुजन्ता भी अथक के साथ वहाँ आ जाती है जहां मंजूड़ी खरीददारी करती है। अर्पिता दोनों को साथ मे देखकर बोलती है मेढक कहींका हम यहाँ परेशान हो रहे है ओर ये इस मेंढकी के साथ शॉपिंग कर रहा है। मंजूड़ी पूछती है कौन मेंढकी तो रुद्र बताता है जरा पीछे मुड़कर देखो ये इतनी जलन किसके लिए है। मंजूड़ी पीछे मुड़कर देखती है सुजन्ता, मंजूड़ी के पाँव छूती है, मंजूड़ी आशीर्वाद देती हुई पुछती है बेटा तुम यहाँ किसके साथ आयी। सुजन्ता बताती है आई तो अकेली ही थी मगर फिर ये अथक मिल गया तो सोचा आपके साथ ही वापस गाँव चलती हूँ। अर्पिता मन मे बोलती है जानती हूँ ये मेंढक कुछ ज्यादा ही एडवांस है कॉल करके बता दिया होगा ओर तुम आ गई। रुद्र अर्पिता से बोलता है क्या सोच रही हो कही तुम भी तो वही नही सोच रही हो जो मुझे लगता है। अर्पिता बोलती है हाँ वही सोच रही हूँ इस मेंढक को तो घर चलकर देखती हूँ कुछ ज्यादा ही फड़फड़ा रहा है। रुद्र हल्के से हँसता हुआ बोलता है शांत। सुजन्ता अर्पिता ओर रुद्र से हाय करती है ओर दोनों जवाब मे हैलो बोलते है फिर वो पांचों गाँव की ओर लौटते है इधर अपूर्व ओर संगीता भी सरोज के घर से लौट जाते है। घर लौटने पर अपूर्व ओर संगीता ने सुजन्ता से हाय हैलो किया। अर्पिता अपूर्व ओर संगीता को खरीदा हुआ समान दिखाती है। मंजूड़ी चाय बनाने के लिए रसोई मे चली जाती है। अर्पिता अपूर्व ओर संगीता तीनों बातों मे व्यस्त हो जाते है। अथक सुजन्ता के साथ व्यस्त हो जाता है।

रात को भोजन के समय केवल जी अपूर्व के घर आते है। मंजूड़ी केवल जी को खाने के लिए बोलती है सभी साथ मे भोजन करते है। केवल जी मंजूड़ी ओर कुनाल जी को बताते है की कल सुबह सरोज का सावा लिखा रहे है तो उनको सपरिवार वह उपस्थित होना है ओर कल के बाद सरोज के ब्याह तक सभी को उनके घर ही भोजन करना है। कुनाल जी तो कुछ नही बोलते मगर मंजूड़ी हाँ मे जवाब देती हुई बोलती है की क्यूँ नही देवर जी आ कोई केवे जेड़ी बात है ओ तो आपाने घर को ही काम है। जरूर आएंगे।

सभी भोजन करके अपने अपने रूम की ओर चल देते है। रुद्र छत पर चला जाता है घर की छत रुद्र के लिए अब पसंदीदा जगह बन गई है ये बात सभी जान गए थे क्योंकि रुद्र का अधिकतर रात का समय छत पर ही बीतता था। अब घर के सभी सदस्य को मालूम था की किस समय रुद्र कोनसी जगह मिलेगा। अपूर्व अपनी स्टडि मे व्यस्त हो गया ओर अथक लेप टॉप लेकर बैठ गया। तकरीबन 10 बजे अर्पिता दबे पाँव छत पर आ जाती है मानो वह तो इंतजार ही कर रही हो की कब सब कमरो के दरवाजे बंद हो ओर कब वो रुद्र के पास छत पर पहुंचे। अर्पिता की भावनाएं रुद्र के प्रति दिन प्रतिदिन बढ़ती जा रही थी मगर खुल के इजहार करने मे डरती थी छत पर रुद्र अपने मग्न मे प्रेमचंद जी का नॉवेल पढ़ रहा था। अर्पिता हल्के पैरो से छत तक आ पहुंची है मगर रुद्र को इसका आभास तक नही हुआ की कोई उसके करीब आकर खड़ा भी हुआ है। अर्पिता रुद्र के बगल मे आकर बैठ जाती है अचानक रुद्र मग्न मुद्रा से बाहर आता है जैसे ही वह किताब की दुनिया से बाहर आता है तो अर्पिता को अपने बहुत करीब देखकर रुद्र चोंक जाता है ओर हड़बडाट मे बोलता है अर्पिता तुम....तुम.... तुम कब आई ।

इतने क्यों घबरा रहे हो, मुझे आए हुए तो तकरीबन 20 साल हो चुके है अर्पिता हल्की हल्की मुस्कान के साथ बोलती है। रुद्र जवाब मे बोलता है नही मेरा मतलब वो नही था।

अर्पिता :– रुद्र जी आपका मतलब क्या है मैं समझती हूँ मगर आप तो इस किताब मे ऐसे गुस्से पड़े हो की अगर ऊपर से प्लेन भी गुजर जाये तो भनक तक नही पड़ेगी जरा किताबों की दुनिया से बाहर आओ इस जगत मे बहुत सी चीजे ऐसी है जो देखने-पढ़ने ओर समझने लायक है।

रुद्र :– वही तो समझने की कोशिश कर रहा हूँ।

अर्पिता :– जी! क्या समझने की कोशिश कर रहे हो?

रुद्र :– कुछ नही; आप तो ये बताओ इतनी रात गए आप छत पर क्या करने आए हो। कुछ ज्यादा ही बुरी आदत नही हो रही है।

अर्पिता :– रुद्र जी बात है ऐसी की यह छत आपकी तो अब चहती बनी है मगर मेरा ओर इसका रिश्ता तो बहुत पुराना है।

अच्छा! मगर मैंने तो सुना है आपको रिश्तेदारी शब्द से ही नफरत है तो फिर ये इसका उल्टा कैसे हो रहा है रुद्र अर्पिता के नजदीक चहरा ले जाकर बोलता है

अर्पिता :– हम्म, यह तो आप अपने विवेक से सोचिए हम तो ऐसे है की जिससे दिल लग गया उसको ज़िंदगी भर नही छोड़ते है ओर जो दिल से उतर गया उसकी शक्ल देखना भी पसंद नही करते है।

रुद्र :– ओह... ऐसा भी है क्या?

अर्पिता :– हम्म।

अच्छा! तो यहा दिल किस पर आ गया छत या कोई ओर... रुद्र भौहे ऊपर करता हुआ अर्पिता के आंखो मे झाँककर बोलता है।

अर्पिता :– ये भी हम आपके विवेक पर ही छोड़ते है रुद्र जी।

रुद्र :- अच्छा! कहीं आपका इरादा मेरे विवेक की परीक्षा लेने का तो नही है।

ये भी आपके विवेक पर ही निर्भर करता है जैसा आप उचित समझे कहती हुई अर्पिता हल्की हल्की हँसने लगती है।

रुद्र अर्पिता को हँसते देख बोला :– हँसती हुई बहुत अच्छी लगती हो।

अर्पिता :– सभी यही कहते है।

रुद्र :– मतलब।

अर्पिता :– लाइन मार रहे हो।

रुद्र हँसता हुआ बोलता है की यह अब आपके विवेक पर छोड़ते है जैसा आप समझे।

अर्पिता :– हम्म! मतलब मेरा डायलॉग मेरे को ही चिपका रहे हो ।

रुद्र :– नही डायलॉग नही मार रहा हूँ आपकी परीक्षा है की अब आप कैसे निर्णय लेती हो।

अर्पिता :– निर्णय तो कब का ले चुके है रुद्र जी! ओर एक दो बार इशारा भी कर दिये है बस अब तो इंतजार है उस पल का जब सामने वाला खुद खुलकर सच बोल दे।

रुद्र :– क्या सुनना चाहते हो।

अर्पिता :– वही जो दिल मे दबाये बैठे हो कोशिश तो मेरी जारी है की मैं इन आंखो के जरिये दिल की किताब को पढ़ सकूँ मगर अक्षर धुंधला रहे है लगता है मेरी आंखे कमजोर हो गई इसे पढ़ने के लिए बहुत बड़ा चश्मा लगवाना पड़ेगा या फिर ओर करीब से देखना पड़ेगा।

अच्छा! किताब को ही करीब से पढ़ने की कोशिश कर लो शायद चश्मा लगवाने की जरूरत नही पड़े कहता हुआ रुद्र अर्पिता के ओर करीब होता हुआ उसके आंखो मे देखने लगता है।

अर्पिता भी रुद्र के आंखो मे बिना पलक झपकाये देखने लगती है दोनों एक दूसरी की आंखो मे खुद को ढूंढ्ने की कोशिश करते है दोनों इतने करीब थे की दोनों की साँसे एक दूसरे मे घुलने लगी थी।

अर्पिता रुद्र की आँखों मे देखती हुई मन मे बोलती है कितनी नशीली आंखे है इन नशीली आंखो के जरिये साफ साफ दिख रहा है जो दिल मे छुपाकर बैठे हो। बस जरूरत है तो दिल की बात को लब्बों तक लाने की; इतना क्या सोच रहे हो अब बोल भी दो रुद्र! मुझे इतना करीब लाकर कहीं छोड़ मत जाना क्योंकि मैं तुम्हारे बिना अब एक पल भी नही रह सकती; पल पल हर पल तुम्हारी होती जा रही हूँ रुद्र; तुम्हारी इन आंखो को देखती हूँ तो जी करता है की ताउम्र देखती रहूँ। जी चाहता है तुझे अभी गले लगाकर अपने प्यार का खुलकर इजहार कर लूँ मगर डरती हूँ की कहीं तुम नाराज नही हो जाओ क्योंकि... क्योंकि मैं अभी तक समझ नही पायी हूँ की तुम भी मुझे प्यार करते हो या सिर्फ दोस्त के रूप मे ही स्वीकार करना चाहते हो। मैं तुम्हारे इन्ह लब्बों से मेरे प्यार का नगमा सुनना चाहती हूँ पता नही वो दिन कब आयेगा। अब ओर कितना इंतजार करना पड़ेगा रुद्र कितना इंतजार करना पड़ेगा। अब सह नही पा रही हूँ।

रुद्र के मन की स्थिति :– ये कैसी बेबसी है अर्पिता तेरे लब्बों को इतना करीब पाकर भी छु नही पा रहा हूँ। मैं जानता हूँ अर्पिता की तुम भी मुझे बहुत प्यार करती हो मगर ये समय सही नही है अभी इजहार करके मैं तुम्हें डिस्टर्ब नही करना चाहता हूँ इतना इंतजार किया है तो 4 साल का ओर इंतजार सही तुम्हारे प्यार से ज्यादा मेरे लिए तुम्हारी पढ़ाई ओर सपने इंपोर्टेन्ट है। मुझे इंतजार रहेगा अर्पिता उस दिन का जब तुम अपनी स्टडि कंप्लीट कर के आओगी ओर मैं तुम्हें बाहों मे लेकर अपने प्यार का इजहार करूंगा पता नही वो दिन कब आयेगा मगर जिस दिन भी आयेगा वो पल मेरी ज़िंदगी का सबसे खूबसूरत पल होगा।

दोनों एक दूसरे की आंखो मे खोये अपने दिल की बाते खामोशी से ब्याँ करने की कोशिश करते है। दोनों के दिल की धड़कने इतनी तेज बढ़ जाती है की धडकनों की आवाज के आगे ट्रेन की सिटी भी धीमी सुनाई देती है। दोनों एक दूसरे मे इतने खो जाते है की पास हो रही किसी भी प्रकार की हलचल का आभास तक नही होता है।

संगीता फोन पर बात करते करते छत तक आ पहुँचती है उसकी नजर अर्पिता ओर रुद्र पर पड़ती है। अर्पिता के पीठ पीछे होने की वजह से संगीता को पहले तो ऐसा लगा की दोनों किस्स करने मे लगे है। जब दोनों की नींद नही टूटी तो संगीता दबे पाँव दोनों के पास आकर खड़ी हो जाती है। संगीता देखती है की रुद्र ओर अर्पिता एक दुसरे के बहुत करीब आँखों की गहराईयों मे डूब चुके है। काफी देर उन दोनों का नाटक देखने के बाद जब संगीता को लगा की ये दोनों इस मदहोसी की परमसीमा पार कर चुके है तो संगीता जोर से खेहखारा करती है। अर्पिता ओर रुद्र दोनों अपने ख़्यालो से बाहर आते है। अर्पिता संगीता को अपने पास खड़ा पाकर ओर रुद्र को अपने होठो के इतना नजदीक देख अपनी जगह से खड़ी हो जाती है।

संगीता तुम.... मतलब तुम यहाँ...कब कैसे, हड़बडाट मे अर्पिता बोलती है।

संगीता दोनों हाथो को अपने बगल मे बांधती हुई एक कदम आगे रखती हुई बोलती है :– हाँ मैं ओर तुम दोनों क्या कर रहे थे।

मगर तुम कब आई रुद्र संगीता से पूछता है।

संगीता :- तुम कब आई मतलब, मैं जो पूछ रही हूँ पहले उसका जवाब दो।

अर्पिता :– हाँ वो हम... हम वो... पहले पलक कौन झपकाता है खेल खेल रहे थे।

रुद्र :– हम्म वही शर्त लगी थी जो पहले पलक झपकाएगा वो वो... मन मे (धत क्या बोल रहा है रुद्र)

संगीता :– मूर्ख समझते हो; मैं पिछले 5 मिनट से तुम दोनों को देख रही हूँ 10 बार से तो अधिक बार पलके झपका चुके हो।

तुम दोनों बाते करो मुझे नींद आ रही है कहती हुई अर्पिता भागकर नीचे चली जाती है।

संगीता :– रुको। अर्पिता!

अर्पिता :– बाय।

रुद्र अर्पिता को आवाज लगता हुआ बोलता है :– अर्पिता जी।

अर्पिता... 'जी' संगीता रुद्र को अर्पिता के पीछे जी लगाते देख बोली।

रुद्र अर्पिता को रोकने की कोशिश करता है मगर अर्पिता चली जाती है।

संगीता रुद्र से बोलती है :– ये क्या चल रहा है रुद्र कही तुम दोनों का चक्कर.......।

दोस्त है जैसा तुम सोच रही हो वैसा कुछ नहीं है रुद्र बीच मे ही बोल देता है।

हम्म! करती हुई संगीता बोलती है दोस्त ही रहो तो अच्छा है।

रुद्र :– मगर तुन्हे बहुत मजे आ रहे।

संगीता बोलती है :– रुद्र! कहीं ऐसा नहीं हो की तुम दोनों की नादानी की वजह से अपूर्व ओर तुम्हारी दोस्ती नही बिगड़ जाए।

बहुत कुछ सोच लिया संगीता तुमने अब जाकर सो जाओ बाय, गुड नाइट सुबह मिलते है कहता हुआ रुद्र भी गुस्से मे नीचे सोने को चला जाता है।

संगीता वही खड़ी रहती है फिर अकेले मे बड़्बड़ाती है :- मैंने ऐसा क्या बोल दिया जो इसे बुरा लग गया।

** ** **

सुबह की अजान, मंदिर के घण्टियों की गूंज ओर मुर्गो की कुक के साथ सूर्य देव अपने पंचअश्व रथ पर सवार होकर उदय होते है। संगीता के हाथो की चाय से अर्पिता की नींद खुलती है। बाकी सब तो तैयार होकर आँगन मे आ जाते है मगर अर्पिता की चाय उसके बेड पर ही जाती है। संगीता अर्पिता को चाय देती हुई बोलती है गुड मॉर्निंग! रात का नशा उतरता उतरता उतरेगा चाय पीकर बाहर आ जाओ। अर्पिता संगीता की बात सुनकर सोचती है रात का नशा। तब तक मंजूड़ी की आवाज अर्पिता के कानो तक आ पड़ती है अर्पिता अगर चाय हो जावे तो तैयार होकर जल्दी बाहर आ जाइजे। छोरा अपूर्व तू रुद्र ओर अथक ने ले जल्दी थारे चाचा रे घर पहुँच ब्याह रो घर है घणा काम होवे सगली जिम्मेदारियों भी थारे माथे ही है।

मन्हे कोई काम से शहर जानो है तो फाचों आना मे टाइम लगेला कुनाल जी बीच मे बोल पड़े।

मंजूड़ी :– कई मतलब है थानो। आज छोरी रो हावों लिखा रहयाँ है ओर थाने शहर जाना री पड़ी। थे बठे नही रहवोला जने कुण रहवेला लोग कई केवेला है।

कुनाल जी :– कोई पूछे तो बता दिजे कोई काम सु शहर गए है शाम तक आवेला।

मंजूड़ी :– किताक दिन भागो आखिरकार तो भाइयाँ हाथे बैठनों पड़ी। थारा मोठोड़ा(बड़ा) भाई बड़े शहर मे जा बसिया ओर थे कने हो

पण कई कामरा कोणी। थारे छोटा भाई रे माथे कई बीतेला; सरोज थारे भी की लागे है।

अपूर्व 100 रुपए लेकर जाना महाराज ने देना पड़ेला कहते हुए कुनाल जी घर से बाहर निकल जाते है।

अपूर्व रुद्र ओर अथक के साथ सरोज के घर पहुंचता है ओर घर के सभी कामों से फ्री होकर मंजूड़ी भी संगीता ओर अर्पिता के साथ वहाँ पहुँच जाती है।

सरोज के घर:

केवल जी मंजूड़ी से पूछते है :– भोजई, भाई साहब जी कोणी आया।

मंजूड़ी :– देवर जी वे तो सवेरे सवेरे ही शहर निकल गया।

केवल जी :- भोजई, भाई साहब ने ठा ही की आज सरोज रो हावों लिखिजे ला फचे भी...

मंजूड़ी :– देवर जी, थे जी छोटों मत करों। वे छोरी रे ब्याह मे जरूर आवेला म्हारे माथे भरोसा रखों।

केवल जी :– भोजई थाने माथे तो पुरो भरोसों है जणे ही तो सरोज रे ब्याह रो सारो काम थाने संभलायो हूँ।

चाचा पंडित जी बुला रहे है अपूर्व, केवल जी को आवाज लगाता है।

पंडित जी अथक से बोलते है :– बेटा, एक थाली मे कुमकुम, चावल, पानी वाला नारियल, 11 रुपए, छोटा लाल वस्त्र लेकर आओ।

आओ आओ केवल जी आप यहाँ विराजमान हो जाओ हम सभी रिद्धि सिद्धि के दाता विध्नन हरता भगवान गणेश जी री स्तुति कर लग्न लिखने री प्रक्रिया शुरू करते है।

माता रानी के असीम कृपा से श्रीमति संतोष देवी पत्नी श्री केवल राज शुक्ला की सुपुत्री सरोज शुक्ला का ब्याह शुभ दिन 19 जुलाई

2013, वार शुक्रवार, आषाढ़ सुदी ग्यारस विक्रम सवंत 2069, गोधुली वेला सायं 7.15 बजे आयुष्मान अखिल त्रिपाठी सुपुत्र नारायण त्रिपाठी के संग तय हुआ। आयुष्मान अखिल त्रिपाठी सुपुत्र नारायण त्रिपाठी आयुष्मती सरोज शुक्ला सुपुत्री केवल राज शुक्ला के आँगन शुभवेला पर गाजाबाजा के साथ पधार कर सुकन्या का पाणिग्रहण करे।

पंडित जी के लगन पत्रिका लिखने का कार्य पूर्ण होने के बाद सभी भोजन करने लगते है। कुनाल जी अपूर्व को आज से ही आमंत्रण पत्र देने का कार्य सोप देते है।

बड़ी माँ, बड़े पापा नही आये सरोज मंजूड़ी से पूछती है।

मंजूड़ी :- बेटा उनको कोई काम आ गया इसलिए शहर गए।

बड़ी माँ झूठ बोल रही हो ना मुझे पता है बड़े पापा, पापा से नाराज है इसलिए नही आ रहे है उस दिन सगाई मे भी नही आए ओर आज भी...

मंजूड़ी सरोज को समझाती हुई बोलती है :- एडी कोई बात कोणी बेटा; आ जाएंगे थू मन छोटों मत कर।

पापा कभी तुम से नाराज रह पाये है क्या? सरोज; वो भले ही दिखा रहे हो मगर कभी भी अपने बच्चो से नाराज नही हो सकते; अर्पिता सरोज को समझाती हुई बोलती है।

जानती हूँ अर्पिता बड़े पापा कभी भी मेरे से नाराज नही रहे मगर आज उनकी इस बेटी को उनके आशीर्वाद की जरूरत है तो वो सामने ही नही आना चाहते है मैंने ऐसा क्या कर दिया? बताओ ना जीजी; सरोज मायूस चेहरे के साथ बोलती है।

वो जितना प्यार मेरे से करते है उससे कहीं गुणा ज्यादा प्यार तेरे से करते है पगली! तो भले पापा तेरे से मुह क्यों फेरेंगे। तुम रोना बंद कर ओर चल खाना खा ले फिर दर्जी के वहाँ भी चलना है।

सभी खाना खाकर अपने अपने कामो मे व्यस्त हो जाते है। अपूर्व ओर रुद्र कार्ड देने के लिए गाँव की ओर निकल जाते है। अर्पिता ओर अथक विनीता के घर निमंत्रण पत्र देने जाते है। अथक, सुजन्ता के लिए

खरीदी गई ड्रेस लेकर विनीता के घर पहुंचता है। विनीता ओर अर्पिता गपशप करने बैठ जाती है। विनीता की माँ चाय बनाने रसोई मे चली जाती है। अथक, विनीता से सुजन्ता के बारे मे पूछता है। विनीता बताती है की वो अपने रूम मे ही है मैं बुलाती हूँ तो अथक ये कहता हुआ मना कर देता है की मैं ही ऊपर चला जाऊंगा उसका कुछ सामान मेरे पास रह गया वो वापस करना है तुम दोनों लगी रहो। विनीता मज़ाक करती हुई बोलती है अथक तेरे पास आज कल उसका बहुत कुछ पीछे छुट रहा है।

अथक :– ऐसी कोई बात नहीं है।

अर्पिता हँसती हुई बोलती है :– जाओ मेंढक जाओ, मेंढकी तुम्हारा ही इंतजार कर रही होगी। विनीता ओर अर्पिता दोनों साथ मे हंसने लगती है।

अथक अर्पिता को बोलता है :– तू चुप कर छिपकली।

अथक सुजन्ता के रूम तक जा पहुंचता है मगर उसकी हिम्मत कमरे के अंदर जाने की नही हो रही थी। लंबी गहरी सांस लेकर बड़ी हिम्मत के साथ अथक दरवाजा नोक करता है। सुजन्ता लेपटॉप पर काम रही होती है दरवाजा नॉक की आवज सुन वो दरवाज़ के सामने देखती है तो अथक हाथ मे बड़ा सा डब्बा लिया खड़ा होता है।

अथक! आप, आओ आओ अंदर आओ ना जब दरवाजा खुला है तो फिर नॉक करने की कहाँ जरूरत पड़ी।

अथक रूम मे प्रवेश करता है। सुजन्ता खड़ी होकर अथक का स्वागत करती है ओर सामने पड़ी बंद कुर्सी को खोलती हुई अथक को बैठने के लिए बोलती है। विनीता की माँ चाय लेकर आ जाती है अथक उनके हाथो से चाय की ट्रे लेकर टेबल पर रख देता है विनीता की माँ ये कहते हुई नीचे चली जाती है की तुम दोनों बाते करो मैं जिनांश के पास जाती हूँ।

सुजन्ता अथक से पूछती है सो, आज कैसे आना हुआ। अथक बताता है की वो सरोज की शादी का कार्ड देने लिए अर्पिता के साथ आया था । सुजन्ता अच्छा कहती हुई पूछती है की कहाँ है अर्पिता तो

अथक बताता है की वो नीचे विनीता के साथ बातें कर रही है। सुजन्ता बोलती है तो चलो हम भी नीचे चलते है। अथक अचानक बोलता है नही। सुजन्ता चौंकती हुई बोलती है हम्म। अथक बात बदलता हुआ कहता है की अब चाय यही आ गई तो पीकर चलते है ना। सुजन्ता हाँ ये तो बात सही है कहती हुई बैठ जाती है। दोनों धीरे धीरे चाय खत्म करते है। अथक चाय खत्म करने के बाद बोलता है सुजन्ता जी वो... वो... अथक को ऐसे बोलते देख सुजन्ता कहती है वो वो ही करते रहोंगे या आगे भी कुछ बोलोंगे। अथक पैक किया हुआ डिब्बा आगे की तरफ करता हुआ बोलता है ये आपके लिए लाया था। सुजन्ता बोलती है किस बात की खुशी मे; अथक कहता है हमारी दोस्ती का पहला गिफ्ट है सुजन्ता हल्की सी मुस्कुराती हुई कहती है अच्छा, मगर ये कब हो गई। अथक कहता है मेरी तरफ से तो दोस्ती हो गई मगर तुम चाहो तो अभी कर सकती हो। सुजन्ता हँसती हुई बोलती है बातें बहुत अच्छी कर लेते हो। अथक, धीरे से बोलता है बचपन से; सुजन्ता सिर हिलाती हुई हम्म करती है फिर बोलती है मगर इसमे क्या है? अथक बोलता है अब तो मैंने दे दिया है तो तुम ही खोल के देख लो। सुजन्ता डिब्बा खोलकर देखती है तो अंदर से एथनिक श्रग ड्रेस निकलती है। सुजन्ता उत्सुकता के साथ बोलती है वाउ, वेरी नाइस, नोट बेड चॉइस अथक! थेंक यू, वैसे रिटर्न गिफ्ट मे क्या लेओगे। अथक बोलता है रिटर्न गिफ्ट मे, हम्म के साथ कुछ सेकंड सोच कर बोलता है सरोज की शादी के रिसिप्शन मे ये ड्रेस पहनकर आ जाना यही मेरा रिटर्न गिफ्ट होगा। सुजन्ता हँसती हुई कहती है क्यों नही, जरूर जरूर आपकी ये इच्छा भी पूर्ण करेंगे।

अथक :- अच्छा तो अब नीचे चलते है अर्पिता से भी मिल लो। दोनों साथ मे नीचे आ जाते है। कुछ देर सभी के साथ मे गपशप चलती है फिर अथक ओर अर्पिता दोनों विदा लेकर घर लौट आते है।

अरे कुनाल, थू ओर जोधपुर मे; रास्तो तो नही भटक गयों कुनाल जी के पीछे से एक आवाज आती है।

अरे रघुनाथ, तू आठे कुनालजी उस व्यक्ति को देखकर बोलते है।

रघुनाथ ओर कुनाल जी दोनों अपने जमाने मे दोस्त हुआ करते थे फिर एक दिन काम के सिलसिले मे रघुनाथ जोधपुर की तरफ रुख

करता है ओर धीरे धीरे अपना घर परिवार के साथ जोधपुर मे ही सेटल हो जाता है।

रघुनाथ जी बोलते है अरे मे तो आठे ही रहूँ पण थन्हे आज आठे जोधपुर मे कई काम पड़ियों।

अरे, रघुनाथ मैं तो कोई काम आयो पण थारू मिलनों हो जावेला एडो कोणी सोचियों कुनाल जी बोलते है।

रघुनाथ जी हँसते हुए बोले हहहहा तो आठे कुण सोचियों, चल आजा चाय पीते है।

दोनों चाय की दुकान पर जाकर बैठ जाते है रघुनाथ जी चाय वाले को 2 कप चाय का बोलते है।

फिर रघुनाथ जी पूछते है :- हाँ भाई कुनाल तो अब बता आज जोधपुर कीकर आनो होयों।

कुनाल जी जवाब देते हुए बोलते है :- भाई रघुनाथ, सच बताऊँ तो मन्हे म्हारी छोरी वास्ते कोई छोरियाँ रि हॉस्टल देखनी थी थारे नजरा मे कोई ढंग रि हॉस्टल है तो बता।

रघुनाथ जी बोले :– हाँ भाई, हॉस्टल तो घनी है पण थू आ बता की थन्हे कुनसी जगहा चाहिजे।

कुनाल जी :- हॉस्टल तो आठे पावटा रे आगी-नेडी(आस-पास) मे हो तो सही रहे।

रघुनाथ जी अच्छा अच्छा करते हुए बोलते है पण छोरी आठे केनी पढ़ाई करने आवे है।

कुनाल जी बोलते है :– हाँ, वह कॉलेज रि पढ़ाई करने आवे रे आठे पावटा कने छोरियों रि कॉलेज है वठे फोरम भरियों है।

रघुनाथ जी :– आ बात तो चौखी है भाई कुनाल पण एक बात बता छोरी जात ने 12 तक तो ठीक है पण....

कुनाल जी बीच मे बात काटता हुआ बोलियाँ :– अगर थन्हे भी छोरियाँ रे पढ़ाई से दिक्कत है तो कोई बात मत करना।

रघुनाथ :– अरे नही, नही भाई कुनाल थू तो नाराज हो गयो।

कुनाल जी :– नाराज वाली बात कोणी है भाई रघुनाथ, मैं म्हारी छोरी ने खूब पढ़ा लिखा कर बड़ी अफसरनी बनानी चाहूँ। मन्हे लोगा रि बात से कोई फर्क कोणी पड़े।

रघुनाथ जी :– बात थांरी चोखी है भाई, मन्हे भी अच्छों लागयों सुनकर की थू थारे टाबरा ने पढ़ा लिखाईन काबिल बनानी चावे।

कुनाल जी :– हाँ, भाई टाबर काबिल हो जावे तो निहाल हो जाऊ। पण अब थू, मन्हे अच्छी सुख सुविधा से सम्पन्न छोरियाँ रि हॉस्टल बता दे।

रघुनाथ :– हाँ, हाँ आठे ही पावटा सी रोड माथे लड़कियो रि हॉस्टल है अर आपने जान पहचान वाला री है पण छोरी रो नंबर तो कॉलेज मे आयगो वेला।

कुनाल जी :– नंबर, तो आयगो है मैं पतो लगायों हूँ ओ देख छोरी रो नाम इन्ह लिस्ट मे आयोडो है आ पहली लिस्ट है इन्हरे फचे एक ओर दुजी लिस्ट भी आने वाली है पण म्हारी छोरी रो तो पहला ही नंबर आईगो। 12 वी मे 85 प्रतिशत बनाया है अब तो सरोज रे ब्याह फचे म्हारी छोरी हॉस्टल मे आ जावेगी।

रघुनाथ जी चाय की चुस्की के साथ बोले :– अरे, कुनाल अबार तू की सरोज रे ब्याह रि बात कर रहियों थों आ सरोज कुण की है।

कुनाल जी :– आरे, केवलीया री छोरी है आपानी सरोज उन्ह रो ब्याह है आ आवे जिकी 19 तारीख रो।

रघुनाथ जी सरोज तो आपने अर्पिता से छोटी है तो फचे इतो बेगो ब्याह; आ बात तो कोणी जच्ची।

कुनाल जी :- मन तो म्हारों भी घनी दुखे पण कई करा छोरी रे माँ रो जिद्द है।

रघुनाथ जी :- अच्छा आ बात है तो भाई लुगाया रे जिद्द रे आगे कुन जीत सकियों। अब ब्याह रि बात चाल गई तो तू भी बता दे आपने अर्पिता रो ब्याह कद करवाने रो विचार है कोई टाबर देखियों।

कुनाल जी :– अर्पिता रो ब्याह तो उन्हरी पढ़ाई रे खत्म होने रे फचे ही करवाना रो विचार है अर रही टाबर देखने रि बात तो अबे अर्पिता रे पढ़ियोंडो ही टाबर देखाला।

रघुनाथ जी :- बात तो सही है पण कुनाल आज काल रा टाबरा रा भरोसा भी कोणी शहरा मे पढ़ने आवे ओर दिल लगा बैठे। काल थारी छोरी भी कढ़ी ओर छोरा से....

कुनाल जी :- कहीं कहनी चावे है रघुनाथ, मन्हे म्हारे टाबरा माथे पुरो भरोसों है ओर बात रही अर्पिता री तो उन्हरी पढ़ाई खत्म होने रे बाद मे मैं खुद ही पूछ लेऊँ अगर ऐडो की होई तो मैं खुद खुशी खुशी छोरी रे पसंद रे छोरा हाथे ने फेरा देव।

रघुनाथ :- वाह रे कुनाल वाह, मतलब मान मर्यादा रो भी ख्याल कोणी थन्हे। ए बाता खाली करयोडी ही फुटरी लागे है असल ज़िंदगी मे कोणी; समाज रो भी देखनों पड़े।

कुनाल जी - समाज अर मान मर्यादा रो पुरो ख्याल है रघुनाथ पण टाबरा रे खुशियाँ रि तरफ भी देखनों पड़े ओर ऐडा समाज रो कहीं मान जिकों खुशियाँ मे तो शामिल होवे अर कोई परेशानी होवे के दूर हो जावे। देखे कोणी ब्याह शादी मे लोग कितों खर्च करें समाज आवे खावे अर चलो जावे पण जद बैने ही टाबरा रि शादी शुदा ज़िंदगी मे देहण(समस्या) होवे के कोई नेडो कोणी आवे। सब मुंडा ले जाता रे। वैसे भी म्हारा पिताजी कहता था की बेटा दुनिया घोड़े चढ़या ने भी हँसे अर पैदल चलता ने भी हँसे है। मन्हे म्हारे टाबरा री खुशियाँ री चिंता है लोगा री बाता से कोई फर्क कोणी पड़े।

रघुनाथ जी :– एक बात बोलूँ कुनाल, तू आज से 30 साल पहला भी म्हारी समझ से बाहरे हो अर आज भी समझ कोणी आवे पण थारी बाता हैवे सोलह आना सच।

कुनाल जी :– चल अब हॉस्टल दिखा दे बाद मे गाँव भी फाचो जानो है।

कुनाल जी हॉस्टल देखने के बाद वापस गाँव लोटते है।

अपूर्व, अपूर्व...! कठे गयो रे कुनाल जी आवाज लगाते हुए घर मे प्रवेश करते है।

आ गया थे शहर जानो है शहर जानो है बिना काम शहर जाकर टाइम खराब करयों मंजूड़ी बोलती हुई रसोई से बाहर आती है।

आरे भाई बिना काम थोड़ी शहर गयो कोई तो काम हो जने शहर गयो हो। अब रामायण बाचनी बंद कर अर तू तो आ बता की घर हूनो हूनो कीकर लागे है सगला टाबरिया किद गया कुनाल जी हाथ पाँव धोते हुए बोलते है।

अपूर्व ओर रुद्र तो चाचा के घर से अभी आयें नही है और अथक ओर संगीता दोनों खेत मे गये है अर्पिता टावल के साथ बाहर आती हुई बोलती है।

ठीक है ठीक है थारी माँ ने कह चाय बना दे ओर तू अथक ओर अपूर्व को फोन करके घरा बुला ले कोई जरूरी बात करनी है। कुनाल जी अर्पिता के हाथ से टावल लेकर कुर्सी पर बैठते हुए बोले।

आरे इति भी कहीं जरूरी बात करनी है आज खुश घना हो शहर मे कहीं अर्पिता रे रिश्तो देख आया कई मंजूड़ी रसोई मे से चिल्लाती हुई बोली।

ले थन्हे तो हरेक टाइम ओही हूजे। किती बार मैं कहियों म्हारे टाबरा रे अबार कोई हगाई हगपण नही करणों फचे क्यूँ ब्याह रे लारे पड़ी। तू पहला चाय पीला दे बाकी सब सगला आजावे जने बताऊँ कुनाल जी, मंजूड़ी को फटकार लगते हुए बोले।

अर्पिता अथक ओर अपूर्व को कॉल करने के बाद धीरे से कुनाल जी से पूछती है :– पापा, आज इतने खुश; कोई खुशी कि खबर है।

आरे थू आठी आ, आठीले बैठ बेटा खुश खबर कई बहुत बड़ी खुश खबर है कुनाल जी अर्पिता को पास मे बिठाते हुए बोलते है। अथक ओर अपूर्व आते है तब तक मंजूड़ी चाय बनाती है।

पापा ऐसा भी क्या काम आ गया जो तुरंत घर बुलाया अपूर्व कुर्सी पर बैठता हुआ बोलता है।

हाँ, अपूर्व रुद्र आओ आओ बैठो पहले चाय पिलो बाद मे बताता हूँ कुनाल जी रुद्र ओर अपूर्व के सामने चाय की ट्रे सरकाते हुए बोले।

ये लो संगीता ओर अथक भी आ गए अर्पिता बोलती है। कुनाल जी आरे अथक ओर संगीता बेटा, आओ आओ तुम दोनों भी आओ यहाँ बैठो। मंजूड़ी को बोले आरे देवी! थू भी तो बैठ।

अर्पिता :– पापा ऐसी भी क्या बात है आप सभी को साथ क्या बताना चाहते हो।

कुनाल जी :– हाँ सब आ गया तो पहले आ पदम जी मिठाई वालों री मिठाई खाओ अर अब सुनो इति खुशी री बात अर्पिता रे वास्ते है। अर्पिता रो नंबर कॉलेज मे आइगो अब म्हारी छोरी जोधपुर मे पढेला।

अर्पिता खुश होती हुई बोली :– सच पापा, रेगुलर पढ़ूँगी ना।

कुनाल जी :– हाँ, भाई रेगुलर। ओर तो ओर मैं तो जोधपुर मे हॉस्टल भी देख आयो।

अपूर्व :– हॉस्टल।

कुनाल जी :– आरे, छोरियाँ री हॉस्टल है बेटा! मन्हे तो घनी पसंद आई ओर मैं तो तय भी करके आयो हूँ पूरे साल रा 14000/- लेवेला।

अर्पिता हॉस्टल का नाम सुनकर थोड़ी उदास हो जाती है ओर धीरे से बोलती है :– पापा हॉस्टल। हॉस्टल क्यूँ?

कुनाल जी :– बेटा, थारी पढ़ाई वास्ते घर से अच्छा हॉस्टल ही होगा अर घर त्याग तो विध्यार्थी रो चोथों गुण होया करे।

अपूर्व :– मगर पापा,

अगर मगर कि कोनी, आठे गाँव रे लोगा रि आंखियाँ मे चढ़ियोंडी कोई पढ़ाई कोणी होवे हॉस्टल मे पढ़ाई रे अलावा कोई काम कोणी है। समय रि बचत हो जावेला अर हाँ हॉस्टल भी कोणी गाँव आते बखत शहर(फलोदी) मे स्कूटर भी तय कर आयों कुनाल जी बोलते है।

स्कूटर की बात सुनता ही अर्पिता के उदास चहरे पर रौनक लौट आयी।

मंजूड़ी :– पण एक बात बताओ थाने ये सब कुन बता दिया कठे कठे घूम आया।

कुनाल जी हँसते हुए बोले :– हेह, गेली हुई है, मैं कोई जाणू कोणी ज्यादा नही तो 12 वी तक तो पढ़ियोंडो हूँ दुनियाँ देखी है।

मंजूड़ी :– थे इतो सब कर रहिया हो रुपया कठू लाओ आगे टाबरा रा ब्याह भी करवाना है।

कुनाल जी :– म्हारा टाबर पढ़ लिख के कामयाब हो जाई तो सब कुछ अच्छो हो जाय जद अर्पिता बड़ी अफसरनी बन जावेली तो ब्याह मे रुपया टका रि बात भी कोणी होवे एक दिन देखना म्हारा टाबर पूरे गाँव मे पढ़ाया लिखया ओर बड़े ओहदे पर काम करेंला।

मंजूड़ी :– ए थाने एडी बाता आवे कठू ओर ओ अफसरणी रो भूत कठू चढ़ियों।

कुनाल जी :– ओ कोई भूत कोणी है ओ तो म्हारे छोरी रो सपनों है जिकों आ गेली आज तक आपाने कोणी बतायों। आ तो काले बाता बाता मे रुद्र ने बता दियो की अर्पिता कई करनी चावे। रुद्र का नाम सुनकर अर्पिता रुद्र के सामने देखती है फिर धीरे से होठ हिलाती हुई मन मे थैंक यू बोलती है।

संगीता, अर्पिता से पूछती है :– अर्पिता क्या बनना चाहती हो किस डिपारमेंट मे अफ़सरणी बनने की बात कर रहे है अंकल जी।

अर्पिता :– वो....! रुद्र बीच मे बोल पड़ता है। यूपीएससी की तैयारी करना चाहती है आईएएस बनाना है।

अथक :– आईएएस।

कुनाल जी बीच मे ही बोल जाते है :- जो भी बने, म्हारी छोरी होशियार है एक दिन म्हारों नाम पूरे देश मे रोशन करेला अभी तो सारी चिंता छोड़ दे; देख म्हारी छोरी गाँव मे पहली छोरी है जिकों शहर जाईन पढ़ेला।

अथक :– बधाई हो छिपकली गाँव से सीधा शहर ट्रांसफर हो रहा है क्या बात है।

अर्पिता :– बरसाती मेंढक, ये बधाई है या जलन।

बीच मे कुनाल जी :– हाँ, रुद्र बेटा; काले शहर(फलोदी) जाकर स्कूटर ले आना अथक ओर अपूर्व तो सरोज रे ब्याह रे काम मे व्यस्त रवेला तो थन्हे अकेले ही जानो पड़ेगा।

ठीक है, अंकल जी मैं चला जाऊंगा मगर अभी तो बहुत भूख लग रही है पहले खाना हो जाए रुद्र बोलता है।

अथक ओर संगीता साथ मे बोलते है :– भूक्कड।

मंजूड़ी हँसती हुई बोलती है मैं खाना लगाऊँ, सब हाथ – मुंह धोकर आ जाओ। अर्पिता कुनाल जी के गले लगती हुई बोलती है थैंक यू पापा, लव यू, कुनाल जी बोलते है म्हारा भी लव यू॥

फिर सभी साथ मे खाना खाते है बाद मे अपूर्व सारे दिन का थक्का हारा जाकर सो गया रुद्र छत पर चला जाता है। अथक, अर्पिता ओर संगीता तीनों साथ मे लूडो खेलते है।

** ** **

सुबह की अजान, मंदिर के घण्टियों की गूंज ओर मुर्गे की कुक के साथ आकाशपुर का सूर्य उदय होता है मगर अथक की सुबह एक फोन कॉल के साथ होती है अथक के फोन की रिंग बजती है। अथक कॉल उठता है फोन के उस तरफ से आवाज आती है :– हेलो।

अथक :– हम्म।

फोन के उस तरफ से :– हैलो अथक।

अथक फिर से :– हम्म।

फोन की दूसरी तरफ से :– गुड मॉर्निंग।

अथक :– हम्म।

फोन की दूसरी तरफ से :– सुजन्ता बोल रही हूँ।

अथक :– हम्म।

फोन के उस तरफ से सुजन्ता :– अब उठ भी जाओ अथक।

अथक फिर से :– हम्म।

सुजन्ता चिलाती हुई :– बाय; सुबह सुबह नाटक कर रहा है ओर इस तरह कॉल कट हो जाता है।

अथक फोन की तरफ देखता हुआ हम्म हंह्ह्म करता हुआ मुस्कुराता है फिर फोन को चूम कर रखता हुआ बाथरूम मे स्नान करने चला जाता है। संगीता चाय बनाती है तब तक सब तैयार होकर आ जाते है कुनाल जी सुबह के अखबार के लिए दरवाजे ओर आँगन के बीच कम से कम चार पाँच चक्कर काट चुके थे तभी आवाज आती है 'धड़ाक'। रुद्र बोलता है न्यूज़पेपर आ गया। कुनाल जी दौड़े दौड़े जाते है न्यूज़पेपर उठाते हुए बोलते है आरे भाईला आज मोड़ो घनो आयो रे।

आज नींद कोणी खुली चाचा; अखबार वाला साइकल की घंटी बजाता हुआ बोलकर निकल जाता है संगीता सभी को चाय देती है। रुद्र, शहर निकलने के लिए तैयार होता है अथक के फोन के मैसेज की घंटी बजती है 'टुन्यून' अथक चैक करता है तो एक ईमेल मैसेज होता है। एडवोकेट "जाकिर हुसैन" का ईमेल होता है जिसमे अथक का एप्पोइंटमेंट लेटर होता है।

अथक, कुनाल जी के चरण स्पर्श करता हुआ बोलता है :– मौसा दादा आशीर्वाद दीजिए वकील साहब का ईमेल आया है उनके चैंबर मे नोकरी मिली है। अब एक साल के लिए उनके साथ प्रेक्टिस मे रहूँगा।

अपूर्व :– सच, अथक! आरे वाह भाई गले लगता हुआ बहुत बहुत बधाई हो तुम बहुत जल्दी वकील बनो।

मंजूड़ी यह खबर सुन खुशी के मारे रसोई से बाहर आती है सच मे म्हारा छोरा वकील बन गया।

अर्पिता :– माँ, वकील के पास नोकरी मिली है अभी वकील नही बना है।

मंजूड़ी :– ए चुप कर वकील कने नोकरी करेला आ भी म्हारे लिए मोटी बात है।

संगीता :– कोंग्रेट अथक।

रुद्र गले लगता हुआ अथक को बधाई देता है बधाई हो मेंढक; आज तो सुबह सुबह मिठाई खाने का मन कर रहा है।

मंजूड़ी :– हाँ बेटा, दाल रो हलवो बनाऊ हूँ शहर जाने सु पहला खाकर जाना।

सभी अथक को बधाई देते है। अथक को याद आता है की सुजन्ता ने कॉल किया था पता नही क्या बोलना चाहती थी। कुनाल जी खेत की ओर निकलने से पहले अपूर्व को केवल जी के वहाँ जाने का बोलते है ओर रुद्र को शो रूम का एड्रैस ओर पेमेंट रिसीट देते है। रुद्र ठीक है अंकल जी कहता हुआ रिसीट ले लेता है। कुनाल जी खेतो की ओर निकल जाते है। अथक सुजन्ता को कॉल करता है। सुजन्ता, अथक को मंदिर मे मिलने के लिए बुलाती है अथक 12 बजे के आस पास मंदिर मे जाता है। सुजन्ता उसका ही इंतजार कर रही थी। अथक सुजन्ता से मंदिर मे बुलाने का कारण पूछता है सुजन्ता अपनी प्रोजेक्ट फ़ाइल अथक के हाथ मे देती हुई बोलती है गाँव के स्थिति ओर विकास की योजना इस फ़ाइल मे दे रखी है। सुजन्ता बताती है की मैंने गाँव के बारे मे बहुत ही बारीकी से अध्ययन किया है। गाँव की आबादी बहुत बड़ी है मगर सुख सुविधाओ का बहुत अभाव है। सबसे पहले इस गाँव के लिए क्या जरूरी है। हमे क्या करना है?, कैसे करना? इन्कम के क्या क्या साधन है? सब इस फ़ाइल मे बताया गया है। एक बार तुम इसकी रीडिंग मार देना अगर कोई कमीपेशी हो तो बता देना।

अथक बोलता है इसमे मे मेरा क्या काम है सुजन्ता बताती है की तुम्हें क्या करना है ओर क्या नही वो तुम इस फ़ाइल को पढ़ोगे तब पता चल जाएगी। तुम्हें कुछ करने की जरूरत नही है। फिलहाल मैं चलती हूँ।

अथक सुजन्ता को रोकता हुआ बोला :– सुजन्ता! मुझे भी कुछ कहना था।

सुजन्ता :– बोलो।

अथक :– वो... सरोज की शादी के बाद मैं भी जोधपुर सिफ्ट हो रहा हूँ मुझे जॉब मिल गई।

सुजन्ता :– कोंग्रेट! वैसे जोधपुर मे कहाँ।

अथक :– एज ए प्रेक्टिस इन लॉयर जोधपुर हाइ कोर्ट के मशहूर वकील जाकिर हुसैन जी के चेम्बर मे।

सुजन्ता :– ओह! क्या बात है काला कोर्ट पहनकर सफ़ेद झूठ बोलोंगे।

अथक :– क्या हुआ तुम्हें अच्छा नही लगा।

सुजन्ता :– नही! मैंने ऐसा कब कहाँ अच्छा है बधाई हो।

अथक :– थैंक्स।

सुजन्ता :– अब चले।

अथक हम्म करता हुआ सुजन्ता के साथ चल पड़ता है।

बड़े पापा....! कुनाल जी खेत मे खेजड़ी के ठंडी छांव मे बैठे होते है की उनके कानो के पास से एक प्यारी सी मधुर आवाज गुजरती है। कुनाल जी चारपाई से उठकर पीछे देखते हुए बोले :– आरे सरोज बेटा तू आठे खेत मे।

सरोज दौड़कर कुनाल जी के पाँव छूती है कुनाल जी सरोज को सीने से लगाते हुए बोलते है खुश रहो बेटा सरोज कुनाल जी को कसकर पकड़ती हुई बोली कैसे खुश रहूँ? बड़े पापा! कैसे?

कुनाल जी सरोज को पास मे बैठाते हुए बोले :– कहीं हुयों बेटा रोना बंद कर।

सरोज आँसुओ से भरी आंखो के साथ बोली :– बड़े पापा! कैसे खुश रहूँ आप भी बताओ। जब आप मेरे से नाराज हो तो मैं कैसे खुश रह सकती हूँ।

कुनाल जी :– अरे! कुन कियों बेटा की मैं थारे से नाराज हूँ।

सरोज :– बड़े पापा! मैंने ऐसी कौनसी गलती कर दी जो आप इतनी बड़ी सजा मुझे दे रहे हो। बताओ ना बड़े पापा सरोज की आंखो से आँसुओ की सरिता बह रही थी।

कुनाल जी सरोज के आंखो के आँसू पोछते हुए बोले :– बेटा पहले तो ओ रोनो बंद करो फचे बताओ कुन कियों की मैं नाराज हूँ।

सरोज :– बड़े पापा! नाराज नही हो तो फिर मेरी शादी मे आप क्यों नही शामिल हो रहे हो। जिस बेटी को आपने 12 साल तक अपने कलेजे से लगाकर रखा आज उसको आशीर्वाद देकर विदा करना भी नही चाहते हो बड़े पापा आपके बिना मैं शादी नही कर सकती।

कुनाल जी :– बेटा, ना ना ऐडी बाते ना कर आऊँला ना बेटा क्यूँ नही आऊँला म्हारी चहती बेटी रो ब्याह है अर मैं नही आऊँला तो फिर कुन आवेला।

सरोज बड़े पापा कहती हुई कुनाल जी के कंधे पर सिर टीका देती है। कुनाल जी अपना हाथ सरोज के सिर पर रखते हुए नही बेटा ऐसे मन छोटा नही करते है। मैं थारे से नाराज नही था थारे बाप से नाराज था थारी खुशियाँ वास्ते तो मैं अपना सब कुछ न्यौछावर कर दूँ। जरूर आहुंगा बेटा जरूर।

सरोज बड़े पापा कहती हुई ओर भावुक हो जाती है।

कुनाल जी सरोज के गालो पर हाथ से सहलाते हुए बोले :– अबे हंस भी दे बेटा।

सरोज हम्म करके हँसती हुई बोलती है बड़े पापा लव यू। कुनाल जी नकल करते हुए बोलते है लव यू। फिर सरोज ओर कुनाल जी दोनों साथ मे हल्के से हँसते है कुनाल जी के फोन की रिंग बजती है। रुद्र का फोन आता है रुद्र घर के दरवाजे पर स्कूटी लिया खड़ा था कुनाल जी रुद्र के बताने पर सरोज के साथ घर की ओर निकलते है। मंजूड़ी थाल सजाकर ले आती है अर्पिता स्कूटी के चारो ओर चक्कर लगाती है।

अथक, अर्पिता को छेड़ता हुआ बोला :– छिपकली होलीकॉप्टर पर इयू। संगीता फोन से फोटोज लेती है। मंजूड़ी स्कूटी पर तिलक-मोली बांधकर पुजा करती है। संगीता सभी को गुड्ड बांटती है।

सरोज अर्पिता को धीरे से बोलती है :– क्या बात है अर्पिता नई नई स्कूटी नया नया प्यार तेरे तो ठाठ है।

अर्पिता हल्की सी आंखे दिखाती हुई सरोज को बोलती है :- सटअप किसी ने सुन लिया तो।

सरोज मुसकुराती हुई बोलती है :- तो क्या? मेरे साथ साथ तेरी भी शादी हो जाएगी।

अर्पिता :– सटअप कुछ ज्यादा ही उड़ने लगी है। चल अंदर चल।

सरोज मना करती हुई बोलती है :– नही चलती हूँ देर हो रही है। अर्पिता सरोज का हाथ पकड़ कर घर के अंदर खिचकर ले आती हैं।

कुनाल जी सरोज को खाना खाने को बोलते है मंजूड़ी खाना लगाती है सभी लोग साथ मे खाना खाते है। खाना खाने के बाद रुद्र छत की ओर निकल जाता है अपूर्व पढ़ने बैठ जाता है। अर्पिता ओर संगीता रूम मे सोने चले जाते है। कुनाल जी खेतो की ओर निकल जाते है।

** ** **

मंजूड़ी नितनियम के साथ सुबह जल्दी 5 बजे उठती है आँगन मे रंगोली बनी हुई चॉक मे पड़ी बैंच–कुर्सी व्यवस्थित ढंग से सजाकर रखी हुई। आँगन के पोल(खंभे) फूलों की मालाओ के साथ लिपटे खड़े थे। दरवाजे पर दीपक जगमगा रहे थे बहुत ही मनोहरम दृश्य था। कुनाल जी के घर मे दोनों पति पत्नी के अलावा इतना जल्दी उठने वालो मे से कोई नही था। इन दोनों के बाद जल्दी उठने वाली मे संगीता तीसरी इंसान थी जो बाहर से आई हुई थी। मंजूड़ी, आखिरकार संगीता को ही धीमी सी आवाज देती है संगीता भी घर का दृश्य देखकर आवाक रह जाती है। संगीता अपूर्व ओर अथक को उठाती है रुद्र छत पर ही सो रहा था। मंजूड़ी अर्पिता को आवाज देकर बुलाती है अर्पिता बोलती है ये क्या है? ओर किसने किया है। रुद्र के सिवाय घर के सभी मेम्बर अब चौक मे थे तो लाजमी है की शक उसके ऊपर ही जाएगा। घर मे मचा कोलहाल से रुद्र की नींद भी उड़ गई। रुद्र नीचे आता है। सबसे नीचे वाली सीढ़ी पर रस्सी बंधी हुई थी ओर सीढ़ियों के आगे फूलो की टोकरी के साथ बहुत सारे हज़ारी गुल के फूल बिखरे हुए पड़े थे। रुद्र आधी नींद मे ही था रस्सी मे उलझकर सीधा टोकरी मे जा गिरता है 'धड़ाक'!

सभी रुद्र की स्थिति देखकर ज़ोर ज़ोर से हंसने लगते है। रुद्र की नजर हँसती हुई अर्पिता के ऊपर पड़ती है रुद्र अर्पिता को ही देखता रह जाता है। अपूर्व, दौड़कर रुद्र को उठाता है विनीता ओर सुजन्ता दोनों अर्पिता के रूम से हँसती हुई बाहर आती है फिर अर्पिता विनीता ओर सुजन्ता तीनों साथ मे बोलते है :– हॅप्पी बर्थड़े टू यू रुद्र॥ हॅप्पी बर्थ डे टू यू...

अथक बोलता है :– अच्छा तो ये सारा काम आप लोगो का था।

अर्पिता :– तुम लोगो का मतलब तुम दोनों क्या अछूते थे।

मंजूड़ी :– हे राम, इन घर रो कई होय सुबह सुबह ही शुरू हो गया म्हारा छोरा रा दांत टूट जाता तो ए मजाक महंगा पड जाता। रुद्र मंजूड़ी के पाँव छूता है, मंजूड़ी आशीर्वाद देती है।

अर्पिता :– हम्म! रुद्र जी आज तो आपका दिन है तो आपको तो कुछ करना नही है तो आप यहाँ बैठिए हम आपके लिए चाय लेकर आते है।

अपूर्व :– सोर्री यार, वो शाम के समय सरोज के पाट बैठने का प्रोग्राम है तो सुबह सुबह ही तेरा बर्थ डे सरपराइज देना पड़ा।

रुद्र :– आरे कुछ नही यार। थैंक्स। मैंने तो कभी मेरे लाइफ से भी ऐसा एक्सपेक्ट नही किया था की कभी मेरा बर्थ डे भी ऐसे सेलिब्रेट होगा। थैंक्स अ लॉट।

अथक :– थैंक्स बोलना भी है तो इस छिपकली को बोल; यह सब इसी का प्लान था हम सब तो बस हुक्म मानने वाले थे। रुद्र अर्पिता को थैंक्स बोलता है। विनीता अर्पिता को कहती है आरे भाई अकेले अकेले जस ले लोगी हमने भी तो नींद खराब कि है।

रुद्र हल्की मुस्कान के साथ बोलता है :– आरे थान्हे भी थैंक यू संगीता कहती है तुम लोग तैयार हो जाओ मैं चाय बनती हूँ।

अथक सुजन्ता से बोलता है:– सुजन्ता जी हमारे घर मे पहले सुबह सुबह मौसी माँ के हाथ की चाय पीने को मिलती थी मगर जब से संगीता आई है। मौसी माँ को तो रेटायर ही कर दिया; आप बैठिए ना सुजन्ता जी।

कुनाल जी खेत से आ जाते है। कुनाल जी सभी को सुबह सुबह इतने जल्दी आँगन मे देखकर बोले आरे आज सबा री बेगी नींद खुल गई हालिजे तो 5.00 बजे है। रुद्र कुनाल जी के पाँव छूता है अर्पिता बताती है की आज रुद्र का जन्म दिवस है, कुनाल जी रुद्र को आशीर्वाद देते है। विनीता ओर सुजन्ता भी कुनाल जी के पाँव छूती है।

कुनाल जी बोलते है:- आज तो थ्हें दोनों भी सवेरे सवेरे, अच्छा है अच्छा है। बैठो।

विनीता अथक से कहती है :– अथक तुम सुजन्ता को छोड़ देना मैं निकलती हूँ जिनांश उठ गया तो उनको परेशान करेगा।

अपूर्व :– अरे चाय पीकर जाना। तैयार हो गई है बाद मे अथक तुम दोनों को साथ मे बाइक पर छोड़ देगा।

** ** **

शाम के समय सरोज के घर पर मेहमानो का जमावड़ा लगाना शुरू हो गया औरते ब्याह के मंगल गीत गाने लगी। ढोली के ढ़ोल-थाली से घर का आँगन गूंज उठा। सरोज को पाट पर बैठाने की सारी तैयारियां हो चुकी थी मगर अभी तक कुनाल जी की एंट्री नही हुई थी। सरोज बार बार दरवाजे की तरफ देखती ओर मन ही मन सोचती है बड़े पापा आएंगे या नही, नही नही वो आएंगे जरूर मुझे प्रोमिश किया, मगर अभी तक क्यों नही आए।

अर्पिता सरोज को व्याकुल देख कर बोली :– क्या हुआ? ध्यान किधर है? क्या सोच रही हो? कोई आने वाला है। बार बार बाहर की तरफ देख रही हो। तुम्हारे बार बार हिलने से नथ भी सही नही लग रही है।

सरोज :– अर्पिता बड़े पापा।

अर्पिता :– आ रहे होंगे तुम सही ढंग से तैयार तो हो जाओ।

केवल जी मंजूड़ी से पूछते है :– भोजाई, सरोज री इच्छा पर भी भाई साहब नही आवेला।

संगीता दरवाजे की तरफ देखती है तो कुनाल जी दरवाजे के उस तरफ से आते हुए नजर आते है संगीता बोलती है :- अंकल जी! वो आ गए।

संगीता की आवाज सुन सरोज एक दम से दरवाजे की तरफ देखती है। कुनाल जी को देखते ही सरोज के उदास चहरे की रौनक लौट आती है। सरोज धीरे से बोलती है :– थैंक यू बड़े पापा।

केवल जी अपने बड़े भाई साहब का अभिनंदन करते है अर्पिता ओर संगीता सरोज को पाट पर बैठाने के लिए कमरे से बाहर ले आती है। घृतपान की रस्म शुरू होती है। कुनाल जी ओर मंजूड़ी साथ मे घी पिलाते है फिर केवल जी ओर आशा जोड़े से घी पिलाते है धीरे धीरे सभी रिश्तेदार घी पिलाते है फिर औरते छड़ी पूजन ओर विनायक पूजन के लिए घर के मुख्य द्वार पर पहुँचती है। अथक माथे पर छड़ी उठाकर लाता है औरते मंगल बद्धावा गाती है। आज की रस्मे खत्म होती है सभी भोजन करते है।

सरोज के घर से आने के बाद अपूर्व छत पर जाकर बैठ जाता है रुद्र भी छत पर चला आता है अपूर्व को गहरी चिंता मे डूबा देख रुद्र पूछता है क्या हुआ अपूर्व! आज यहाँ छत पर ओर इतनी गहराई मे क्या सोचा रहा है।

अपूर्व रुद्र की तरफ देखकर बोलता है :- हाँ! आओ, आओ बैठो रुद्र बैठता है।

रुद्र के बैठने के बाद भी अपूर्व कुछ नही बोलता है तो रुद्र फिर से पूछता है :- क्या हुआ? अपूर्व! कोई परेशानी है आज इतनी चिंता मे क्यूँ हो।

अपूर्व रुद्र के कंधे पर हाथ रखता हुआ बोलता है :- कुछ नही यार। इस ज़िंदगी के बारे मे सोच रहा हूँ। ज़िंदगी मे कभी कभी ऐसे अनचाहे मौड़ आ जाते है जिस पर इंसान चलना नही चाहे फिर भी मजबूरन उस रास्ते पर चलना पड़ता है आज मेरे साथ भी ऐसा ही हो रहा है।

रुद्र :- ऐसा क्या हुआ तुम किस मजबूरी की बात कर रहे हो।

अपूर्व :- देखो ना रुद्र! अपने सिद्धांतों पर चलने वाला तेरा दोस्त आज सब कुछ जानता हुआ भी कुछ नही कर पा रहा है। बस खामोशी के साथ सहता जा रहा है।

रुद्र :- मुझे कुछ समझ नही आ रहा है अपूर्व, ऐसे पहेलियाँ मत बुझाओ सीधे सीधे बात करो क्या हुआ है?

अपूर्व :- क्या बताऊँ मेरे दोस्त दो बाते है जो मुझे खाये जा रही है पहली बात यह की मैं जानता हूँ की सरोज का बाल विवाह हो रहा है फिर भी परिवार के आगे मजबूर होकर उसे स्वीकारना पड़ रहा है नहीं चाहते हुए भी इस ब्याह मे शामिल होना पड़ रहा है। सच मे जब परिवार की बात आती है तो इंसान कितना मजबूर हो जाता है आज मुझे इस बात का अहसास हो रहा है।

रुद्र :- ओर दूसरी परेशानी।

अपूर्व :- दूसरी बात चिंकी की मौत का सच जानते हुए भी मैं कुछ नही कर सकता हूँ। आज मुझे लगता है की मैं हार गया हूँ या मुझे मजबूरन हारना पड़ रहा है क्योंकि.... क्योंकि चिंकी का हत्यारा कोई ओर नहीं खुद उसका बाप है।

इतना सुनते ही रुद्र को झटका सा लगता है रुद्र आश्चर्य के साथ बोलता है :- क्या? उसका बाप.... मगर उसने ऐसा क्यों किया ओर तुम्हें ये किसने बताया?

अपूर्व :- हाँ! रुद्र सही सुना, उसका बाप ही उसका हत्यारा है। आज मैं चिंकी की माँ से मिला था। मेरे लाख कोशिशों के बाद उसकी माँ ने बताया की चिंकी को उसके बाप ने ही मार है। हुआ यूँ की सुखदेव के लगातार 4 छोरिया हो गई ओर अब चिंकी की माँ 5 माह से गर्भवती है सुखदेव लड़के की आश मे किंकरियाँ नाम के किसी तांत्रिक बाबा के पास गया था। उस तांत्रिक ने सुखदेव को बताया की देवी माँ उसके बेटे के बदले मे उसकी बड़ी बेटी की बलि चाहती है अगर सुखदेव चाँदनी तेरस के दिन देवी माँ के नाम से अपनी बड़ी बेटी की बलि देकर चाँद के प्रकाश मे उसकी परछाई गाँव के कुए मे देखे तो देवी माँ प्रसन्न होकर बेटा देगी ओर उस तांत्रिक के कहने के अनुसार सुखदेव ने भी ऐसा ही किया। अब बता रुद्र जब संरक्षक ही भक्षक बन जाए तो कहाँ जाए। अब किसके खिलाफ जाए ओर किसको सजा दिलाये।

रुद्र :- ये किंकरियाँ तांत्रिक कहाँ मिलेगा। साले को उल्टा लटका के मारूँगा सबसे बड़ा अपराधी वही है।

अपूर्व :- बाग्गा गाँव के बाहर एक छोटी सी डूंगरी बनी हुई है वहाँ मिलेगा उसे बाग्गा से आकाशपुर लाना बड़ा ही मुश्किल है क्योंकि वह अपना स्थान बिलकुल ही कम छोड़ता है। आकाशपुर ओर बाग्गा के बीच मे 60 किलोमीटर का फासला पड़ जाता है ऐसे मे उसको गाँव की पंचायत तक लाना बहुत मुश्किल है।

रुद्र :- मोटर साइकल पर बैठाकर लाऊँगा तुम पंचायत बैठाने की तैयारी करो। मैं सुबह जल्दी गाँव से निकल रहा हूँ। किंकरियाँ को लाने की ज़िम्मेदारी मेरी ओर पंचायत बैठाने की ज़िम्मेदारी तुम्हारी है।

अपूर्व :- सुबह देखते है फिलहाल नींद आ रही है। मैं सोने जा रहा हूँ।

** ** **

सुबह की अजान, मंदिर के घण्टियों की गूंज ओर मुर्गे की कुक के साथ आकाशपुर का सूर्य उदय होता है। संगीता के हाथ की चाय के साथ शुक्ला परिवार की सुबह होती है रुद्र सुबह जल्दी ही गाँव से निकल जाता है। चाय के समय रुद्र को नही पाकर कुनाल जी उसके बारे मे अपूर्व से पूछते है। अपूर्व बताता है कोई काम से सुबह जल्दी गाँव से बाहर गया है अभी आता ही होगा। अथक पूछता है इतना जल्दी गाँव से बाहर ओर रुद्र को ऐसा क्या काम आ गया। अपूर्व कोई जवाब नही देता है। अपूर्व चाय पीकर सुबह जल्दी गाँव के मुख्या के पास चिंकी की हत्या को लेकर उसके पिताजी के खिलाफ पंचायत बैठाने के लिए जाता है। गाँव का मुख्या अपूर्व को 11 बजे का समय देता है। मंदिर के रेडियो से सभी गाँव वालो के पास पंचायत बैठने की सूचना दी जाती है।

11 बजे के आस पास पंचायत बैठती है एक तरफ चिंकी के पिता जी को खड़ा किया जाता है ओर दूसरी तरफ अपूर्व खड़ा होता है। गाँव वाले सभी जानना चाहते थे की अपूर्व चिंकी के पिताजी के खिलाफ क्यों पंचायत बैठा रखी है।

पंच लोग अपूर्व से पूछते है :- हाँ, अपूर्व बता किन बात री पंचायत बैठाई है

अपूर्व :- पंच परमेश्वर, कुछ दिन पहले गाँव के कुएँ के पास इस सुखदेव की बच्ची मृत हालत मे मिली थी। यह बात सारा गाँव जानता है ओर आये दिन ऐसी घटनाएँ होती रहती है ये बात भी गाँव वाले जानते है मगर किसी ने भी यह जानने की कोशिश नही कि है की गाँव मे बच्चियो की मौत क्यूँ होती है ओर चिंकी की हत्या किसने की है। मैंने पंचायत इसलिए बुलाई है की आज मैं इस गाँव के लोगो को अंधविश्वास से बाहर निकाल सकूँ की बेटी की बलि देने से बेटा नही मिलता है। इस सुखदेव ने बेटे के लालच मे अपनी बेटी की हत्या की है। मैं पंचायत से हाथ जोड़कर विनती करता हूँ की चिंकी की हत्या करने पर इस सुखदेव को दण्ड दिया जाए ताकि कोई ओर ऐसी गलती नही कर सके।

पंच लोग :- सुखदेव, थन्हे की कहनों है।

सुखदेव कुछ नही बोलता है।

पंच लोग फिर से बोलते है : - सुखदेव! अपनी सफाई मे थन्हे की कहनों है।

सुखदेव :- पँचा, म्हारी छोरी हि, अर मैंने मारी है। देवी माँ ने बलि मांगी ओर मैंने दी है; इन अपूर्व रे कई लेनों देनों; ओ मामलो म्हारे घर रो है।

अपूर्व :- आपकी लड़की थी इसका मतलब ये नही की आप उसको मार दो किसी को कोई अधिकार नही है की वो किसी की जान ले ले।

सुखदेव :- थू पैदा करी कहीं; म्हारी छोरी थी। मैं कहीं करू ओर कहीं नही जिन दिनऊँ गाँव मे आयो है लोगा री पंचायती ठोके है। थू थारो काम करे नी।

अपूर्व :- पैदा तो आपने भी नही की जिसने पैदा की मारने से पहले उससे आपने पूछा। अंधविश्वास मे आपने कितना बड़ा पाप किया जानते भी हो। देवी-देवता कभी किसी की बलि नही चाहते है किसी तांत्रिक के बहकावे मे आकर अपने ही बच्चे को मार देना राक्षस प्रवर्ति के गुण होते है।

पंच लोग :- अपूर्व सही कवे है देवी देवता नर बलि कदाइ कोणी मांगे। सुखदेव थन्हे देवी रे बलि माँगना री बात कुण कहीं? गाँव मे ऐडो तांत्रिक कुण है?

रुद्र सीधी बाइक पंचायत मे लाकर खड़ी करता है ओर तांत्रिक को उतारता हुआ बोलता है यह है किंकरियाँ बाबा तांत्रिक जिसे देवी माँ नर बलि देने की आज्ञा देती है।

छल... छल...बहुत बड़ा छल...कपटी दुष्ट इंसान तूने मेरे साथ बहुत बड़ा छल किया है तांत्रिक बाबा रुद्र के सामने बड़ी बड़ी आंखे निकालता हुआ बोलने लगता है। हाथ मे छड़ी जिसके ऊपरी सिरे मे मानव खोपड़ी डाली हुई, तांत्रिक के सर पर लंबे लंबे बाल जैसे किसी वट वृक्ष की जड़े निकल आयी हो। काले कपड़े पहने; हाथो के बाजूओ पर बभूत लगी हुई। ललाट पे चन्दन लगाया हुआ गले मे मानव कपाल की माला पहनी हुई एक दम डरावनी छवि का इंसान था। देखते ही बच्चे डर जाए।

पंच लोग उस तांत्रिक को देखकर रुद्र से पूछते है :- रुद्र! इने कठूँ पकड़ लायो रे।

रुद्र :- पंच परमेश्वर! यह ढोंगी बाग्गा गाँव की डूंगरी पर बैठा था इसकी वजह से ही हमारे गाँव की बच्चियों की हत्या होती आई है। ये साला डर पैदा करना चाहता है बच्चियों की हत्या करवाकर बेटा पैदा करवाता है। रुद्र गुस्से मे उस तांत्रिक के सामने देखकर हाथ पंजे से मुक्का बनाता हुआ आगे बढ़ता है। तांत्रिक बुंबुंबूम करके कूदता है ओर मंत्र बोलता है काली काली कलाक्षा इस दुष्ट का मुह जला....काली काली कलाक्षा...॥

पंच लोग रुद्र से पूछते है :- बाग्गा गाँव से तांत्रिक को उठा लाने का कई मतलब है इन गाँव रा लोग बाग्गा मे कई लेने जावे।

रुद्र :- आरे पंचा इसे लोग बाग्गा डूंगरी कि बहुत पहुंची हुई शक्ति बताते है इसकी वजह से ही चिंकी की हत्या भी हुई है। मैंने इससे कहाँ की मेरे बच्चा नही होता है तो साला बोलता है की तेरी पत्नी को एक रात मेरी डूंगरी पर भेजो एक साल मे ही तुझे पुत्र प्राप्ति हो जाएगी। साला ढोंगी कुंवारे को भी पुत्र प्राप्ति करवाएगा। यदि ये सिद्धि प्राप्त तांत्रिक

होता तो मुझे बोलता की मैं शादी करके आऊँ। साले को मेरी पत्नी एक रात के लिए चाहिए। रुद्र फिर से गुस्से मे तांत्रिक की तरफ बढ़ता है तांत्रिक बुंबुंबुबुब्म्हा बुंबूम हहहाहाहा करता हुआ कूदता है तांत्रिक का नाटक देखकर गाँव के छोटे बड़े सभी हँसने लगते है।

पंच लोग सुखदेव से पूछते है :- कई रे सुखदेवा थू इन्ह तांत्रिक रे कने गयों?

सुखदेव :- हाँ, पंचा! मैं गयों म्हारे छोरा रे ख़ातिर देवी माँ रो आसीस लेने रे वास्ते गयों ओर मैं म्हारी छोरी री बलि दी हूँ इनमे कोई पंचायत या लोगा रो लेनोदेनों नही है।

अपूर्व :- इतनी बेशर्मी से कह रहे हो की आपने अपनी ही बेटी की बलि दे दी। जन्म देना माँ-बाप के अधिकार मे आता है मगर मृत्यु देना किसी के हक मे नही आता है स्वयं खुद के हक मे भी नहीं आता है। ऐसे मे तुमने अंधविश्वास कि आड़ मे अपनी हि बेटी की हत्या की है इसकी सजा तो मिलेगी।

पंच लोग तांत्रिक से पूछते है :- म्हारे गाँव रे लोगा ने छोरा देने रे बदले छोरियाँ री बलि दिलावे ऐडी केडी सिद्धि प्राप्त कर राखी है।

तांत्रिक पंच लोगो रे सामने नाचता हुआ बोलता है :- काली काली कलाक्षा देवी का प्रकोप पूरे गाँव पर टूटेगा।

अपूर्व पंच लोगो से बोलता है :- इसका तो ऐसे ही चलता रहेगा पंच परमेश्वर अपना फैसला सुनाये।

पंच लोग गाँव वालो से बोलते है :- देवी रे प्रति आस्था रखके पूजनों पुण्य रो काम है पण अंधविश्वास मे आपरे टाबरा री बलि देनो महा पापा है। गाँव वालो से विनती है की गाँव रे बाहरे किनी भी अनजान तांत्रिक, पंडित रे अंधविश्वास मे फसकर अपने घर परिवार रो नाश नही करे। गाँव री पंचायत इन्ह तांत्रिक ने आठपोर चौपाल रे पेड़ रे बांधे रखने अर आते जाते लोग कोड़े सु ठोकते रहने री सजा सुनाती है। ओर सुखदेवा ने अपनी छोरी री हत्या करने रे बदले कबूतरा रे वास्ते 40 बोरी धान, 4 गाड़ी गाया रे चारो नेकना रे हाथे हाथे 2 साल समाज सु बाहर कियो जावे है ओर गाँव से बाहर निकलना रे माथे पाबंदी लगाई जावे है

अगर गाँव रो कोई भी परिवार सूखा रे परिवार सु संबंध राखियों तो उन्हे समाज, गाँव ओर पंचायत रो दोषी मानो जावेला।

आज री पंचायत आठे ही खत्म की जावे है।

तांत्रिक रुद्र को बोलता है दुष्ट कपटी छली तुम्हारे ऊपर देवी माँ का प्रकोप टूट पड़ेगा जा मेरा श्राप है तुझे।

चिंकी के केस पर फैसला सुन अपूर्व के मन को थोड़ी शांति मिलती है मगर कानूनी तौर पर सजा नही मिलने पर मन मे एक टिश रह जाती है।

सभी घर आते है संगीता चाय बनाती है अथक तांत्रिक को लेकर रुद्र से मज़ाक करता है फिर सभी सरोज के ब्याह की तैयारियों मे लग जाते है।

** ** **

सरोज के बंदोली के दिन

घर के बाहर बड़ा चौक था। चौक मे डीजे ओर डीजे के सामने डांस फ्लोवर लगा हुआ था। सामने के बाड़े(चार दीवारी की खुली जगह) मे लोगो के खाने-पीने का इंतजाम किया हुआ था। गाँव के लोग आते खाना खाते ओर उस डांस फ्लावर के पास जाकर बैठ जाते थे। औरतों के लिए दूसरी तरफ एक बड़ी दरी बिछा रखी थी। सरोज का घर लाइटों ओर बतियों की रोशनी से जगमगा रहा था। आज तो चाँद भी निकला तो इस रोशनी के सामने उसकी रोशनी फीकी नजर आ रही थी पूरे मौहले मे शोर ही शोर मचा हुआ था। डीजे ओर लोगो की आवाज़े पूरे गाँव को गुंजा रही थी। सरोज को सजाया जा रहा था गाँव के सभी निवत बुजुर्ग केवल जी के घर इक्कठे हुए जा रहे थे। जवान लड़के ओर लड़कियां एक दूसरे पर डोरे डालने के लिए तैयार थे। ब्याह का माहौल था तो यह भी तय था की आज किसी न किसी का टांका भीड़ जाएगा। लड़के अपनी वाली को ढूंढ रहे थे ओर लड़कियां अपने वाले को तिरछी नजारो से घायल कर रही थी। माहौल पूरी तरह रंगीन हो रखा था। आज तो सुबह चार बजे तक डांस ओर डीजे चलने वाला था। सब अपनी अपनी डाव पर नाचने को आतुर होये जा रहे थे। कुनाल जी के होते हुए कोई पीकर आ जाए ये तो सवाल भी नही उठता मगर हाँ सिगरेट का नशा

जवान लड़के चोरी चुपके से करके आ जाते थे। अथक का मन काम करने मे कम ओर इधर – उधर ज्यादा लगा हुआ था। उसको बेताबी हो रही थी तो बस एक बार सुजन्ता को देखने की मगर वो नही जानता था की आज उसके दिल को बहुत बड़ा धक्का लगने वाला है। संगीता अथक का साथ नही छोड़ पा रही थी। तकरीबन 11 बजे डांस प्रोग्राम शुरू होता है। सुजन्ता अर्पिता ओर सरोज के साथ सरोज के रूम से बाहर आती हुए नजर आती है। अथक सुजन्ता को देखता ही रह जाता है मगर अपूर्व की नजर सुजन्ता पर पड़ती है तो वो उसका दीवाना ही हो जाता है उसके दिल मे घंटी बज उठती है अब अपूर्व की हालत नियंत्रण से बाहर होती जा रही थी कोई इतना भी भला खूबसूरत हो सकता है। यह पहली बार हुआ जब अपूर्व किसी लड़की को इतनी ही सिद्धत के साथ देख रहा था। अथक सुजन्ता पर नजर टिकाये हुए ही बोलता है :– क्या सेक्सी लग रही है यार!

अपूर्व बिना दाये-बायें देखे ही बोल देता है :– हाँ यार! क्या लड़की है कोई इतना खूबसूरत भी हो सकता है क्या? अथक अचानक अपूर्व की तरफ देखता है ओर पीछे सरक जाता है। अपूर्व को पता लगता है की सेक्सी बोलने वाला अथक था तो अपूर्व इधर उधर नजरे चुराता हुआ काम मे व्यस्त होने का नाटक करने लगा मगर उसकी नजरे तो बार बार सुजन्ता के यौवन से जा टकराती है।

अथक रुद्र के पास जाकर बोलता है :– अपूर्व का ध्यान रख लाइन से भटक रहा है।

रुद्र :– तो तेरे को क्यो जलन हो रही है उम्र है अब भी लाइन नही भटकेगा तो फिर कब भटकेगा।

नही यार वो बात नही है। लाइन गलत जगह दे रहा है अथक रुद्र से बोलता है।

रुद्र :– हम्म! सच्ची।

अथक :– देख तो सही उसकी होने वाली भाभी पर नजरे टीका रहा है संगीता को छोड़कर सुजन्ता को पकड़ रहा है।

रुद्र अपूर्व को देखहर सुजन्ता की ओर नजरे घुमाता है फिर बोलता है :– वाउ, क्या सुंदर कन्या है।

अथक :– हे, अब तू भी।

रुद्र :– मज़ाक कर रहा हूँ मगर सच कहूँ तो आज सुजन्ता बहुत सुंदर दिख रही है गाँव के बहुत से भँवरे भुनभुनाने वाले है। भाई तेरी तो पतंग कट गई तू तो गया काम से।

अथक थोड़ा गुस्सा दिखाता हुआ बोला :– मज़ाक तो अच्छा है मगर एक दम बकवास।

अपूर्व इधर उधर करके सुजन्ता को ही देखता रहता है सरोज नोटिस करती है की अपूर्व सुजन्ता को बार बार देख रहा है।

सरोज अर्पिता से बोलती है :– सुन अर्पिता अपूर्व को नोटिस कर रही है।

अर्पिता :– देख रही हूँ। अपूर्व, रुद्र ओर उस मेंढक तीनों को।

सरोज हँसती हुई बोलती है :- तुझे जलन हो रही है।

अर्पिता :– मुझे क्यों जलन होगी।

सरोज :– अपने हीरो का ध्यान रखना कहीं ओर फिसल नही जाए।

अर्पिता :– उसका तो कल नंबर लूँगी कुछ ज्यादा ही इतरा रहा है।

अथक सरोज के पास जाता है अर्पिता ओर सुजन्ता के बीच सरोज बैठी होती है।

अथक सुजन्ता को हटाता हुआ कहता है :– तुम इधर बैठो मुझे सरोज से कुछ बाते करनी है सुजन्ता एक चेयर छोड़ती हुई बैठ जाती है।

अथक सरोज से कहता है :– बहुत सुंदर लग रही हो।

सरोज :– हम्म, मैं या पड़ोसी।

अथक :– ओय तुझे बोल रहा हूँ पड़ोसी से मुझे क्या लेना देना।

सरोज :– हम्म नजरे तो कब की उस पे लगी रखी थी। सरोज ओर अथक के बीच हँसी मजाक के साथ हल्की फुलकी बाते हो रही थी। अपूर्व अर्पिता को कॉल लगाकर सुजन्ता को फोन देने को बोलता है।

अर्पिता फोन सुजन्ता को देती हुई बोलती है :– तुम्हारे लिए कॉल है।

सुजन्ता थोड़ा सा नाक सिकुड़ती हुई बोली :– मेरे लिए।

अर्पिता :– हाँ, तेरे लिए।

सुजन्ता फोन को कान के पास लगाकर बोली :– हैलो!

फोन की दूसरी तरफ से अपूर्व बोलता है :– बहुत प्यारी लग रही हो।

सुजन्ता :– सच्ची मे।

अपूर्व बोलता है :– मूची।

सुजन्ता :– मगर तुम.....।

अपूर्व :– अपूर्व, तुम्हारे सामने रुद्र के पीछे खड़ा हूँ सफ़ेद कुर्ते पहना हुआ।

सुजन्ता :– जानती हूँ मगर दिख नही रहे हो।

अपूर्व साइड मे आता हुआ बोला :– अब दिखा।

सुजन्ता :– हम्म। मगर अर्पिता को कॉल क्यूँ।

अपूर्व :– तुम्हारे नंबर नही थे तुमसे मिलना था अभी डांस प्रोग्राम शुरू होने के बाद छत पर मिलते है।

सुजन्ता :– हाँ, बाय। कहती हुई कॉल कट कर देती है।

अर्पिता सुजन्ता के हाथ से फोन लेती हुई सरोज को वापस आती हूँ कहकर संगीता के पास चली जाती है।

अर्पिता :– संगीता, संगीता सुन इधर आ एक बात करनी है।

संगीता :– क्या हुआ।

आरे इधर आ; अर्पिता संगीता को खिचती हुई शोर से दूर ले जाती है।

संगीता :– आरे यार! हुआ क्या है। अब बता भी दे।

अर्पिता :– तुम्हारा पता कटने वाला है।

संगीता :- पता कटने वाला है मतलब?

अर्पिता :– आरे बुधू, भैया सुजन्ता को घास डाल रहे है कहीं वो उसके साथ फ्लेट नही हो जाए।

संगीता बोलती है :– जानती हूँ अपूर्व की खुशी सुजन्ता है; मैं नही।

अर्पिता संगीता का हाथ पकड़ती हुई बोलती है :– लेकिन संगीता, मैं तुम्हें पसंद करती हूँ। तुम्हें मेरी भाभी के रूप मे देखना चाहती हूँ उस मेंढकी को नही। क्या तुम भैया से प्यार नही करती?

संगीता अर्पिता के आंखो मे आंखे डालकर बोलती है :– बहुत ज्यादा मैं घर से अपूर्व के लिए ही आई थी मगर तुम्हें याद है जब तुमने पूछा की मैं अपूर्व से प्यार करती हूँ तो मैंने मना कर दिया था। मैं जानती थी की अपूर्व सिर्फ मुझे दोस्त समझता है ओर ज़िंदगी भर दोस्त के रूप मे ही देखना चाहता है। तुम्हें पता है तुम लोग उस दिन सरोज के शादी की शॉपिंग करने के लिए गए थे उस दिन मैं ओर अपूर्व लॉन्ग ड्राइव पर गए थे। अपूर्व ने उस दिन मुझ से उम्र भर के लिए दोस्त ही बनकर रहने का वादा किया था उसने स्पष्ट मना कर दिया की वो दोस्ती के रिश्ते को प्यार या पत्नी के रिश्ते मे नही बदलेगा उस दिन के बाद मैंने भी जिद छोड़ दी।

अर्पिता संगीता का बाजू पकड़ती हुई बोली :– संगीता।

संगीता बोलती है :– तुम्हारे भैया ग्रेट है अर्पिता। सच मे बहुत ग्रेट है। सच मे एक बार जिसका हाथ थाम लेते है उसे छोड़ते नही; मेरे किस्मत मे उनकी पत्नी बनने का तो नही लिखा मगर ज़िंदगी भर दोस्ती जरूर लिखी है।

अर्पिता :– संगीता भाभी। प्लीज ऐसे मत बोलो।

संगीता :– नही अर्पिता नहीं मुझे भाभी मत बोलो। सुजन्ता बहुत किस्मत वाली है जिसे तुम्हारे भैया ने पसंद किया है। आई एम हॅप्पी सो हॅप्पी।

अर्पिता :– संगीता ग्रेट तो मुझे तुम नजर आ रही हो सच मे अपने दोस्त की खुशी के लिए अपने प्यार को दफन कर रही हो। तुम सच मे ग्रेट हो यार तुमने तो मेरा दिल जीत लिया।

संगीता :– प्यार तो हुआ ही नही था यार यह तो बस मेरा आकर्षण था। मैंने तो तुझे बोला ही था अगर प्यार हो जाएगा तो सबसे पहले तुझे ही बताऊँगी ओर आज भी कहती हूँ अगर कभी किसी से प्यार हुआ भी तो सबसे पहले तुझे ही बताऊँगी। अब चले।

अर्पिता चलती चलती बोलती है :– तूने तो सच मे रुला ही दिया यार, अर्पिता ओर संगीता दोनों सरोज के पास आती है। सरोज के पास से सुजन्ता गायब मिलती है। अथक से पूछने पर अथक ने बताया वो अंदर गई है। अर्पिता ने अथक से कहा तो तुम नही गए अथक बताता है

कैसे जाऊ जब सरोज ने पकड़ रखा है। अर्पिता सरोज से बोलती है अच्छा तो आज अपने भाई पर बहुत प्यार आ रहा है।

सरोज :– हाँ प्यार तो आएगा ही भाई जो है मेरा।

ठीक है तो अब तुम अपनी बहन के साथ बैठो मैं अभी आया कहता हुआ अथक सरोज से हाथ छुडाकर निकल जाता है।

अथक सुजन्ता को ढूँढता हुआ छत तक आ पहुंचता है जहां अपूर्व ओर सुजन्ता दोनों पहले से खड़े थे।

सुजन्ता अपूर्व से पूछती है :– मुझे छत पर बुलाने की वजह।

अपूर्व प्रत्यक्ष रूप से बोल देता है :– आई लव यू।

अपूर्व का इस तरह से अचानक बोलने से सुजन्ता को झटका सा लगाता है वो तुरंत चोंकती हुई बोली :– हे, क्या? क्या बोला?

अपूर्व फिर से बोलता है :– आई लव यू।

सुजन्ता पूछती है :– एक दम से; इतनी जल्दी।

अपूर्व :– अच्छा नही लगा।

सुजन्ता :– नही...हाँ....नही... मेरा मतलब अचम्बित हूँ एक दम से बोल दिया।

अपूर्व :– ऐसा ही हूँ आज़ तक किसी को नही बोला मगर तुझे देखा तो एक अजीब से फीलिङ्ग्स हो रही थी मुझे लगा तुम्हें बताना चाहिए तो बता दिया।

सुजन्ता :– ह्ह्हम गहरी सांस लेती हुई यह क्या ऐसे कोई प्रपोज करता है।

अपूर्व :– प्रपोज नही कर रहा हूँ तुमसे शादी करना चाहता हूँ पहले आराम से सोच लेना फिर जवाब देना ओर उसके बाद घर पर भी बता देना।

सुजन्ता :– इतना जल्दी।

अपूर्व :– नही, जल्दी नही है आराम से सोचकर बताना; मैं इंतजार करूंगा।

सुजन्ता :– मजाक कर रहे हो।

अपूर्व :– आदत नही है ओर नहीं मैं मजाक करता हूँ मैं तुमसे प्यार करता हूँ ओर तुमसे शादी करना चाहता हूँ। तुम्हें, मैं पसंद तो हूँ ना।

सुजन्ता :– पसंद.... हाँ.... पसंद तो हो मगर।

अपूर्व बीच मे ही बोल जाता है :– ठीक है तो मैं आपके जवाब का इंतजार करूंगा कहता हुआ चला जाता है। अथक अपूर्व को अपनी तरफ आता देख दरवाजे के पीछे चिपककर खड़ा हो जाता है। अपूर्व के जाने के बाद सुजन्ता बहुत खुश होती हुई आसमान की तरफ देखकर बोलती है। थैंक्स, थैंक्स गॉड। मुझे तो पता भी नही था की तुम मेरी इतनी जल्दी सुन लोंगे। थैंक यू सो मच।

अथक, सुजन्ता को अपूर्व के प्रपोज़ल से इतना खुश होते देख अपने जज़्बात को वहीं रोक देता है। अथक चुप-चाप नीचे आकर सरोज के पास बैठ जाता है। अर्पिता अथक से एक दो बार नाचने को बोलती है मगर अथक का कोई जवाब नही आता है। अथक का उदास चेहरा देखकर अर्पिता पूछती है :– क्या हुआ मेंढक, इतना उदास क्यूँ है।

अथक धीरे से बोलता है :– कुछ नही, तू जा। मेरा डांस करने का मूड नही है।

अर्पिता गुस्से मे थोड़ी जिल्ल जिल्लाती हुई बोलती :– सारा मूड तो उस मेंढकी ने खराब कर दिया सच बता वही है ना तेरी उदासी का कारण।

अथक :– अर्पिता तुम जाओ यार मुझे अकेला छोड़ दो; प्लीज लीव मी अलोन।

अर्पिता अथक का हाथ पकड़ती हुई बोलती है :– नही; कहीं नही जाने वाली हूँ पहले तुम मुझे बताओ क्या हुआ।

अथक अर्पिता से हाथ छुड़ाता हुआ बोला :– ठीक है; तो मैं ही जाता हूँ मुझे नींद आ रही है कहता हुआ अथक वहाँ से उठकर निकल जाता है।

अर्पिता रुद्र से जाकर बोलती है :– रुद्र जी मुझे घर तक छोड़ आओ। अथक घर चला गया है वो बहुत उदास था। मेरा भी मन नही लग रहा है।

रुद्र :– अभी तो यहीं था। ऐसा क्या हुआ? अभी तो 12 भी नही बजे है इतना जल्दी घर चल गया।

अर्पिता गुस्से से :– आप चलते हो या मैं अकेली जाऊँ।

रुद्र अर्पिता को गुस्से मे देख बोलता है :– ठीक है, ठीक है मैं चलता हूँ। संगीता सरोज के पास बैठती है रुद्र ओर अर्पिता दोनों घर पर आ जाते है रुद्र अर्पिता को छोडकर वापस जाने लगता है। अर्पिता उसे रोकती है ओर फिर दोनों अथक के पास जाते है। अर्पिता अथक के पास बेड पर एक पैर बैड के नीचे की तरफ रखती है दूसरा पैर उल्टा करके घुटने के बल बेड पर बैठ जाती है।

अर्पिता अथक से आराम से पूछती है :– ओय मेंढक! इतना उदास क्यूँ है? बताना।

रुद्र :– आरे! क्या हुआ? यार अभी तो बहुत खुश था ओर अब अचानक क्या हो गया।

अथक बोलता है :- प्लीज मुझे अकेले छोड़ दो।

रुद्र अर्पिता से कहता है :– चलो इसको एकांत की जरूरत है।

अर्पिता रुद्र को रोकती हुई बोलती है :– रुको! जो अकेला छोड़ने की बात करता है अक्सर उनको किसी के साथ की जरूरत होती है। मैं इसको ऐसे अकेले नही छोड़ूँगी। मैं पता लगाकर रहूँगी मेरे मेंढक को क्या हुआ है। ये सब उस मेंढकी का ही किया कराया है। वरना मेरा मेंढक इतना उदास कभी नही हुआ कहती हुई अथक से पूछती है ऐ भाई बता ना उसने ऐसा क्या बोल दिया जो तू दिल पर लेकर बैठ गया।

अथक :– कुछ नही; अपु तुम इतनी परेशान क्यों हो रही हो उस बेचारी ने तो कुछ नही बोला।

अर्पिता थोड़ी ओर नरम होकर बोली :– छिपकली से अर्पिता ओर अर्पिता से अब अपु; क्या हुआ? कुछ तो बात है वरना इतना उदास तो तू कभी नही हुआ; किसी ने कुछ कहा? अपनी इस छिपकली को भी नही बताएगा।

अथक छोटे बच्चे की तरह रोता हुआ अचानक से अर्पिता के गले आ लगता है ओर गहरी गहरी छिछकियाँ भरता हुआ बोलता है :– अपु आज माँ की बहुत याद आ रही है।

अर्पिता अथक के बालो मे हाथ फेरती हुई अथक को शांत करने की कोशिश करती है :– बस भाई बस रोना बंद कर; जानती हूँ तुम

मासी को मिस कर रहे हो। अब तुम चुप करो ना यार मुझे भी रुला रहे हो।

रुद्र , अथक को अर्पिता से दूर करता हुआ बोलता है ये क्या छोटे बच्चे की तरह रो रहा है। अर्पिता रुद्र को रोकती हुई कहती है :- रुद्र जी आप मम्मी को बुला लाओ प्लीज।

रुद्र मंजूड़ी को लेकर आता है मंजूड़ी अथक के पास बैठती हुई बोली :- अथक! कई होयों बेटा अथक मंजूड़ी की आवाज सुनता ही मंजूड़ी के सीने से जा लगता है फिर ज़ोर ज़ोर से रोने लगता है । मंजूड़ी अथक को चुप कराती हुई बोलती है बस बेटा बस; टाबराल जीऊँ रो रहियों है रोना बंद कर बेटा गेलो हो गयो कहीं।

अथक रोता हुआ बोलता हुआ :- मौसी माँ, माँ मुझे छोडकर क्यूँ चली गई? बताओ ना मौसी माँ।

मंजूड़ी अथक को चुप कराने की हर संभव कोशिश करती है। आज माँ का वात्सल्य उमड़ आता है मंजूड़ी रुद्र के बालो मे हाथ फेरती हुई कोशिश करती है की वो इस गम से बाहर आ जाए। अथक को इस कदर रोते देख अर्पिता की आंखे भी रो पड़ी थी। अर्पिता रुद्र की तरफ देखती है इतना करुणा भरा दृश्य देखकर रुद्र की कठोर आंखे भी भर आई थी मगर अर्पिता के सामने देखते ही रुद्र बनावटी मुस्कान के साथ देखता है ओर चुपके से अपने आँसू पोछता है। अथक गहरी सांस के साथ छिछकिया करता हुआ मंजूड़ी की गोदी मे सिर टीका देता है कुछ ही देर मे नींद अथक को अपनी आगोश मे ले लेती है।

मंजूड़ी अथक को बेड पर सुलाकर रुद्र से बोलती है :- रुद्र बेटा थू अब आठेई अथक कने सोजा मैं अपूर्व ओर संगीता ने भी घर भेजूं, थ्हें लोग भी अब सो जाओ रात घनी हो गई। मंजूड़ी वहाँ जाकर संगीता ओर अपूर्व को भी घर भेज देती है अपूर्व सुबह से थका हुआ था तो बेड पर सोते ही नींद आ जाती है। संगीता अथक के बारे अर्पिता से पूछती है क्या हुआ?

अर्पिता बताती है :- क्या हुआ ये तो नही पता मगर माँ को बहुत मिस कर रहा था। आज पहली बार मेरा मेंढक इतना रोया है बहुत ही

भावुक लड़का है। दिल से बिलकुल बच्चा है; जो भी इससे शादी करेगी पता नही वो इस बच्चे को कैसे संभालेगी।

संगीता धीरे से हम्म करती है।

अर्पिता :– एक बात बोलूँ संगीता; इसको बहुत प्यार की जरूरत है मेरे मेंढक से जो भी शादी करेगी वो नसीब वाली होगी।

संगीता :– हम्म, वो तो है। चल अब सो जा गुड नाइट

अर्पिता :– गुड नाइट।

सुबह की अजान, मंदिरो के घण्टियों की गूंज ओर मुर्गो की कुक के साथ आकाशपुर का सूर्य उदय होता है। संगीता चाय बनाती है। रुद्र अपूर्व ओर अर्पिता उठकर आँगन तक आ जाते है। संगीता चाय लेकर अथक के रूम तक जाती है मंजूड़ी संगीता को रोकती हुई कहती है की अथक को सोने दे जब उठ जावे तो उसके लिए चाय बना देना।

कुनाल जी चाय की चुस्की के साथ पूछते है :– अब अथक की तबीयत कैसी है।

अर्पिता बताती है :– पापा तबीयत ठीक है कल रात माँ को बहुत याद कर रहा था।

कुनाल जी :– ठीक है! लेकिन इसको अभी अकेला मत छोडना कोई न कोई साथ होना जरूरी है। मैं केवलीया रे घरे चालूँ हूँ शाम री तैयारियां भी करनी है। अपूर्व तू भी तैयार होकर आजा।

अर्पिता संगीता से कहती है :– आज तुम मेंढक के साथ रहना मैं सरोज के साथ रहूँगी।

संगीता थोड़ा मज़ाकिया मूड मे बोलती है :– जी हुक्म, जो आज्ञा आपके आदेश की पालना होगी।

अर्पिता :– चल नोटंकी; मैं तैयार होकर निकलती हूँ।

मंजूड़ी, अपूर्व रुद्र ओर अर्पिता सभी एक एक करके सरोज के घर निकल जाते है। तकरीबन 10 बजे तक अथक की नींद खुलती है संगीता चाय बनाकर देती है।

घर को खाली पाकर अथक पूछता है :– बाकी सब कहाँ गए?

संगीता बताती है :– सरोज के घर।

अथक पूछता है :– तो तुम नही गई?

संगीता :– मुझे तेरी हजारी मे छोड़ा गया है।

अथक :– मतलब।

संगीता :– मतलब, तुम्हारी सेवा मे हूँ।

अथक :– मजाक अच्छा है।

संगीता हम्म हुई पूछती है रात को क्या हुआ?

अथक :– तुम्हें बताना जरूरी नही समझता।

संगीता :– मगर एक दोस्त को तो बता सकते हो।

अथक :– नही।

संगीता हम्म करती हुई बोलती है :– मगर क्या हुआ ओर क्या नही हम जानते है।

अथक :- मतलब।

संगीता :– तैयार हो जाओ फिर कभी बताऊंगी।

अथक :– बकवास बंद करो।

संगीता :– अच्छा! एक रात मे कोई इतना तो नही बदलता; सच मे बदल गए हो या बदलने का नाटक कर रहे हो।

अथक :– क्या मतलब है तुम्हारा; मैं नाटक कर रहा हूँ।

संगीता :– पाँच साल से जानती हूँ तुम कभी नही बदलोंगे। जब अपूर्व ओर रुद्र से झगड़ा होता था तो भी भागकर मेरे पास ही आते थे। ओर आज भी जब अपूर्व से नाराज हो गए तो मेरे साथ ही हो।

अथक चाय की चुस्की के साथ बोलता है :– तुम्हें कैसे पता की मैं अपूर्व से नाराज हूँ या नही।

संगीता :– अपूर्व से नाराज हो या नही ये तो नही पता मगर इतना पता है की हम दोनों एक ही पत्थर से चोट खाये हुए है। आगे तुम खुद समझदार हो। समझ ही गए होंगे।

अथक :– समझ रहा हूँ।

संगीता :– अच्छी बात है अब जल्दी तैयार हो जाओ सरोज के घर भी जाना है।

** ** **

सरोज के ब्याह की सारी रस्मे एक एक करके शुभ मुहूर्त पर परिपूर्ण होती है। 6 बजे भात(मायरा) हो जाता है। 6.30 बजे बारात स्वागत ओर 7.15 बजे फेरे की रस्म शुरू हो जाती है। 9.15 बजे फेरे व चवरी रस्म से दुल्हन को डेरे मे ले जाया जाता है। सभी बड़े बुजुर्गो के आशीर्वाद के साथ वापस घर लाया जाता है फिर दूल्हे को खाना खिलाया जाता है। तकरीबन रात के 11 बजे सरोज की विदाई होती है सभी इतने थके हुए होते है की बिस्तर पर लेटते ही आँख लग जाती है। अपूर्व हलवाई बर्तन ओर डेकोरेशन वालो का रातो रात हिसाब करके फ्री हो जाता है। रात के 1 बजे तक अपूर्व घर लौटता है घर पर सभी सो जाते है अपूर्व किसी को बिना परेशान किये दीवार कूदकर घर मे प्रवेश करके सो जाता है।

** ** **

सुबह की अजान, मंदिरो की घण्टियों ओर मुर्गो की कुक के साथ आकाशपुर का सूर्य उदय होता है। संगीता की चाय के साथ अपूर्व की नींद टूटती है। अपूर्व के फोन की मैसेज रिंग बजती है अपूर्व मैसेज चेक करता है। अक्षया आईएएस कौचिंग क्लासेज का मैसेज होता है। राजस्थान सिविल सर्विस इंटरव्यू प्रीप्रेशन एप्लिकेशन एक्सैप्ट हो गई जो अपूर्व द्वारा डाली गई थी। आरपीएससी अजमेर द्वारा 11 दिन बाद ही अपूर्व को इंटरव्यू डेट भी मिली हुई थी अपूर्व तुरंत प्रभाव से निर्णय लेता हुआ शीट कोन्फ़ोर्म कर देता है।

अपूर्व को सुजन्ता से ग्रीन सिंगनल मिल जाने पर अथक का व्यवहार भी बहुत बदल गया था जो हमेशा शरारते करता था। अर्पिता को छिपकली कहकर बुलाता था वो अब बहुत ही शांत ओर गुमशुम सा रहने लगा। अर्पिता को छिपकली की बजाय अपु कहकर पुकारने लगा ओर संगीता की कंपनी मिल जाने से उसे संगीता से शॉर्ट करता हुआ सानु कहने लगा। अथक की हालत मंजूड़ी से देखी नही जाती थी ओर नही उसे अथक के गुम होने की वजह पता चली मगर मंजूड़ी को संगीता का अथक के साथ रहना ओर उसे खुश रखने की हर मुमकिन कोशिश करना बहुत अच्छा लगने लगा। संगीता को लेकर मंजूड़ी के मन मे कुछ अलग ख्याल आने लगे वह संगीता ओर अथक के भविष्य को लेकर सोचने लगी थी।

सुजन्ता ने अपूर्व को उसके घर चलकर मम्मी पापा से मिलने के लिए बोलती है अपूर्व सुजन्ता के साथ शहर निकलने की तैयारी कर रहा था। कुनाल जी अपूर्व से पूछते है किद जा बेटा! तो अपूर्व थोड़ा सा नर्वस होकर बोलाता है पापा... पापा...मैं वो शहर जा रहा हूँ।

कुनाल जी पूछते है :– शहर, क्यूँ?

अपूर्व :– पापा वो कोई काम आ गया था।

कुनाल जी :– 'कोई काम' रो नाम तो है।

अपूर्व :– हाँ... हाँ वो मुझे जयपुर का टिकिट करवाना था इसलिए...।

कुनाल जी :– अब जयपुर क्यूँ जाएगा।

अपूर्व बताता है :– पापा वो आरएएस इंटरव्यू की तैयारी के लिए जा रहा हूँ 5 दिन की क्लास है।

कुनाल जी गहरी सांस के साथ हम्म करते है अपूर्व सोर्री कहता हुआ बोलता है सोर्री पापा! वो सब इतने जल्दी हुआ की आपको कुछ बताने का मौका भी नही मिला।

कुनाल जी :– ठीक है तो थू निकल हो सके तो बेगों आइजे।

अपूर्व :– ठीक है पापा; अभी मैं निकलता हूँ कहता हुआ निकलता है फिर थोड़ा रुककर बोलता है पापा...!

कुनाल जी :– हाँ! अब कई होयों।

अपूर्व धीरे से बोलता है :– वो मैं बाइक लेकर जा रहा हूँ।

कुनाल जी :– ठीक है संभलकर जाना।

ठीक है पापा; कहता हुआ अपूर्व निकल जाता है।

अर्पिता संगीता के पास जाकर बोलती है :– भैया शहर इतने बनठन के क्यों जा रहे है कुछ तो गड़बड़ है भाभी।

भाभी शब्द सुनकर संगीता अर्पिता के सामने देखती हुई बोली :- अर्पिता....!

अर्पिता :- सोर्री, संगीता।

संगीता :- जा रहे होंगे किसी खास से मिलने। हमे क्या?

अर्पिता :- हम्म हमे क्या करना है? भले ही मेंढकी से मिलने जाओ या कहीं ओर जाओ; भैया की लाइफ है।

संगीता :- चल बकवास बंद कर ओर अथक को ये जूस देकर आ।

अर्पिता हम्म, कहती हुई ज्यूस लेकर अथक के पास चली जाती है।

अपूर्व ओर सुजन्ता दोनों बाइक पर जोधपुर के लिए निकलते है।

अपूर्व बाइक चलाता हुआ पीछे बैठी सुजन्ता से पूछता है :- आज मैंने पापा से झूठ क्यों बोला की मैं शहर टिकिट बूक करवाने जा रहा हूँ।

सुजन्ता :- तो सच ही बता देते की मैं आपकी होने वाली बहूँ के साथ जा रहा हूँ ससुर जी से मिलने।

अपूर्व पहले तो बोलता है बकवास बंद करो फिर थोड़ा रुकर बोलता है मगर यार अच्छा नही लग रहा है पापा से ऐसे झूठ तो नही बोलना था।

सुजन्ता :- प्यार मे सब जायज है ओर आपने कोई झूठ नही बोला है आते वक्त आपके जयपुर का टिकिट भी करवा लेना।

अपूर्व :- मगर यार! अगर तेरे पापा नही माने तो।

सुजन्ता :- भाग चलूँगी आपके साथ।

अपूर्व :- वेरी फन्नी...। मगर मैं ऐसे भागकर शादी करने वालों मे से नही हूँ।

सुजन्ता :- हम्म बड़े हिम्मती हो।

अपूर्व बोलता है :– पता नही मगर अभी थोड़ा दूर चला आया हूँ तो डर लग रहा है।

सुजन्ता :– जब मैं साथ हूँ तो डर किस बात का है। मैंने पापा से ऑलरेडी बात कर ली है इसलिए पापा आपसे मिलना चाहते है। दोनों बाते करते करते कब जोधपुर तक पहुँच गए पता भी नही चला। सुजन्ता अपूर्व को एक 4 मंज़िला बिल्डिंग के सामने ले जाती है। अपूर्व बाइक पार्क करके पूछता है सुजन्ता, हम यहाँ क्यों आये है? सुजन्ता अपूर्व को उस बिल्डिंग के अंदर तक ले जाती है। अपूर्व हैरान परेशान सा होता जा रहा था।

सुजन्ता आगे बढ़ी तो गार्ड ने नमस्कार किया :– नमस्कार बेबी जी; आज काफी दिनों बाद आयें।

सुजन्ता :– हाँ, लक्ष्मण; तुम कैसे हो?

लक्ष्मण :– मैं ठीक हूँ बेबी जी।

सुजन्ता :– ओर बाकी सब घर पर कैसे है?

लक्ष्मण :– सब ठीक है। बेबी जी; बिटिया आपको बहुत याद कर रही थी।

सुजन्ता :– अच्छा! परी बेटा को मेरा हाय बोलना।

लक्ष्मण :– जी बेबी जी। बेबी जी यह... अपूर्व के सामने इशारा करता हुआ बोला।

सुजन्ता :– ये! ये आपके बेबी जी के होने वाले साहब है नमस्कार करो।

लक्ष्मण हाथ जोड़कर अपूर्व से नमस्कार करता है :– साहब...जी! नमस्कार।

अपूर्व आरे आप ये क्या कर रहे हो; आप उम्र मे मेरे से बड़े हो ये सब अच्छा नही लगता है।

अपूर्व, सुजन्ता ओर उस गार्ड का ऐसा व्यवहार देखकर बहुत ही असमझस्य की स्थिति मे पड़ जाता है। अपूर्व अभी तक अचम्बे मे था की ये हो क्या रहा है। अपूर्व सुजन्ता से पूछता है सुजन्ता ये सब क्या हो रहा है? तुम मुझे कहा लेकर आई हो?

सुजन्ता हल्की स्माइल के साथ बोलती है :– ये मेरे पापा का ऑफिस है शर्मा एंड संस कंपनी के मालिक चंद्रप्रकाश शर्मा मेरे पिताजी है। 2500 करोड़ के मालिक ओर मैं उनकी छोटी बेटी सुजन्ता शर्मा 2 फाइव स्टार होटल की मालकिन उम्र 25 साल; एमबीए विथ रुरल डेव्लपमेंट 1 इयर डिप्लोमा; कद 5.5"; रंग गोरा; ये है मेरा लिटल इंटरोडेक्सीयन ओर कुछ।

इतना सुनते ही अपूर्व के पैरो तले जमीन खिसक जाती है अपूर्व मन मे सोचने लगाता है :– अपूर्व कहाँ तू गाँव का मामूली किसान का बेटा ओर कहाँ ये महलों की रानी; गलती कर दी अपूर्व बेटा बहुत बड़ी गलती। तू तो बुरी तरह फस गया रे अपूर्व। अगले ही पल अपूर्व अपने विचारो से बाहर आकर बोलता है मगर तुम तो गाँव मे इतनी सिम्पल ओर साधारण तरीके से.... वो सब.... ।

सुजन्ता बोलती है :– सिम्पल रहना मेरे बचपन की आदत है जो मन मे आता है वो करती हूँ मगर ज़िंदगी की वास्तविकता से बाहर निकल कर कुछ नही करती हूँ मुझे साधारण ओर सादगी भरा जीवन बहुत पसंद है पापा का ऑफिस तीसरी मंजिल पर है। अब चले....।

अपूर्व धीरे से हम्म करता हुआ बोलाता है :– चलो।

अब अपूर्व की हालत थोड़ी टाइट होने लगी थी। अपूर्व ने जो कभी सपने मे भी नही सोचा उसके साथ वो होने जा रहा था। सुजन्ता को लिफ्ट से आते देख शर्मा जी का परशनल सेक्टरी सूचना देता है। शर्मा जी अपने ऑफिस मे से सभी क्लाइंट्स को कुछ देर के लिए बाहर भेज देते है।

सुजन्ता, शर्मा जी को हग(गले लगाती हुई) करती हुई बोलती है :– पापा, आई लव यू, आई मिस यू सो मच।

शर्मा जी :- उम्महा; आल्सो मिस यू बेटा।

अपूर्व हाथ जोड़कर नमस्कार करता है।

शर्मा जी बिना कोई देर किये बोलते है :– तो आप हो अपूर्व; हम्म...! जिसकी नजरे मेरी बेटी ओर संपति पर लगी है।

अपूर्व जवाब देता हुआ बोलता है :– माफ करना सर; मगर आप गलत हो।

सुजन्ता अपूर्व को रोकती हुई बोलती है :– अपूर्व!

अपूर्व सुजन्ता को रोकता हुआ बोलता है :– एक मिनट सुजन्ता! सर आपकी एक बात तो सही है की मैं आपकी बेटी से प्यार करता हूँ मगर दूसरी बात जो आपकी संपति को लेकर है वो बिलकुल गलत है। आपकी संपति मे मुझे कोई इन्टरेस्ट नही है।

शर्मा :– मेरी बेटी को खुश रख पाओगे? उसकी जरूरते पूरी कर पाओगे?

अपूर्व :– पता नही; मगर जितना ख्याल मैं आपकी बेटी का रखूँगा उतना ख्याल शायद ही कोई रख पाएगा।

शर्मा जी सुजन्ता की तरफ देखकर बोले :– हम्म....! बेटा जी, अच्छी पसंद है आपकी; इसे आपकी ममा से मिला दो।

सुजन्ता खुश होती हुई बोलती है :– सच पापा।

शर्मा जी हम्म करते हुए अपूर्व से बोले :– अपने मम्मी पापा को मिलने के लिए भेजो।

अपूर्व :– माफ करना, अंकल जी! लड़की वाले आप है तो रीति रिवाज के अनुसार आपको सुजन्ता का रिश्ता लेकर मेरे घर आना पड़ेगा।

शर्मा जी :– हम्म; ट्रेडीशनल। ठीक है मैं सेड्यूल चेक करके समय बताता हूँ। तुम घर जाकर सबको बता दो। सुजन्ता अब आप यहीं ठहरोगी। अपूर्व नमस्कार करके सुजन्ता को बाय बोलता हुआ निकल जाता है रास्ते मे आते वक्त बहुत सारे विचारो के साथ अपूर्व का दिमाग

जंग लड़ रहा था घर क्या बताऊँ? कैसे बताऊँ? बताऊँ या नहीं बताऊँ? मम्मी पापा क्या कहेंगे? उनका रिएक्शन कैसे होगा? बहुत उलझन भरे विचारों के साथ अपूर्व गाँव तक लौटता है। गाँव के बाहर स्थित कब्रीस्तान के पास भीड़ लगी हुई थी अपूर्व मन मे बोलता है ये गाँव मे कौन गुजरा है। नदिमा के पापा भी खड़े है हो सकता है कोई गाँव का बुजुर्ग गया है। अपूर्व कुछ आगे आता है तो नदिमा के घर पर भी भीड़ देखता है। अपूर्व अपने घर तक पहुंचता है तो रुद्र ओर अथक भी घर पर नही मिलते। अपूर्व अर्पिता से पूछता है अपूर्व ओर रुद्र कहाँ गए? तभी मंजूड़ी जवाब देती है नदिमा रे जनाजे मे गया है। अपूर्व चौंक कर बोलता है नदिमा का जनाजा।

मंजूड़ी :– हाँ बेटा; पण तू....

इससे पहले की मंजूड़ी की बात खत्म होती अपूर्व नदिमा के घर की ओर बड़ी स्पीड से बाइक लेकर भागता है मंजूड़ी पीछे आवाज लगाती ही रहा जाती है।

मंजूड़ी धीरे धीरे मन मे बोलती है :– आज इन तीनों ने कई होयो पहला वे दोणु नदिमा रो नाम सुनता ही भागकर गया ओर अबे ओ छोरो भी; आपणी जाति धर्म रो भी कहीं लेनों देनों नही है। फचे भी.... ।

अर्पिता :– माँ, पापा ही तो कहते है की अंतिम यात्रा चाहे किसकी भी हो जाना चाहिए ओर आगे का माँजला क्या है। ये तो उनके आने के बाद ही पता चलेगा।

अपूर्व नदिमा के घर पहुंचता है नदिमा की माँ अपूर्व से बोलती है :– बेटा, तू घनी जेज़ कर दी म्हारी नदिमा तो मिट्टी मे... कहती हुई रो पड़ी।

अपूर्व नदिमा की माँ को ठाठस(सांत्वना देना) बंधाता हुआ हाथ पकड़कर बोलता है :– आंटी जी संभालो अपने आप को।

नदिमा के अब्बा नाजिर जी अथक ओर रुद्र के साथ घर आते है। नाजिर जी अपूर्व से हाथ जोड़कर अपूर्व बेटा...! कहते हुए रो पड़ते है।

अपूर्व नाजिर जी को गले लागता हुआ सांत्वना देता है :– बस अंकल जी बस; आप रोना बंद करो। अब हमारी नदिमा अल्लाह के पास पहुँच चुकी है अगर आप भी इस कदर रोयेंगे तो उसकी रूह को तस्कीन(शांति) कैसे पहुंचेगी अगर आप भी इस कदर हलकान(अधीर) हो जायेंगे तो नदिमा की अम्मी जान को कौन संभालेगा।

नाजिर जी :– बेटा, वो थ्हें घनी याद कर रही थी बेटा थू घनी जेज़ कर दी।

अपूर्व :– मगर अंकल जी हुआ क्या था? ऐसे अचानक क्या हो गया था जो वो...।

नाजिर जी :– बेटा, कहीं बताऊँ; कीकर बताऊँ; छोड़ बेटा, छोड़।

अपूर्व नदिमा की माँ से पूछता है :– आंटी क्या हुआ था? बताओं आंटी! जब कोई जवाब नही मिलता है तो अपूर्व ग़ुस्से के साथ बोलता है कोई बताएगा क्या हुआ था?

नदिमा की माँ :– बेटा, पर्दे री बात है अब थन्हे कीकर बताऊँ।

नाजिर जी रोते हुए बोले :– ना बेटा ना, आ इन्हे पर्दे री बात है किन्ही रे मरने री बात नही; मैं बताता हूँ बेटा! म्हारी छोरी री रूह ने उसे तड़पा तड़पा कर उसके जिस्म को छोड़ा है। बेटा, नदिमा रे खतना ने नदिमा री जान लेली। नदिमा रो होने वाला शोहर चाहतो थो की उन्हरी बीबी रो खतनों होना चाहिजे म्हारी छोरी री मौत रो जिम्मेदार उनरो शोहर है।

अपूर्व :– अंकल जी आप शांत हो जाए जो भी नदिमा के मौत का जिम्मेदार होगा उसको सजा जरूर मिलेगी। आप यहाँ आइये यहाँ बैठिए। अथक पानी; अपूर्व अथक को पानी पिलाने का इशारा करता है अथक नाजिर जी को पानी पिलाता है।

रुद्र अपूर्व से बोलता है :– अपूर्व सूरज ढल रहा है मुझे लगता है अब हमे चलना चाहिए।

अपूर्व हम्म चलते है कहता हुआ नदिमा के पापा से बोलता है :– अंकल जी! अब हम चलते है। आप अपना ख्याल रखिएगा कहता हुआ

अपूर्व रुद्र ओर अथक के साथ घर चले आते है। घर आने पर मंजूड़ी नदिमा के बारे मे पूछती है रुद्र पीछे की कहानी बताता है की कैसे नदिमा ओर अपूर्व का मिलना हुआ ओर दोनों मुंह बोले भाई बहन बन गए। मंजूड़ी ओर अर्पिता को पीछे की सारी बाते समझ आ जाती है। अर्पिता अपूर्व को खाना खाने का बोलती है अपूर्व मन नही है बोलकर सोने चला जाता है अथक से पूछने पर वो भी कहता है की मेरा भी मन नहीं है रुद्र भी बोल देता है ओर मेरा भी मन नही है। मंजूड़ी अर्पिता से कहती है बेटा तू तो खा ले। अर्पिता यह कहती हुई निकल जाती है की मम्मी, जब सबका मन नही है तो मेरा भी मन नही है आप जाकर सो जाइए रात काफी हो गई है। सभी दुखी मन से सोने चले जाते है।

** ** **

सुबह की अजान, मंदिर के घण्टियों की गूंज ओर मुर्गो की कुक के साथ सूर्य उदय होता है। संगीता की चाय के साथ शुक्ला परिवार की सुबह होती है।

मंजूड़ी अपूर्व से पूछती है अब कीकर है बेटा! अपूर्व कहता है मैं ठीक हूँ माँ।

कुनाल जी :– बेटा तैयार हो जा; थने आज सरोज ने लेने जानो है।

अपूर्व :– ठीक है; पापा! थोड़ी देर रुकर बोला :- पापा! आने मे कितना समय लग जाएगा।

कुनाल जी बताते है :– बेटा, घनायत(संबंधी) रे घर जावों हो तो टाइम तो लगे ला ही; आते आते शाम हो जावेगी।

अपूर्व :– ठीक है पापा मैं तैयार होकर आता हूँ फिर रुद्र ओर अथक को कमरे मे बुलाकर बताता है सुन अथक; कल रात मे मैंने नदिमा के बारे मे बहुत सोचा जहां तक हो सके मुझे लगता है खतना की वजह से किसी लड़की की मौत होने का चांस 10% होता है। नदिमा के मौत का कारण कुछ ओर है।

रुद्र :– मतलब।

अपूर्व :– इधर आओ; अपूर्व लेपटॉप ऑन करके रुद्र ओर अथक को बताता है कल रात को आप लोग तो सो गए मगर मुझे नींद नही आई मैंने इन्टरनेट पर खतना के बारे मे स्टडि करी तो मुझे पता लगा की यह सिर्फ हमारे देश मे ही नही होता बल्कि भारत सहित 92 देशो मे यह कुप्रथा जारी है। भारत मे यह बोहरा मुस्लिम समुदाय(दाऊदी बोहरा ओर सुलेमान बोहरा) मे अधिक प्रचलित है।

रुद्र पूछता है :– इसमे होता क्या है?

अपूर्व हम्म करता हुआ बोलता है :- खतना जिसे खफ़्ज़ या फ़ीमेल जेनाइटल म्यूटीलेशन (एफ़जीएम) भी कहते है। यह लड़कियों की किशोर अवस्था से पहले यानि 6-7 साल की छोटी उम्र मे ही बहला फुसला कर करा दिया जाता है इसकी अधिकतम उम्र 15 साल तक होती है। खतना करने के बहुत से तरीके है जैसे लड़कियों के जननांगो के क्लिटरिस के बाहरी हिस्से मे कट लगाना या इसके बाहरी हिस्से की त्वचा निकाल देना, जला देना ओर खतना करने से पहले एनिस्थीसिया भी नही किया जाता है बच्चियाँ पूरे होशोवास मे रहती है ओर दर्द से चीखती चिलाती है।

पारंपरिक तौर पर इसके लिए ब्लेड या चाकू का इस्तेमाल किया जाता है बोहरा समाज मे इसे 'हराम की बोटी' कहा जाता है।

भारत मे बोहरा आबादी आमतौर पर गुजरात, महाराष्ट्र, राजस्थान, आन्ध्र प्रदेश, तमिलनाडू ओर पश्चिमी बंगाल मे रहती है। 10 लाख से अधिक आबादी वाला यह समाज काफी समृद्ध है ओर दाऊदी बोहरा समुदाय भारत के सबसे ज्यादा शिक्षित समुदायों मे से एक है। फिर भी ऐसी कुप्रथा प्रचलित है।

यूएन इसे मानवाधिकार का उल्लंघन मानता है दिसंबर 2012 मे सयुंक्त राष्ट्र महासभा ने एक प्रस्ताव पारित किया जिसमे एफ़जीएम को दुनिया भर से खत्म करने का संकल्प लिया गया था। 2030 तक इसको रोकने के मकसद से यूएन ने 6 फरवरी तारीख को एफ़जीएम दिवस घोषित किया। इतना ही नही एक रिपोर्ट के आंकड़े बताते है की दुनिया भर मे 15 करोड़ बच्चियों ओर महिलाओ के जननांगो को नुकसान पहुंचाया गया।

अथक यह आंकड़ा सुनते ही आश्चर्य के साथ बोला :– 15 करोड़।

अपूर्व :– हाँ 15 करोड़, ओर यह डाटा 31 देशो से एकत्रित किया गया है। जिनमे से 27 देश तो अफ्रीका के है। उनके साथ इराक, यमन, मालदीव ओर इन्डोनेशिया से भी आंकड़े एकत्रित किये गए है। एक रिपोर्ट के अनुसार अमेरिका मे 500000 से अधिक, ऑस्ट्रलिया से 50000 प्लस, यूरोप मे 60000 जबकि बिट्रेन मे 127000 महिलाओ ओर लड़कियों के जननांगो को विकृत कर दिया गया है जबकि 60000 से अधिक पर इसका जोखिम बना हुआ है। एक रिपोर्ट के अनुसार 7 साल ओर उससे अधिक आयु की करीब 75 फीसदी बच्चियों का खतना हो चुका है।

रुद्र :– तो अपूर्व इन्ह आंकड़ो का नदिमा से क्या संबंध है तुम बताना क्या चाहते हो?

अपूर्व :– यही बताना चाहता हूँ की नदिमा की मौत की वजह खतना नही कुछ ओर है ओर हमे उस वजह का ही पता लगाना है।

रुद्र :– मगर अपूर्व, हमे ये बात कौन बताएगा की उसके मौत की एक्चुअल वजह क्या है। मुझे लगता है इन सब मे समय बर्बाद करने का कोई अर्थ नही है।

अपूर्व :– रुद्र, अगर हमने नदिमा की मौत का पता लगा लिया तो एक गुनहगार को सजा मिलेगी; समय की बर्बादी नही होगी बल्कि भविष्य मे गाँव की और लड़कियां के साथ ऐसा खिलवाड़ नही होगा।

अथक :– इसके लिए हमे क्या करना होगा? अपूर्व।

अपूर्व :– मेरे पास 36 घंटे है जयपुर जाने से पहले मैं इस सच का पता लगाना चाहता हूँ की नदिमा के साथ क्या हुआ था? नदिमा के आखरी समय मे उसके साथ कौन था? इसके लिए तुम दोनों को उसके घर जाकर उसके रूम की तलाशी लेनी पड़ेगी ओर नाजिर जी से वास्तविक बात निकलवानी पड़ेगी।

अथक :– ये काम पुलिस का है। हमे कोई अधिकार नही है की हम नदिमा के रूम की तलाशी ले।

अपूर्व :– पुलिस तक जाने की वजह होनी चाहिए और हमे वजह ही ढूंढनी है। मैं कोशिश करूंगा की सरोज को लेकर जल्दी लौटूँ मगर तब तक तुम दोनों मेरा आधा काम कर चुके होंगे। मैं सरोज के ससुराल जा रहा हूँ ओर तुम दोनों नदिमा के घर जाओ।

अथक :– कोशिश करते है।

रुद्र ओर अथक दोनों नदिमा के घर पहुंचते है रुद्र, नाजिर जी के पास बैठता हुआ पूछता है कैसे हो अंकल जी?

कैसा रहूँगा बेटा! कल तक म्हारी छोरी म्हारे सामने खेलती कूदती ओर आज....! इतना कहकर नाजिर जी चुप रह जाते है।

रुद्र सहानुभूति के साथ बोलता है :– अंकल जी जो चला गया वो वापस तो नही आएगा; आप हिम्मत रखिए; खुदा की मर्जी थी ओर हमारी नदिमा को अपने पास बुला लिया।

नाजिर धीरे बोलते है :– कीकर हिम्मत रखू बेटा।

अथक धीरे से पूछता है :- अंकल जी, आखरी समय मे नदिमा ने कुछ बताया। मेरा मतलब है कुछ कहाँ।

नाजिर जी :– हाँ, बेटा; वह की केनी तो चाहती पण बोल नही सकी। थोड़ा रुककर फिर बोले हाँ, दो बार बस अपूर्व रो नाम लियो हो।

अथक फिर से धीरे से पूछता है :– अच्छा अंकल जी, नदिमा कौनसे कमरे मे थी।

नाजिर जी अपने दाहिने तरफ बनी छोटी सी कोठी(कमरा) के सामने इशारा करते हुए बोले :– बेटा इन कमरा मे थी।

अथक :– अच्छा अंकल जी; अगर आपको बुरा नही लगे तो हम इस कमरे मे जा सकते है। नाजिर जी हाँ कर देते है। अथक ओर रुद्र दोनों रूम मे जाते है ओर कमरे को सर्च करते है रुद्र के हाथ कुछ नही लगता है अथक को अलमारी के नीचे एक चाँदी का लौकेट मिलता है अथक थोड़ा ओर ध्यान से कमरे की तलाशी लेता है तो पलंग के दाहिनी तरफ दीवार पर टंगा काँच(दर्पण) टूटा हुआ ओर उस काँच के पास मे

लगी लोहे की कील पर हल्का सा खून लगा मिलता है अथक अपने फोन से फोटो लेता है। तब तक नाजिर जी कमरे मे आ जाते है ओर बोलते है :– थे लोग कई होद(ढूंढ) रहियाँ हो।

अथक :– कुछ नही अंकल जी कुछ नही; फिर धीरे से पूछता है अंकल जी यह काँच पहले से ही टूटा हुआ था।

नाजिर जी काँच की तरफ देखकर बोले :– नही बेटा! ओ तो आज काले मे ही टूटियों है कल तक तो ठीक हो।

अथक दुबारा पूछता है :– सच मे काले तक ठीक हो।

नाजिर जी :– हाँ बेटा! इतो भी बूढ़ो कोणी होयों हूँ की कल री बात भी भूल जाऊ।

रुद्र बोलता है :– ठीक है अंकल जी अभी हम चलते हैं कुछ काम याद आ गया शाम को मिलने जरूर आयेंगे।

नाजिर जी :– ठीक है बेटा!

रुद्र ओर अथक दोनों वहाँ से निकल जाते है। रास्ते मे रुद्र थोड़ा मज़ाकिया मूड मे अथक से बोलता है तू तो पुलिस वाले की तरह सर्च मार रहा था वकील को यह सब शोभा नही देते भिडू।

अथक भी थोड़ी सी भारी आवाज करता हुआ बोला :– बात ऐसी है सेठ, वकील का दिमाग पुलिस वालो से कुछ ज्यादा ही चलता है। पुलिस ओर वकील मे कोई फर्क नही है वो सच तलाश करती है ओर हम सच को झूठ ओर झूठ को सच दिखाने की औकाद रखते है।

अथक अपूर्व को कॉल लगाकर लगभग सारी बात बता देता है। अपूर्व घर आकर बात करते है कहता हुआ कॉल कट कर देता है। कॉल कट होने के बाद रुद्र अथक से पूछता है तो अब; अथक बोलता है अब क्या घर चलते है ओर सानु के हाथ की कडक चाय पियेंगे बहुत थक गए है।

रुद्र हँसता हुआ बोला हाँ बहुत थक गए है कोई बहुत बड़ा केस जीत लिया।

अथक इस टिप्पणी का जवाब देता हुआ बोला :– एक दिन ऐसा भी आएगा की इससे भी बड़े बड़े केस जीतूँगा; तुम्हारी तरह फिजूल फोगट मे ही लॉ की डिग्री थोड़ी हासिल करी है।

रुद्र :– फिजूल फोगट मतलब।

अथक बात काटता हुआ बोला :– झगड़ा करने का मूड नही है। घर चल।

रुद्र :– शुरुआत कौन करता है। अथक बोलता है :– तू ओर कौन? ऐसे ही बातों से लड़ते झगड़ते दोनों घर पहुँचते है।

अथक संगीता को आवाज लगता हुआ बोलता है :- सानु, चाय पीला दे यार! बहुत थक गया हूँ। मंजूड़ी ओर संगीता दोनों चौक मे बैठी धान साफ कर रही थी।

मंजूड़ी बोलती है :– आज मौसी माँ याद कोणी आई बेटा।

अथक मंजूड़ी के पास बैठता हुआ बोला :– मौसी माँ तू तो हर वक्त मेरे दिल मे रहती है याद कैसे आएगी? फिलहाल चाय के मामले मे आपको रिटायर कर दिया है। सानु जब तक यहा है तब तक तो इसे ही करने दो।

मंजूड़ी हम्म करती हुई बोलती है :– नालायक। संगीता चाय बनाने जाती है।

अर्पिता कमरे से बाहर आती हुई बोलती है :– ओय मेंढक! चल मुझे स्कूटी सिखा दे।

अथक :– अपु अभी नही; अभी बहुत थका हुआ हूँ कहता हुआ मंजूड़ी के गोदी मे सर टीकाकर वही फर्श पर लेट जाता है मंजूड़ी अथक के ललाट पर हाथ फेरती है।

अर्पिता अथक का हाथ पकड़कर खिचती हुई बोलती है :– चल ना रे आज तो धूप भी नही है। शाम को तो सरोज के साथ गपे लडानी है। चल ना।

अथक :– अपु एक काम कर इस रुद्र को ले जा; आज ये सिखाएगा।

अर्पिता :– नही, तू चल।

अथक रुद्र से बोलता है :– ऐ रुद्रा, जा ना रे। रुद्र मंजूड़ी की तरफ देखता है।

मंजूड़ी बोलती है :– चला जा बेटा। रुद्र बोलता है पहले चाय तो पी लूँ। संगीता चाय लेकर आती है चाय पीकर रुद्र ओर अर्पिता स्कूटी लेकर निकल जाते है अथक अपने रूम मे जाकर सो जाता है।

रुद्र ओर अर्पिता–

रुद्र अर्पिता को बताता है :– अर्पिता! यह रेस है, यह दोनों ब्रेक विथ कलस है ओर ये स्टार्ट बटन है।

अर्पिता :– आरे बस बस इतना तो मैं भी जानती हूँ। आप तो बस पीछे बैठकर कंट्रोल करना सिखाओ।

रुद्र :– अच्छा तो मैं पीछे से पकड़े रखता हूँ आप चलाओ। अर्पिता हम्म करती हुई हाँ मे सर हिलती है। रुद्र स्कूटी को पीछे से पकड़े रखता है ओर अर्पिता ज़ोर से रेस देती है। स्कूटी अचानक आगे बढ़ती है।

रुद्र चिल्लाता हुआ बोलता है :– आरे.....आरे ...... अर्पिता जी ब्रेक लगाओ; रुद्र पीछे से स्कूटी पकड़ा हुआ दौड़ता है। अर्पिता ब्रेक लगाती है। रुद्र बोलता है बोला ना धीरे धीरे रेस बढ़ानी है।

अर्पिता :– एक बार फिर से कोशिश करती हूँ।

रुद्र कहता है :- रुको मैं पीछे बैठता हूँ रुद्र पीछे बैठता है अर्पिता से टच होता हुआ स्कूटी का हैंडल पकड़ा है फिर अर्पिता का हाथ पकड़कर धीरे धीरे रेस देता हुआ स्कूटी आगे बढ़ता है। अर्पिता का ध्यान स्कूटी चलाने पर कम ओर रुद्र की ओर ज्यादा जा रहा था। अर्पिता थोड़ी रेस देती है फिर एक दम से ब्रेक लगाती है फिर रेस बढ़ाती ओर ब्रेक देती है। ब्रेक लगाने पर रुद्र का चेहरा बार बार अर्पिता

के बायें कान से टच होना अर्पिता को बहुत अच्छा सा महसूस हो रहा था। अर्पिता के बार बार ब्रेक लगाने पर रुद्र चिल्लाता हुआ बोला :- आपको समझ नही आ रहा है क्या? बिना मतलब के ब्रेक नहीं लगाने है किस बात से डर रही हो नजर सामने रखो ओर स्कूटी चलाने पर ध्यान दो।

अर्पिता बोलती है :- वही तो कर रही हूँ। अब पहली बार है तो थोड़ा डर तो रहेगा।

रुद्र :- ठीक है खेत की तरफ चक्कर काटकर वापस घर चलते है अब यहाँ से स्कूटी वापस मौड़ दो। अर्पिता हम्म करती हुई स्कूटी मोड देती है।

अपूर्व सरोज को लेकर आ जाता है अर्पिता सरोज से गपे लडाने चली जाती है। अपूर्व बिना कोई देर किए सीधा अथक ओर रुद्र से बात चित करने लगता है।

अपूर्व अथक से पूछता है :- हाँ अथक, अब बता क्या हुआ? कुछ पता चला।

अथक :- अपूर्व, तुम्हारा शक सही था अब मुझे भी लगने लगा की नदिमा के मौत की वजह कुछ ओर है। उस रूम मे कुछ तो गलत हुआ सिर्फ खतना से उसकी मौत नही हो सकती है उसकी माँ ने बताया था की उसका खतना किए हुए 10 दिन हो गए खतना होने के 10 दिन बाद उसकी मौत हुई है।

अपूर्व :- तो तुम्हें क्या लगता है?

अथक :- मेरे सामने दो बाते निकल कर आ रही है। एक तो यह की नदिमा ने आत्महत्या करके खुद को खत्म कर दिया दूसरी यह की उसके साथ जबर्दस्ती हुई है।

अपूर्व पूछता है :- कैसे?

अथक :- उसके बेड के नीचे मिला यह पोजिअन की पर्ची जिससे लगता है वो खतना का दर्द नही सह पाई ओर सुसाइड कर लिया।

दूसरी तरफ ये चाँदी का लौकेट जो किसी लड़के के हाथ से गिरा हुआ लगता है उसके कमरे की अलमारी के नीचे से मिला था।

अपूर्व :– ओर कुछ?

अथक :– ओर ये एक फोटो जो मैं खिच कर लाया हूँ। नदिमा के पापा ने बताया था की ये काँच दो दिन पहले ठीक था मगर अब टूटा हुआ है ओर इसी काँच के पास मे दीवार पर लगी इस कील पर लगे हुए खून के छींटे ये दर्शाता है की यहा कोई टकराया है जिससे उसको चोट आई है।

अपूर्व :– इससे क्या साबित होता है?

अथक :– इससे ये अंदेशा होता है की उस रूम मे कोई ओर भी था जिसने नदिमा के साथ जबर्दस्ती की है।

अपूर्व हम्म करता हुआ रुद्र से पूछता है तो रुद्र तुम्हें क्या लगता है?

रुद्र बोलता है ये इंवेस्टिगेशन वाला हमारे दिमाग से बाहर है मेरे को तो तुम लोग किसी को कुटना हो तो बताना ये काम मैं बहुत अच्छा कर सकता हूँ। अपूर्व ओर अथक को रुद्र की बात सुनकर हँसी आ जाती है फिर अपूर्व अथक से पूछता है तो तुम्हारा मतलब नदिमा के साथ रेप हुआ है ओर उसने जहर खा कर जान दे दी।

अथक :– जहर खा लिया या खिलाया गया था इसका कुछ नही कह सकते है मगर लगता तो ऐसा ही है की रेप हुआ है।

अपूर्व :– रेप हुआ है इस बात को साबित कर सकते हो।

अथक :– हाँ, ये बात साबित कर सकता हूँ। नदिमा के बेड के दाई तरफ टंगा काँच का टूटना ओर कील पर खून के निशान ओर अलमारी के नीचे लौकेट का मिलना लगभग ये बात साबित करता है की वहाँ पर ज़ोर अजमाइश हुई है। ऐसा लगता है की नदिमा ने रेपिस्ट को ज़ोर से अपने ऊपर से हटाते हुए धक्का दिया होगा ओर वो राइट तरफ गिरा होगा; गिरते वक्त उसके हाथ से काँच टूटा ओर काँच के पास ही कील

होने की वजह से उस रेपिस्ट को चोट आई जिससे उसका खून निकल आया है।

अपूर्व :– हम्म ओर लौकेट?

अथक :– अधिकतर ऐसे लौकेट लड़के राइट हेंड मे ही पहनते है। मुझे लगता है हाथ थपाई मे लौकेट हाथ से निकल गया ओर अलमारी के नीचे जा गिरा।

अपूर्व :– हम्म! तुम्हारी कहानी मे लॉजिक तो है। अब हमे गाँव मे उस लड़के का पता लगाना है जिसके राइट या लेफ्ट हेंड पर एक दो दिन पहले तुरंत की चोट लगी हुई है। दूसरा यह की ये लौकेट किस लड़के का है अगर ये पता लगा दे तो वह जो भी होगा उसका सच सामने आ जाएगा।

अथक :– ओर ये काम हमे कल शाम तक पूरा करना है मगर कैसे?

अपूर्व गहरी सांस लेता हुआ :– कैसे?....हम्म; अभी कितने बजे है।

रुद्र घड़ी के सामने देखकर बोलता है :– 5 बजे।

अपूर्व :– 5 बजे है। मतलब गाँव के लगभग सभी चवने तालाब की पाल के पास वाले मैदान मे क्रिकेट खेल रहे होंगे देखते है अगर वहाँ कोई सुराग मिल जाये वरना कल गुरुपूर्णिमा के दिन होने वाला मेला तो है ही है।

रुद्र दाद देता हुआ बोला :– वाह! क्या दिमाग लड़ाते हो यार; चलो, हाथ गरम करते है।

अपूर्व :– इसका भी मौका देंगे समय आने तक धीरज रखो।

अथक बोलता है :– तो फिर चलो। अपूर्व रुद्र ओर अथक तीनों तालाब की ओर जाते है। तालाब पर क्रिकेट खेल रहे लड़को ने तीनों को साथ मे अपनी ओर आते देखकर बोलते है भाई लोग संभल जाओ आज गाँव के सरीफ़ लौंडे क्रिकेट खेलने आ रहे है।

आरे, मनीष भाई, आज इन तीनों को फुर्सत मिल गई एक लड़का आगे आता हुआ बोला।

मनीष विक्रम के बाद इस गाँव के सभी चवने लड़को का लीडर था गाँव मे कोई भी मारपीट, धांधली करने मे आगे ओर एक नंबर का नसेड़ी बाज गाँव का गुंडा लड़का था शरीर मे दुबला-पतला मगर कद मे 6 फिट लंबा, लंबे लंबे बाल।

मनीष बेट को कंधे पर रखता हुआ बोला :– आरे! इस गाँव मे आने के बाद अच्छे अच्छे लौंडे बदल जाते है। चलो हम तो खेले। बोल आने दे रे।

अथक चलता हुआ थोड़ी दूर से ही बोलता है :– आरे! मनीष भाई, हम भी आए तुम लोगो को जॉइन करने; हमे भी साथ मे खेलाओ यार।

मनीष भारी आवाज मे थोड़ा ठरके के साथ बोला :– आ गाँव री क्रिकेट है बेटा, थाने शहर वाला रे पले(समझ) कोनी पड़े।

रुद्र हाथो के पंजे को बंद कर के गुस्से से बोला :– बेटा किसको बोला रे। अपूर्व रुद्र को हाथ से रोकता हुआ मनीष से बोलता है :– ऐसी बात है मनीष! क्रिकेट चाहे शहर की हो चाहे गाँव की खेलने वाले मे दम होना चाहिए।

मनीष :– अच्छा तो दिखाओ अपना दम।

अथक :– हमे दिखाने की जरूरत नहीं है दम तो रुद्र का ही काफी है रुद्र भाई उतरो मैदान मे; देखा।

रुद्र क्रिकेट खेलता है अथक सभी लड़को की जांच करता है मगर किसी के हाथ मे चोट नही मिलती है। अथक धीरे से अपूर्व से कहता है अपूर्व! यार इनमे तो किसी के हाथो पर चोट नही दिख रही है।

अपूर्व हम्म करता हुआ बोलता है :– निराश मत हो निराशा हार की पहली सीढ़ी होती है अभी कल का मेला बाकी पड़ा है यहाँ नही तो वहाँ मिलेगा। फिर अपूर्व मनीष से पूछता है आरे मनीष भाई, आज तेरा जोड़ीदार नही आया।

मनीष :– कौन? विक्रम।

अपूर्व :– हाँ, वही विक्रम! तभी पीछे से एक लड़का बोलता है उसके हाथ मे चोट लगी हुई है। अथक एक दम से उस लड़के की तरफ देखता है।

अपूर्व :– अच्छा! चोट लगी हुई है मगर चोट लगी कैसे?

वही लड़का जवाब देता है :– ठा कोणी कल ही लागी है।

देख लिया शहर वालो का दम एक ओवर मे 4 चोके ओर 2 छके रुद्र बेट को कंधे पर रखता हुआ गर्व से बोलता है मनीष गुस्से मे अपने गले से टावल को ज़ोर से खिचकर उतारता हुआ रुद्र की तरफ टेड़ी नजरो से देखता है। अपूर्व बोलता है देख लिया शहर वालो का दम या अभी भी कुछ देखना बाकी है। मनीष गुस्से से आग बबूला होता हुआ वहाँ से निकल जाता है।

मनीष के निकलने के बाद अथक अपूर्व से कहता है :– अपूर्व! ये विक्रम के हाथ मे चोट मतलब।

रुद्र गुस्से से बोलता है :– विक्रम...! साला सूअर, चलो अभी चलते है घसीटकर मारेंगे साले को।

अपूर्व रुद्र के गुस्से को शांत करता हुआ बोलता है :– अभी कुछ नही कह सकते; शक के दायरे मे है कोन्फ़ोर्म नही है। पक्का सबूत मिलने तक इंतजार करना पड़ेगा फिलहाल घर चलते है।

सभी के खाना खाने के बाद अपूर्व छत पर जाता है रुद्र भी आदतन छत पर आता है तो अपूर्व को छत पर देखकर बोलता है :– आरे वाह! अपूर्व; आज तो मेरी जगह पर तुम, ऐसा क्या हो गया भाई।

कल, शाम को जयपुर निकलना है, सुजन्ता भी घर चली गई, नदिमा का असली गुनहगार कौन है? 10 दिन बाद ही इंटरव्यू है। इन ही सारे विचारो मे खोया हुआ बैचन हो रहा है। अथक पीछे से छत पर आता हुआ बोला।

रुद्र पीछे देखता हुआ बोला :– आरे! अथक तू भी।

अथक :– जब तुम दोनों यहाँ पर हो तो मैं अकेला नीचे क्या झक मारूँगा फिर अपूर्व के कंधे पर हाथ रखता हुआ बोला क्यूँ अपूर्व सुजन्ता भाभी की याद आ रही है।

अपूर्व घूमकर दीवार से छटकर खड़ा होता हुआ बोला :– हाँ यार, याद तो उसकी आ रही है मगर इंटरव्यू ओर नदिमा का केस से ज्यादा परेशान हूँ।

रुद्र अथक से बोलता है :– अच्छा अथक, तो सुजन्ता से सुजन्ता भाभी।

अथक :– हाँ यार। जिसकी किस्मत मे लिखा होता है उसके साथ ही ऐसा होता है। फिर अपूर्व के कंधे पर हाथ रखता हुआ बोला :– क्यों अपूर्व सही कहा ना; उसने हाँ कहा या नही।

अपूर्व अपने दोनों हाथो को बगल मे बांधता हुआ बोला :– हाँ यार उसकी ओर उसके पापा की तरफ से तो हाँ है मगर अब मम्मी पापा को कैसे बताए।

अथक :– ले...! इतनी सी बात है अभी चल मौसी माँ को बता देते है सुबह तक तो शादी भी हो जाएगी।

अपूर्व :– नहीं कमीने, अभी नही; मैं सोच रहा हूँ पहले इंटरव्यू देकर आ जाऊँ फिर बताता हूँ तो अच्छा रहेगा।

रुद्र :– ठीक है! ये भी अच्छी बात है हम मे से कोई तो घोड़ी चढ़ेगा।

अथक :– तू भी ढूंढ ले अपनी, तुझे भी अपूर्व के साथ मे घोड़ी पर चढ़ा देंगे। हे क नही; क्यों?

रुद्र :– हाँ बात तो सही है अब तुम्हारे गाँव मे आया हूँ तो कोई न कोई गाँव की गौरी लेकर ही जाऊंगा।

अपूर्व हाथ आगे करता हुआ रुद्र से बोला :– ये हुई ना बात; दे ताली रुद्र का हाथ पहुँचने से पहले ही अथक अपूर्व के हाथ पर ताली दे मारता है।

रुद्र :– अब ये मज़ाक छोड़ो ओर ये बताओ की ये खतना अपराध की श्रेणी मे आता है या नही।

अथक बताता है :– आता है पोस्को एक्ट के तहत किसी के प्राइवेट अंग को छूना भी अपराध है तो फिर ये तो किसी के प्राइवेट अंग के साथ छेड़ कानी करने जैसा जघन्य अपराध है मगर इसकी रिपोर्ट दर्ज नही होने की वजह से एनसीआरबी के पास उपलब्ध कोई इसके आंकड़े नही है इसलिए सरकार इसके बारे मे कोई फैसला नही ले सकती है।

रुद्र :– खतना के खिलाफ एफ़आईआर करावा सकते है।

अथक :– करवा सकते थे अगर नदिमा जिंदा होती या उसकी बॉडी को दफन करने से पहले। अब तो उसके साथ हुई हर वारदात भी उसके जिस्म के साथ कब्र मे दफन हो गया।

रुद्र :– इसका मतलब हम ये भी साबित नहीं कर सकते की उसके साथ रेप हुआ मतलब हम अपना समय फिजूल मे नष्ट कर रहे है।

अपूर्व :– नही रुद्र। समय बर्बाद नही कर रहे है ओर नही इसलिए ये सब कर रहे है की नदिमा के साथ गलत हुआ बल्कि इसलिए कर रहे है की आगे से कोई ओर नदिमा ऐसे हैवानो के हथे नही चढ़ जाए। भले ही हम कानूनी तोर पर उसको सजा नही दिला सकते मगर उसका पता लगाना बहुत जरूरी हो गया है वो जो कोई भी हो सजा तो उसको मिलेगी।

रुद्र :– मगर सजा कौन देगा।

अपूर्व :– पता नही; ये तो वक्त पर छोड़ देते है फिलहाल मैं चलता हूँ मेरा सोने का समय हो गया। गुड नाइट। अपूर्व के साथ रुद्र ओर अथक भी सोने चले जाते है।

दूसरे दिन गाँव मे गुरु पूर्णिमा का मेला लगता है अपूर्व अपने परिवार के साथ मेले मे पहुंचता है रुद्र ओर अथक दोनों विक्रम को ढूंढते है मगर विक्रम कहीं नही मिलता है। रुद्र का खून पल पल उबलता जा रहा था कब विक्रम के खिलाफ सबूत मिले ओर कब वो

विक्रम को कुटे रुद्र तो बस इस का ही इंतजार कर रहा था। विक्रम मेले मे आता है मगर अपूर्व को देखकर नजरे चुराता हुआ इधर उधर होने लगता है। विक्रम को शक हो गया की हो ना हो ये तीनों मुझे ही ढूंढ रहे है विक्रम पीपल के पेड़ की तरफ जाकर अपने लौंडा पार्टी के साथ खड़ा हो जाता है अपूर्व विक्रम को ढूंढता हुआ अथक के साथ विक्रम के पास पहुंचता है।

अपूर्व विक्रम के पास खड़े मनीष से बोला :– अरे! मनीष भाई, मेले से अलग होकर यहाँ कैसे खड़े हो।

मनीष बोलता है :– थन्हे कई लेनों देनों।

विक्रम मनीष से पूछता है :– क्या रे...! तू इन दोनों से कब मिल गया।

मनीष :– आरे विक्रम! कई बात करे यार ऐ दोणु कल रा लारे(पीछे) पड़ियोडा है ध्यान कोणी कहीं चाइजे।

अथक विक्रम की तरफ देखकर बोला :– आरे विक्रम भाई! तेरे हाथ मे आ चोट कैसे लगी।

विक्रम हाथ पीछे खिचता हुआ बोला :– थन्हे मतलब।

अथक :– आरे नही नही यार; चोट लगी है तो मेरा तो फर्ज बनाता है ना पुछने का अब तेरा मन नही है तो मत बता लेकिन चोट काफी गहरी लगी हुई है।

विक्रम :– हाँ खेत मे बहुलियाँ(बबूल का पेड़) काट रहियों जने लगी अब सुन लिया अब दोणु कलटी मारो।

अपूर्व :– ठीक है भाई तुझे हमारा अपने साथ रहना अच्छा नही लग रहा है तो जा रहे है ओर क्या करे। चल भाई अथक ऐसा कहते हुए अपूर्व ओर अथक दोनों वहाँ से निकल जाते है।

रुद्र मिलता है तो अथक से रुद्र पूछता है :– कमीने कहाँ मर गया रे मुझे अकेले छोड़ कर।

अथक हँसता हुआ बोला :- थोड़े दिन ओर ठंडक रख विक्रम तो मिल गया मगर सबूत नही।

रुद्र :- क्या सबूत नही है? उसके हाथ पर चोट नही लगी हुई है।

अपूर्व :- चोट तो है मगर उसने बताया की खेत मे बबूल काटते वक्त चोट लगी।

रुद्र :- वाह वाह वाह वाह! मतलब तुम दोनों जाकर चोट का पुछोगे ओर वो सच बता देगा की मैंने ऐसा काम किया जो चोट लग गई। आरे! देने थे कान के नीचे एक दो अपना आप सच उगल देता।

अपूर्व :- भाई, गुस्से से काम नही होते है संयम रखना पड़ेगा कुछ ओर सोचेंगे फिलहाल घर चलते है बहुत सर दर्द हो रहा है संगीता के हाथ की कडक चाय पियेंगे सभी घर निकल आते है।

अथक :- सानु, चाय पीला दे यार!

कुनाल जी आगे ही आँगन मे लगी कुर्सी पर बैठे थे अथक की आवाज सुन बोले :- आजा आजा, थारे कहे बिना ही बन रही है चाय।

संगीता चाय बनाती हुई मंजूड़ी को बताती है :- आंटी जी आज मम्मी का फोन आया था काफी दिन हो गए यहा आये हुए कल तक वापस बुलवाया है।

मंजूड़ी :- माँ – बाप से टाबर आगा रेवे जने टाबरा री चिंता तो होवे ही है बेटा पण तू तो म्हारे घर रे आँगन मे ऐड़ि रम गई की थारे जाने रे फ़ेचे भी घणा दिन याद आई आज रात मे अपूर्व चलो जावेला काले तू भी चली जाना ओर बेटा, अगर मन करे तो अपणों घर समझकर आती रहना।

संगीता :- आंटी जी मेरा तो यहाँ से जाने का मन ही नही हो रहा है। आपने तो मुझे माँ जैसा प्यार दिया है आपको ओर इस घर को तो मैं कभी भूल के भी नही भूल सकती हूँ चाय की ट्रे हाथ मे लेती हुई बोलती है मैं चाय देकर आती हूँ।

कुनाल जी अपूर्व से बोलते है :– बेटा, चाय पीकर थारो जरूरी सामान बाँध ले सामी रात घर से नही छोडनों, दिन तके पहले(शाम होने से पहले) निकल जा।

अपूर्व :– जी पापा; सामान तो मे रात मे पैक कर दियो मगर एक बार वापस चेक कर लेता हूँ।

सभी चाय पीते है अपूर्व तैयार होकर जयपुर के लिए गाँव से निकलता है अर्पिता पानी से भरा शकुन का कलश लेकर घर की चौखट पर खड़ी होती है मंजूड़ी दही चीनी से अपूर्व का मुह झूठा करवाती है अपूर्व मम्मी पापा के पाँव छु कर आशीर्वाद के साथ गाँव से जोधपुर की बस पकड़ता है फिर जोधपुर से जयपुर की बस पकड़ता है।

सूरज सारे दिन की थकावट से हारा आसमान पर अपनी लाली बिखेरता हुआ बादलो की ओठ मे सोने निकला था। अथक ओर रुद्र खेत के पीस पॉइंट पर जाकर बैठते है। अर्पिता संगीता ओर मंजूड़ी तीनों रसोई मे थी अर्पिता का फोन बजता है अर्पिता फोन देखती है तो सुजन्ता कॉल कर रही थी अर्पिता कॉल उठाती है।

सुजन्ता फोन के दूसरी तरफ से बोलती है :– हैलो, अर्पिता।

अर्पिता :– हाँ, अर्पिता बोल रही हूँ। बोलो।

सुजन्ता :– अपूर्व का फोन नेटवर्क कवरेंज एरिया से बाहर बता रहा है उससे बात हो सकती है।

अर्पिता :– नही भैया, तो गाँव से निकल चुके है शायद गाँव से बाहर बस मे होने की वजह से कॉल नही मिल पा रहा होगा तुम बाद मे ट्राइ करना।

सुजन्ता :– ठीक है। मुझे आंटी से बात करनी थी बात करा सकती हो।

अर्पिता :– हाँ! एक मिनट रुको फिर मंजूड़ी को फोन देती हुई बोलती है मम्मी, सुजन्ता का कॉल है आपसे बात करना चाहती है।

मंजूड़ी फोन हाथ मे लेती हुई बोली :– म्हारे से बात करनी चावे।

अर्पिता :– हाँ!

मंजूड़ी फोन को कान के पास लगाती हुई बोलती है :– हाँ हैलो,

सुजन्ता :– हाँ, आंटी! प्रणाम करूँ।

मंजूड़ी :– खुश रहो बेटा खूब फलो फूलो आनंद करो माँ बाप री सेवा करो।

सुजन्ता :– थैंक यू आंटी फिर रुककर बोलती है आंटी! मैंने ये बताने के लिए फोन किया की आपके घर कल पापा मम्मी आ रहे है।

मंजूड़ी :– म्हारा घरा पधारे।

सुजन्ता :– हाँ, आंटी वो... वो... सुजन्ता रुकती रुकती बोलती है।

मंजूड़ी :– के होयों छोरी वो वो कई करे है बोल जो भी बोलनों है कई काम आ रहियाँ है।

सुजन्ता :– आंटी वो मेरी ओर अपूर्व की बात करने के लिए आ रहे है इतना कहकर सुजन्ता गहरी सांस लेती है।

मंजूड़ी चौकती हुई बोली :– हे, कई कहियों; थारी ओर अपूर्व री बात चलाने आवे।

सुजन्ता थोड़ी नर्वस होती हुई बोली :– हाँ, हाँ आंटी वो...वो... अपूर्व ने आपको बताया नही होगा।

संगीता, मंजुडी के पास खड़ी रोटियाँ सेक रही थी मंजूड़ी की बात सुनकर संगीता का हाथ तवे पर सिक रही रोटी पर ही रुक जाता है। रोटी के अंदर से निकलने वाली भाप से संगीता का हाथ जलता है संगीता एक दम से आहहह... करती है। अर्पिता संगीता का हाथ पकड़कर हल्की हल्की सी फूक देती है मंजूड़ी अर्पिता ओर संगीता को देती है। संगीता कुछ नही हुआ अर्पिता कहती हुई वापस रोटी सेकने मे लग जाती है मंजूड़ी फोन पर सुजन्ता को बोलती है :– ठीक है, बेटा! अब फोन रखूँ हूँ। कहती हुई फोन अर्पिता को दे देती है। अर्पिता कॉल कट कर देती है मंजूड़ी संगीता के सामने देखती है।

अंकल जी, आ गए है मैं खाना लगाती हूँ कहती हुई संगीता रसोई से बाहर आ जाती है।

सभी खाना खाते है मंजूड़ी कुनाल जी से सुजन्ता ओर अपूर्व के बारे मे बात चलाती है। कुनाल जी खुश होते हुए बोलते है – ये तो चौखी बात है छोरी ने आपानो अपूर्व पसंद आ गयो छोरी रे घर वाला चलाय के आ रहिया है आ तो घनी खुशी री बात है।

मंजूड़ी :– थाने खुशी री बात दिखे मैं अथक से पहला अपूर्व रो ब्याह कोणी करा सकूँ। म्हारा छोरा परणीजेला तो दोनों साथे परणीजे ला; नही तो पहला अथक रो ब्याह कराओ फचे अपूर्व रो।

अथक धीरे से बोलता है :– मौसी माँ! मुझे अभी कोई ब्याह नही करना है।

मंजूड़ी :– छोरा तू चुप कर। अब बीच मे मत बोल जे; थारे मौसा दादा ओर मौसी माँ रे बीच री बात है बीच मे बोलियो तो चमचे री ठोकूला। अथक चुप चाप नीचे देखता हुआ खाना खाने लग जाता है।

कुनाल जी :– दोना रे साथे ब्याह री तू क्यूँ जिद्द करे है; अथक रे वास्ते थारे नजर मे कोई छोरी है। अपूर्व रो तो सामने से चलकर रिश्तो आ रहियों; ओहि रिश्तो अगर अथक रे आतों तो मैं मना कोणी करतो।

मंजूड़ी :– म्हारे छोरा रे मैं काले र काले छोरी होदन(ढुढ़) लाऊं पण ब्याह तो दोनों रो साथ मे ही होवे ला।

कुनाल जी :– ठीक है तू छोरी देख मैं दोना ने साथे ही ब्याह देव।

खाना होने के बाद रुद्र छत की ओर निकल जाता है। अर्पिता अपने कमरे मे संगीता ओर अपना बिस्तर लगाकर छत पर चली जाती है। कुनाल जी खेत मे चले जाते है संगीता अकेले ही अर्पिता के रूम मे बेड पर लेट जाती है मंजूड़ी संगीता के पास जाती है।

संगीता दरवाजे की तरफ देखकर बोलती है :– आंटी आप! आवाज लगा देती मैं खुद चली आ जाती।

मंजूड़ी संगीता को बेड पर बैठाती हुई बोली :– मैं इति भी बूढ़ी कोणी हुई आ बैठ थारु बात करनी है।

संगीता :– हाँ आंटी बोलिए क्या हुआ?

मंजूड़ी :– बैठ तो सही, बैठ... आ बैठ; संगीता को पास मे बैठाती हुई बोलती है एक बात बता बेटा! थन्हे म्हारों घर रास तो आयो नी; हे, हे बेटा।

संगीता, मंजूड़ी का हाथ अपने हाथो मे लेती हुई बोली :– कैसी बात कर रही हो आंटी; बहुत पसंद आया है मेरा तो जाने का मन भी नही करता मगर माँ ने कॉल कर दिया इसलिए जा रही हूँ। आपने मुझे बहुत प्यार दिया आंटी बहुत प्यार; आपके इस प्यार ओर स्नेह को मैं ज़िंदगी भर नही भूल सकती।

मंजूड़ी :– बेटा। थारो सच मे मन लाग गयो।

संगीता :– हाँ आंटी सच मे बहुत मन लग गया मगर आपको क्या हुआ? ये सब क्यूँ पूछ रही हो?

मंजूड़ी :– हे, बेटा एक बात बता; तू ओर अथक दोणु साथ मे पढ़िया हो ना।

संगीता सर हिलाती हुई हम्म आंटी कहती है।

मंजूड़ी :– तो बेटा, थन्हे म्हारों अथक पसंद तो है नी बेटा। सच बता।

संगीता :– हाँ आंटी अथक पसंद है मगर आप ये सब क्यों पूछ रहे हो।

मंजूड़ी :– थन्हे म्हारों छोरों पसंद तो है तो बेटा तू थारे माँ-बाप ने काले बुला ले।

संगीता :– मम्मी पापा को यहाँ बुलाऊँ मगर क्यों?

मंजूड़ी :– बेटा, आठे बुलाले थारे मम्मी पापा से बात करनी है। हे बेटा, काले बुला ले अभी फोन लगाकर बात करले बोलना आंटी ने बुलाया है।

संगीता :– ठीक है आंटी! आप जाकर सो जाइए मैं बात कर लूँगी मंजूड़ी सोने जाती है।

अथक को नींद नही आ रही थी अथक रुद्र के पास छत पर जाता है छत पर अर्पिता रुद्र के कंधे पर सर टिकाये बैठी थी। रुद्र का हाथ अर्पिता के दाये कंधे पर रखा हुआ था ओर दोनों बाते कर रहे थे। अथक उन दोनों को प्रेमी जोड़े की तरह बैठे देख रुक जाता है कुछ देर रुकर वापस अपने कमरे मे आकर सो जाता है।

** ** **

सुबह की अजान, मंदिर की घण्टियों की गूंज ओर मुर्गे की कुक के साथ आकाशपुर गाँव का सूर्य उदय होता है संगीता के हाथ की चाय के साथ अथक की नींद खुलती है। अर्पिता के फोन पर अपूर्व का कॉल आता है अपूर्व बताता है की वो जयपुर पहुँच गया है ओर 5 दिन के लिए होटल मे कमरा बूक किया है जयपुर से वो सीधा ही अजमेर इंटरव्यू के लिए निकलेगा तो उसको आने मे लगभग 10-12 दिन लग जाएंगे। कुनाल जी मंजूड़ी से सुजन्ता के माँ बाप के आने का समय पूछते है। मंजूड़ी बताती है लगभग 12 बजे तक पहुंचेगे सारी तैयारिया हो गई है। अथक जब से उठा है गुम सुम सा बैठा था उसका ध्यान रुद्र ओर अर्पिता पर ज्यादा केन्द्रित था। ऐसा लग रहा था की रुद्र ओर अर्पिता को लेकर उसके मन मे बहुत से विचार फुट रहे हो मगर कुछ बोलना नही चाहता।

लगभग 12.18 बजे अपूर्व के घर के आगे 2 बड़ी बड़ी कारे गली मे धूल से बवंडर लाती हुई आकर रुकती है कार की स्पीड से उडी रेत काफी देर तक गली की हवा मे अपना रोब दिखा रही थी। कुनाल जी कार को अपने घर के दरवाजे पर रुकी हुई देख दरवाजे की तरफ बढ़ते हुए बोलते है वो आ गए। कार से सुजन्ता के साथ 4 लेडीज जिसमे 3 जवान ओर खूबसूरती मे एक से बढ़कर एक लड़कियां ओर एक 40 साल की साड़ी पहने महिला उतरती है जिसको देखकर साफ पता चल रहा था की ये ही सुजन्ता की माँ है ओर साथ मे एक शूट बूट पहने एक

आदमी उतरता है। दूसरी कार मे से चार जवान लड़के हाथ मे शकुन के थाल लेकर उतरते है। कुनाल जी हाथ जोड़कर शर्मा जी का स्वागत करते है सुजन्ता कुनाल जी के पाँव छूकर आशीर्वाद लेती है। अथक ओर रुद्र आगे बढ़कर सुजन्ता के परिवार का स्वागत करते है। अर्पिता रसोई मे जाकर बोली मम्मी ये तो काफी बड़े लोग है बड़ी बड़ी गाडियाँ ओर नोकरो के साथ आए है हमारे रहन सहन को देखकर भैया को थोड़ी पसंद करेंगे। मंजूड़ी जिल्ल जिल्लाती हुई बोलती है तो, आपा थोड़ी न्योतों भेजियों की म्हारे छोरा ने छोरी देवो खुद ही चलाय के आया है तू रोटी सेक मैं बाहर जाहूँ रामसामा तो करना पड़ेला। लेडीज के लिए नीचे लगी कारपेड़ पर बैठने की व्यवस्था कर रखी थी ओर जेन्ट्स के लिए कुर्सियाँ लगा रखी थी। मंजूड़ी बाहर आकर सुजन्ता के माँ से राम राम करती है सुजन्ता, मंजूड़ी के पाँव छूती है मंजूड़ी खुश रहो का आशीर्वाद देती है।

शर्मा जी घर के चारो तरफ नजरे फेंकते हुए बोलते है :– घर तो काफी बड़ा है शुक्ला जी।

कुनाल जी बोलते है :– पिताजी के हाथ का बनाया हुआ है सा; नीचे चार कमरा, रसोई ओर ऊपर 2 कमरा है बाकी सामने तो इतनों बड़ो चौक है ही है।

शर्मा जी :– हाँ! ओर खेत खलिहान।

कुनाल जी :– 200 बीघा जमीन है सा। जिनमे 100 बीघा तो बीड़ो(बिना जोति हुई) पड़ीयों है ओर 100 बीघा मे फसल है। चाय लो, चाय आ गई शर्मा जी हाँ करते हुए चाय का कफ उठाते है।

कुनाल जी :– अपूर्व तो जयपुर गयो है कोई परीक्षा है।

शर्मा जी :– हाँ! बेबी ने बताया था। वैसे अपूर्व से तो मिले हुए है आप लोगो से मिलना था ओर फिर बात भी पक्की करनी थी।

कुनाल जी :– अपूर्व से मिले हो।

शर्मा जी :- हाँ, वो बेबी(सुजन्ता) के साथ ऑफिस मे आया था हमारी तरफ से तो सब हाँ है अब आपकी तरफ से हाँ हो जाए तो सगाई की तारीख फिक्स कर लेते है।

कुनाल जी हल्के से हँसते हुए :– हाहाहाहा.... जब मियां बीबी राजी तो कई करेगा काजी। छोरी ने छोरों पसंद है ओर छोरा ने छोरी मन्हे अभी ठा पड़ी के ऐ दोणु आपस मे पहला सु ही पसंद करे है।

शर्मा जी भी हँसते हुए बोले :–हहहा.... आ बात आपने सही बोली दोनों बच्चे एक दूसरे को पसंद करते है तो हमे क्या दिक्कत है तो फिर ये हमारी तरफ से शकुन भरी भेट स्वीकार करके बात आगे बढ़ाइए कहते हुए शर्मा जी टेबल से थाल लेकर खड़े होते है

कुनाल जी खड़े होकर भेट स्वीकार करते है सभी तालियाँ बजाकर खुशी जाहीर करते है फिर कुनाल जी ओर शर्मा जी गले मिलते है।

शर्मा जी बोलते है :- शुक्ला जी, अपूर्व आता है तब तक शादी की तारीख निकलवा देते है अब शुभ काम मे देर कैसी एक दिन सगाई ओर दूसरे दिन ब्याह दोनों साथ मे पूर्ण हो जाए तो अच्छा है।

कुनाल जी :– आरे, शर्मा जी छोरी वाला तो थ्हें हो सब थाने ही तय करणों है। थे कहवों जीऊँ म्हा करा अब तो म्हारों टाबर भी थारो ही हो गयो।

शर्मा जी :– हाँ हाँ, क्यों नही; टाबर चाहे थारो हो या म्हारों हो अब बात तो एक ही है।

अथक :– मौसा दादा खाना लगा दिया है आ जाइए।

कुनाल जी हाँ बेटा कहते हुए बोले :– संबंधी जी का हाथ धुलवा दे।

सभी गप शप मारते हुए भोजन करते है फिर शर्मा जी विदाई लेते हुए निकल जाते है। पीछे से कुनाल जी मंजूड़ी से कहते है 'जद सिक्को खुदरों ही खोटों निकल जावे तो बनिया ने कई दोष' ऐ सहजादा मिलन आया है अर आपाने बतानों भी जरूरी कोणी समझियों।

मंजूड़ी :- रुपया वाली बहू घर मे ला रहयाँ हो ठा कोणी केड़ी निवड़ेगी इनके बीच बाते चलती है तब तक घर के आगे एक कार फिर आ खड़ी होती है।

कुनाल जी कार देखकर बोलते है :– अब कुण आयो है।

कार से एक लेडीज, लड़की ओर आदमी उतरकर दरवाजे के पास आते है। संगीता, पापा – मम्मी बोलती हुई दौड़कर दरवाजे तक जाती है। कुनाल जी आगे बढ़कर स्वागत करते है रुद्र अंकल जी कहता हुआ आगे बढ़कर संगीता के पापा के पाँव छूता है मंजूड़ी संगीता की माँ से राम राम कहती हुई स्वागत करती है।

अजय आचार्य संगीता के पापा का नाम है जो प्रोपर राजस्थान के बाड़मेर जिले से बिलोंग करते है मगर बिसनेस गुजरात के गांधीनगर मे होने की वह से वही बस्स गए थे।

कुनाल जी :– आइये आइये यहाँ बैठिए कहते हुए अथक को बोलते है पानी पीला, बेटा!

मंजूड़ी संगीता की माँ के साथ कारपेड़ पर बैठती है संगीता चाय बनाने के लिए रसोई मे चली जाती है।

कुनाल जी :– आने मे तो कोई तकलीफ कोणी हुई।

अजय जी :– नही नही कोई तकलीफ कोणी होई कल रात को संगीता का कॉल आया तो सुबह 4 बजे निकल गए थे। घर की गाड़ी है तो आना जाना मे कोई खास दिक्कत कोणी होवे।

मंजूड़ी, संगीता की माँ से :– आपरी छोरी तो म्हारे घर मे रम गई है म्हाने तो अहसास भी कोणी होवे की आ मेहमान बनकर आई।

संगीता की माँ :– शुरू से ही ऐसी है बहुत मेलमिलाप वाली लड़की है।

मंजूड़ी :– हाँ! छोरी तो मन्हे घनी पसंद है इन वास्ते ही मैं थाने बुलावों भेजियों अबे थानु कहीं छुपानों है सीधी सीधी बात करू तो मैं

थाने संगीता रो हाथ म्हारे छोरा अथक रे वास्ते मांग रही हूँ। अथक म्हारे कोख से तो कोणी जन्म लियो पर मैं इन्हे म्हारे छोरा से ज्यादा चाहूँ।

संगीता की माँ :– यह बात तो संगीता के पिताजी तय करेंगे ओर फिर संगीता की भी तो पसंद होनी चाहिए।

मंजूड़ी :– संगीता ने पसंद है ओर मन्हे भी पुरो भरोसों है की ऐ दोनों जना खुशी खुशी एक दूजा रे साथे ज़िंदगी बिता सके।

संगीता की माँ :– मैं एक बार संगीता से बात कर लेती हूँ। संगीता की माँ रसोई मे जाकर संगीता को अथक ओर उसके रिश्ते की बात बताती है। संगीता जवाब मे कहती है माँ आपको जो अच्छा लगे वो करो मुझे तो ये घर पसंद है। संगीता की माँ कहती है बेटा तू तो अपूर्व के लिए यहाँ तक आई थी अब अथक के साथ शादी करके ज़िंदगी भर अपूर्व को अपने सामने पाकर खुश रह पायेगी। संगीता जवाब मे कहती है की माँ, अपूर्व मुझे दोस्त मानता है ओर अब मैं अथक को भी पसंद करने लगी हूँ। ऐसे मे ओर क्या अच्छा हो सकता है की ज़िंदगी भर दोस्त भी साथ मे रहे ओर अपनी पसंद के साथ ज़िंदगी बीते।

संगीता की माँ :– ठीक है बेटा! जैसी तेरी मर्जी; मैं तुम्हारे पापा से बात करती हूँ अगर वो मान जाए तो सब अच्छा ही है।

संगीता की माँ, ये बात संगीता के पापा को बताती है। संगीता के पापा यह कहते हुए मान जाते है की जब संगीता को ये मंजूर है तो हमे क्या दिक्कत है वो अपनी पसंद से शादी करनी चाहे तो ठीक है हम भी हाँ कर लेते है।

मंजूड़ी बोलती है :- 10 दिन बाद ही अपूर्व रे हाथे दोनों री साथ मे हगाई हगपन कर दा।

अजय जी ओर संगीता की माँ बोलते है :– ठीक है सा, जैसी आपकी मर्जी अगर आई बात आप फोन पर बता देता तो सगुण लेकर आता।

कुनाल जी आपाने जमाने मे कुण सो सगुण मे पहाड़ देता था। 21-11 रुपया छोरा रे हाथ मे देईन बात पक्की करो सा।

अजय जी सगुण के रूप मे 1101 रुपया अथक के हाथ मे देते है मंजूड़ी, संगीता के माँ का मुह मीठा करवाती है कुनाल जी अजय जी से गले मिलकर खुशी जाहीर करते है। अर्पिता संगीता को भाभी कहती हुई गले लगाती है। रुद्र संगीता के मम्मी पापा को खेत दिखाता है फिर शाम के समय संगीता अपने मम्मी पापा के साथ निकल जाती है रात को छत पर रुद्र ओर अर्पिता मिलते है।

अर्पिता रुद्र से बोलती है :– कितनी खुशी की बात है ना की संगीता ओर अथक की शादी हो जाएगी ओर भैया को भी अपना प्यार मिल रहा है। मगर पता नही हमारी लव स्टोरी आगे बढ़ेगी या नही।

रुद्र अर्पिता के सर को अपने कंधे पर रखता हुआ बोला :– बढ़ेगी जरूर बढ़ेगी मगर जब तुम अपनी पढ़ाई पूरी कर लोगी तब; जब तुम पढ़ाई खत्म करके वापस आ जाओगी उस टाइम अंकल जी से बात करेंगे।

अर्पिता बोलती है :– पहले क्यूँ नही; आपने देखा ना पापा कितने नाराज हुए थे जब अपूर्व ओर सुजन्ता के बारे मे पता चला। मैं नही चाहती हमारे प्यार के बारे मे पापा को किसी ओर से पता चले ओर वो नाराज हो जाए।

रुद्र :- नही पता चलेगा; हम खुद बताएँगे बस अब तुम सो जाओ।

अर्पिता ऐसे ही आपके कंधे पर सिर टिकाये सो गई तो मुझे उठा कर बेड तक ले जाना भारी पड़ेगा।

रुद्र :– कोई नही उठा लूँगा तुम सो जाओ चलो आंखे बंद करो सो जाओ सो जाओ। अर्पिता हहहम करती हुई स्माइल के साथ रुद्र को दोनों हाथो से पकड़ती हुई सीने पे सर रखकर सो जाती है।

** ** **

10 दिन बाद अपूर्व गाँव लौटता है। शुभ मुहूर्त पर अथक – संगीता ओर अपूर्व – सुजन्ता की दस्तूरी हो जाती है। दस्तूरी के दिन ही दोनों के शादी की तारीख तय हो जाती है शर्मा जी के आग्रह पर अजय जी संगीता ओर सुजन्ता का मंडप एक ही जगह पर फिक्स कर देते है।

अथक अपूर्व से रुद्र ओर अर्पिता के बारे मे बात करता है अपूर्व अर्पिता से रुद्र के प्रेम के बारे मे पूछता है तो अर्पिता सच बता देती है अपूर्व मंजूड़ी ओर कुनाल जी से बात करके दोनों की सगाई करने का प्रस्ताव रखता है कुनाल जी पंडित जी से पूछकर दोनों के सगाई का शुभ मुहूर्त निकलवाते है। विनायक पूजन के दिन रुद्र ओर अर्पिता की सगाई हो जाती है ओर उसके 4 दिन बाद अपूर्व ओर अथक की धूम धाम से शादी होती है। शादी के बाद अर्पिता जोधपुर हॉस्टल मे चली जाती है रुद्र खेतो के कामो मे लग जाता है। दो दो बिंदनी होने से मंजूड़ी घर के कामो से लगभग रिटायर हो गई थी।

शादी के सवा महीने बाद अपूर्व नदिमा के गुनहगार का पता लगा देता है। नदिमा की मौत के 56 दिन बाद नदिमा के केस मे खुलासा होता है ओर केस पंचायत तक पहुंचता है।

यह होता है की –

अथक, अपूर्व के कहने पर नदिमा के कमरे मे मिला लौकेट अपने हाथो मे पहनकर गाँव मे घूमने लगाता है। एक दिन गाँव के बस स्टेशन पर एक लड़का अथक के हाथ मे लौकेट देख के अपना लौकेट बताने लगा। अथक बोलता है ये मेरा है उस लड़के ने लौकेट पर लगे 555 बेच नंबर बताकर अथक को चेक करने के लिए बोलता है। अथक देखता है वही नंबर लौकेट पर अंकित थे जब नंबर मिल गए तो योजना अनुसार अथक उस लड़के के साथ हाथ थापाई करने लगा ओर ऐसे करके बात ओर आगे बढ़ गई। दोनों को झगड़ा करते देख स्टेशन पर खड़े लोगो ने दोनों के बीच सुलह कराने की कोशिश की मगर अथक नही माना। उस लड़के ने अथक पर चोरी का इल्जाम लगा दिया चोरी की बात को लेकर अथक के साथ खड़ा रुद्र ने मार पीट शुरू कर दी। उस लड़के के माँ बाप ने पंचायत बैठा दी पंचायत ने अथक को लौकेट पर अपना स्वामित्व साबित करने के लिए 2 दिन का समय दिया। अपूर्व, रुद्र ओर अथक के साथ नाजिर जी के घर पहुँचकर नदिमा के बारे मे एक बार फिर से बात करते है। नाजिर जी बताते है की जो लड़का इस लौकेट को अपना बता रहा है वह नदिमा का होने वाला शोहर था। बस इतने मे ही अपूर्व ओर अथक ने अपने दिमाग के घोड़े दौड़कर पूरी सच्चाई को पढ़ लिया 2 दिन बाद पंचायत बैठती है।

पंचायत मे अथक अपनी सफाई मे बोलता है :– यह सच है की यह लौकेट मेरा नही है मगर ये लौकेट चोरी भी नही हुआ था। ये लौकेट इस हैवान के हाथो से उस जगह पर गिर गया था जहां पर ये अपनी हैवानियत की चरम सीमा पार कर चुका था। आज से 56 दिन पहले नाजिर जी बोहरा की बच्ची नदिमा जो धागे से अपूर्व की बहिन थी उसकी मौत हो गई थी। नदिमा के घर वाले उसकी मौत का कारण कुछ ओर समझ बैठे थे मगर हकीकत ये है की उस नदिमा के साथ बलात्कार किया गया ओर उस दर्द से छुटकारा पाने के लिए उसने अपने आप को खत्म कर दिया उस नदिमा का बलात्कार करने वाला ओर कोई नहीं यही हैवान था ओर मुझे ये लौकेट नदिमा के कमरे से ही मिला था। ये लौकेट भी इसका है ओर नदिमा के साथ किया हुआ गुन्हा भी इसका है नदिमा के गुनहगार तक पहुँचने के लिए मुझे ये लौकेट पहनकर 10 दिन तक गाँव मे घूमना पड़ा है ओर जब इसने इस लौकेट को अपना बताया तो मैंने ओर रुद्र ने जान बूझकर इसके साथ मार पीट की ताकि ये मामला पंचायत तक पहुंचे ओर नदिमा के गुनहगार को सजा हो ओर ये सब करने के पीछे अपूर्व के दिमाग की उपज थी। अब पंचायत का काम है की इस हैवान को इसकी हैवानियत के बदले क्या सजा दी जाए।

पंच लोग :– सिर्फ एक लौकेट रे आधार माथे किने भी कोणी सजा दे सका। पंचायत का इतना कहना हुआ ओर रुद्र दौड़कर उस लड़के का शर्ट फाड़ देता है भरी सभा रुद्र को देखती रह जाती है।

रुद्र :– यह रहा दूसरा सबूत आज से 56 दिन पहले इसके कंधे पर लगा गहरा घाव जो नदिमा के कमरे मे लगी कील से बना था ओर अब भी सबूत चाहिए तो नदिमा के शरीर को दफनाया गया है जलाया नही जिससे ये साबित नही हो सकता की उसके साथ क्या हुआ था। कब्र से निकालकर उसके साथ हुए गुन्हा को साबित करने की हिम्मत रखता हूँ मगर उसकी जरूरत नही पड़ेगी। दो सबूत दे दिये है ओर तीसरा सबूत नही है बल्कि गवाह है ये बच्ची नदिमा की सहेली सलमा जो खुद पंचायत के सामने आकर बताना चाहती है कि नदिमा के साथ क्या हुआ था। सलमा को आवाज लगाता हुआ रुद्र बोला सलमा बताओ क्या बताना चाहती हो।

सलमा पंचायत मे आकर बोलती है :– पंचो, मैं नदिमा की सहेली हूँ नदिमा का खतना करवाने के बाद मैं 10 दिन तक नदिमा के पास रही। नदिमा खतना के दर्द से बहुत तड़प रही थी ऐसे मे नदिमा के साथ बलात्कार हो गया। वह मरने से पहले अपूर्व भैया से मिलना चाहती थी मगर उस वक्त भैया तो गाँव मे ही नहीं थे। उसने मरने पहले मुझे बताया की उसके शोहर ने उसके साथ ज्यादती की है जब अपूर्व भैया आ जाए तो उनको यह बात जरूर बताना। ओर कहना की अगर मेरा अगला जन्म फिर से एक लड़की के रूप मे हुआ तो मैं उनकी बहिन नही बेटी बनकर जन्म लूँगी। भैया को कहना उसको छोडना मत फिर अपूर्व की तरफ देखकर सलमा बोलती है अपूर्व भैया, नदिमा आप पर बहुत भरोसा करती थी।

रुद्र पंचायत से बोला :– पंच परमेश्वर, अब आप फैसला कीजिए। सुना है पूरा गाँव पंचायत के फैसले पर बहुत विश्वास रखती है आप इस पंचायत की गरिमा बरकरार रखते हुए एक ऐसा फैसला लीजिये जिससे फिर से कभी कोई ऐसी हैवानियत करने से पहले हजार बार सोचे।

पंचायत :– फैसला सामने है नदिमा इनरी होने वाली बीबी ही अर नदिमा भी इन्हे अपनों शोहर बतायो है। नदिमा रा अब्बा अम्मी ने भी पंचायत सु कोई गुहार कोनी लगाई तो भी इन्ह छोरी रे कहने माथे मान लेवा है की नदिमा रे हाथे इसने नदिमा री मर्जी रे खिलाफ जाईन ज्यादती करी है। पंचायत शक रे आधार माथे किने भी इति बड़ी सजा कोनी दे सके फचे भी पंचायत ओ मानती हुई की इसने बिना निगाह किए खाली रिश्तो तय हुयोडी छोरी रे हाथे ज्यादती करी है उन ज्यादती रे बदले 100000 री रकम नदिमा रे बाप ने देवे ला। नाजिर जी ने मंजूर है।

नाजिर जी चिपड़ो मुह कर बोलियां :– मंजूर है पंचा मंजूर है।

रुद्र पैर पटक कर रहा जाता है। अथक सर पर हाथ फेरता हुआ बोलता है साला पंचायत की तो ऐसी-तेसी। अपूर्व मन ही मन मे गुस्से को पी रहा था पंचायत बिखर जाती है। अथक अपूर्व से कहता है हम कुछ नही कर पाये।

अपूर्व गुस्से मे बोला :– अब तक नही कर पाये मगर अब यह अपूर्व इस पूर्व के निर्णय का बदलाव करेगा। सजा तो इसको मिलेगी ओर ये सजा मैं दूंगा। अथक पूछता है मगर कैसे?

अपूर्व जवाब देता है :– कैसे? कब ओर कहाँ? ये सब समय आने पर बताता हूँ। रुद्र जी आप तैयार रहना फिलहाल तो घर चलते है ओर संगीता के हाथ की कडक चाय पीते है।

सभी घर आते है अथक संगीता को चाय बनाने के लिए बोलता है। रुद्र फोन पर अर्पिता से बात करने लग जाता है। अपूर्व के फोन की रिंग बजती है फलोदी से बिरम जी का कॉल होता है अपूर्व कॉल उठाकर बोलता है :– हैलो सर।

बिरम जी :– हल्लों, अपूर्व! कहाँ हो।

अपूर्व :– सर फिलहाल तो गाँव मे ही हूँ।

बिरम जी :– अच्छा अच्छा। पहले तो बधाई हो; देर से ही सही आपकी मेहनत रंग लाई है। चुनाव के माहौल को देखते हुए एसपी साहब ने गाँव की चौकी एमिडेटली रिओपेन करने का लेटर भेजा है। चौकी मे एक एसआई, एक एएसआई ओर पाँच सिपाई की पोस्टिंग मिली है।

अपूर्व खुशी के साथ :– ये तो वाकई मे खुशी की बात है सर। थैंक यू सर।

बिरम जी :– कल सुबह मैं टीम के साथ गाँव मे आ रहा हूँ ओर शाम को चोकी खुलवाने के उपलक्ष मे हमारी पूरी टीम की तरफ से तुम्हारे लिए धन्यवाद सभा रखी गई है। कल शाम को पूरे परिवार सहित चौकी पर पहुंचना है।

अपूर्व :– ओके सर! इस बात का ख्याल जरूर रखूँगा की समय पर उपस्थिति हो। बिरम जी ओके कहते हुए कॉल कट कर देते है। अपूर्व ये खबर कुनाल जी को सुनता है।

कुनाल जी खुश होते हुए बोलते है :– आ तो चौखी बात है बेटा! पण गाँव रा लोग इन्ह बात ने ले हँगामो खड़ों नहीं कर दे।

रुद्र बोलता है :– पापा जी, आप निचिंत रहो कोई हँगामा नही होगा अगर हँगामा हो भी जाएगा तो मैं देख लूँगा।

कुनाल जी :– बेटा, थारे रहता मन्हे म्हारी चिंता कोणी होवे पण कदी कदी थन्हे ओर गाँव ने लेईन चिंता जरूर होवे।

संगीता चाय लेकर आती है अपूर्व चाय पीकर रूम मे जाता है। रुद्र कुनाल जी के साथ खेत मे चला जाता है। अथक मंजूड़ी के गोद मे सर टीका कर वही आँगन मे सो जाता है। संगीता सभी कामो से फ्री होकर अखबार पढ़ने बैठ जाती है।

दूसरे दिन सुबह गाँव मे बिरम जी टीम के साथ पुलिस चौकी पर पहुँचते है। अपूर्व रुद्र ओर अथक के साथ वहीं उपस्थित रहता है। सीआई साहब चौकी का पुराना ताला तोड़कर चौकी का दरवाजा खोलते है एएसआई तृशन सिंह चौकी की सफाई करवाते है। सीआई साहब एसआई ओर अपूर्व के साथ चौकी का निरीक्षण करते है। चौकी को खुला देख गाँव के मुख्यों मे हलचल मच जाती है। लोग धीरे धीरे चौकी के पास इक्कठे होने लगते है गाँव का मुख्या (सरपंच जो पंचायत का भी एक मुख्य पंच था) दमथम के साथ चौकी तक आ पहुंचता है सरपंच को आते देख रुद्र ओर अथक चौकी के दरवाजे पर आ खड़े होते है।

सरपंच दोनों को सीना ताने अपने सामने खड़ा देख बोलता है :– ओह! तो थ्हें हो आ चौकी खुलवाने वाला; थान दोणु रो मन कोणी भरियों पंचायत ने नीचे दिखाता दिखाता जिकों इन चौकी रो तालो तोड़कर गाँव री पंचायत माथे तालो लगाने री सोची है। गाँव रो कानून बदलनी चाहो हो।

कानून ही नहीं पूरा इतिहास बदलना चाहता हूँ अपूर्व चौकी से बाहर आता हुआ बोलता है।

सरपंच अपूर्व को देखकर बोला :– अच्छा! गाँव वालो सुन लिया इतिहास बदलनी चावे है पंचायत रे खिलाफ जानी चावे है। अब फैसलो थाने हाथा मे है चौकी माथे तालो लगानी चाहो हो या पंचायत रे माथे तालो लगानों है।

अपूर्व गाँव वालो से बोलता है :– गाँव वालो कहीं सालो से तुम लोग पंचायत के फैसले सुनते आए हो बहुत लंबे समय के बाद आज मैं इस गाँव के कलेंडर की तारीख बदलने जा रहा हूँ। जिस तरह अंग्रेज़ो के लंबे थपेड़ों के बाद देश आजाद हुआ था उसी तरह आज हम इस चौकी को खुलवाकर पंचायत से इस गाँव को आजाद करवा रहे है अब फैसला आपके हाथ मे है या तो चौकी खुलने का विरोध करके पंचायत के गुलाम बने रहो या फिर चौकी खुलने का समर्थन करके गाँव के कलेंडर को बदल दो।

अपूर्व की बात सुनकर गाँव के लोग चुपचाप निकल जाते है। सरपंच पैर पटक कर रह जाता है। बिरम जी स्थिति को टेकल करने पर अपूर्व की प्रशंसा करते है अथक गाँव के मंदिर मे जाकर माइक से अपूर्व के धन्यवाद सभा मे उपस्थित होने के लिए सभी गाँव वालो को निमंत्रण देता है।

अपूर्व घर पर आने के बाद रुद्र से बोलता है :– अब समय आ गया है पूर्व के बदलाव का।

रुद्र बोलता है :– मैं समझा नही।

अपूर्व रुद्र के सामने देखकर बोलता है :- प्रति दिन रोड एक्सिडेंट मे कितने लोग मारे जाते है।

रुद्र बताता है :- हर 4 मिनट मे 1 व्यक्ति का एक्सिडेंट हो जाता है। मतलब रोज के लगभग 1300 से ज्यादा रोड एक्सिडेंट होते है जिनमे से 400 से ज्यादा लोगो की मौत हो जाती है।

अथक पूछता है :- लेकिन अपूर्व तुम यह सब क्यों पूछ रहे हो।

अपूर्व अथक ओर रुद्र के सामने देखकर बोलता है :– आपको लगता है की पंचायत का आखरी फैसला गलत था तो अब उस फैसले को बदलने का समय आ गया है। आज के बाद इस गाँव की चौपाल पर कोई पंचायत नही बैठेगी ओर पंचायत के उस पूर्व फैसले को बदलते हुई उस हैवान का रोड एक्सिडेंट मे मौत ए सजा देने का फैसला लिया जाता है।

अथक :– अपूर्व! ये कानूनी अपराध है चौकी तो खुल चुकी है क्यों नही हम इसके ऊपर फ़ाइल सूट करे।

अपूर्व :– नहीं अथक! देश की विभिन्न अदालतों मे रेप को लेकर बहुत से केस पेंडिंग पड़े है। अब एक ओर केस पेंडिंग मे नही डाल सकते है। भगवान श्री कृष्ण ने कहा था की किसी दुष्ट को मारने से कोई पाप नही होता। रावण ने सीता का हरण किया उसकी सजा मौत मिली। दुश्शासन ने द्रोपदी के वस्त्र उतारने की कोशिश की उसकी सजा मौत मिली। बालि ने भाई की पत्नी(सुग्रीव की पत्नी) को अपने अधीन रखा तो उसकी सजा मौत मिली थी तो फिर इन हैवानो को किसी औरत या लड़की की लजा भंग करने या दुष्कर्म करने पर पेंडिंग केस क्यो दिया जाए इससे अच्छा है तुरंत प्रभाव से निर्णय करके सजा सुनाई जाए। आज शाम को सभी पुलिस चौकी मे रहेंगे तब तक रुद्र अपना काम कर चुका होगा अब ये कार्य रुद्र खुद करे या किसी ओर से करवाए ये इसके ऊपर डिपेंड करता है। एक्सिडेंट का केस बनकर फ़ाइल बंद हो जाएगी ओर इस प्रकार हमारी नदिमा को इंसाफ मिल जाएगा।

शाम के समय चौकी के सामने सीआई साहब धन्यवाद सभा का पुख्ता इंतजाम करते है गाँव के लोग चौकी के सामने इक्कठे होने लगते है अपूर्व भी अपने परिवार के साथ चौकी पहुंचता है।

एसआई पुनीत सिंह सभा को संबोधित करते हुए बोले :– यह बताते हुए बहुत खुशी हो रही है की वर्षोतलक बंद पड़ी आपके गाँव की चौकी की सेवा एक बार पुन: शुरू होने जा रही है। चौकी के बंद होने के पीछे का इतिहास कुछ भी रहा हो मगर इसको पुन: शुरू होने का इतिहास बहुत ही यादगार रहेगा। गाँव मे पुलिस ओर पुलिस चौकी होने के अपने बहुत से फायदे होते है चोरी – चपाटी, छेड़छाड़, हत्याकांड छोटे मोटे आपराधिक घटनाएँ पुलिस के नाम से ही थम जाती है इस चौकी का कार्य क्षेत्र आस पास के 5 गांवो के क्षेत्र मे आता है।

आज मुझे बताते हुए ये खुशी हो रही है की इस गाँव के युवा लोग एक तरुण सोच के साथ आगे बढ़ रहे है अगर युवा लोग का साथ है तो गाँव का पूर्ण विकास है इस चौकी के खुलवाने का श्रेय भी गाँव के युवा वर्ग को ही जाता है।

अब मैं अपूर्व जिसने इस चौकी को खुलवाने का पूर्ण प्रयास किया; अपूर्व को आमंत्रित करता हूँ की वो आगे आकर अपना धन्यवाद समान पत्र प्राप्त करे।

अपूर्व भीड़ से निकल कर आगे आता है। सी आई साहब अपूर्व को धन्यवाद सम्मान पत्र प्रदान करते है फिर एस आई साहब अपूर्व से दो शब्द कहने के लिए बुलाते है।

अपूर्व :– मैं आदरणीय श्री सीआई साहब को इस सम्मान के लिए तहदिल से धन्यवाद करता हूँ इस चौकी को खुलवाने का जो सराहनीय कार्य किया है उसके असली हकदार मेरे साथी लोग ओर सीआई साहब है। जहां तक बात रही चौकी को खुलवाने के विचार की तो ये विचार मेरे दिल मे 10 वी कक्षा से ही आ रखा था। मैं जब भी स्कूल आता तो इस चौकी को देखता था ओर हमेशा सोचता था की एक दिन ये चौकी खुलेगी मगर खेद है की मेरे मन मे उत्पन्न हुए विचार को 8 साल हो गये ओर चौकी को खुलवाने मे इतना वक्त लग गया मगर उस समय मेरे पास सिर्फ एक विचार था; जोश था; किन्तु ज्ञान बिलकुल कम था समय के साथ किताबों ओर दुनिया ने मेरी समझ बढ़ाई, मेरे ज्ञान के भंडार मे उन्नति हुई धीरे धीरे मेरा पथ मुझे दिखने लगा ओर मैं इस मुकाम तक पहुंचा की समाज के हित मे कोई भी निर्णय बड़ी ही सहजता के साथ ले सकूँ, समाज का हित कर सकूँ, देश के विकास मे अपनी सहभागिता निभा सकूँ। आज मैं जो भी हूँ या कल जो भी रहूँगा उसका सारा क्रेडिट मेरे मम्मी पापा को जाता है ओर जब भी मैं अपने पापा को देखता हूँ तो मेरे अंदर दो गुना जोश भर जाता है इस चौकी को खुलवाने की हिम्मत ओर बढ़ गई जब मैंने अपने पापा को अपने साथ खड़ा देखा मेरा कोई फैसला हो सही या गलत पापा ने मेरा हमेशा साथ दिया है। सही फैसले पर पापा साथ खड़े रहते है ओर गलत फैसले पर मेरा सही दिशा मे मार्ग दर्शन करते है। थैंक यू पापा इसी के साथ अपने शब्दो को विराम देता हूँ ओर मुझे शांति पूर्वक सुनने के लिए आप सभी का धन्यवाद करता हूँ

थैंक यू ।

एसआई पुनीत सिंह जी सीआई साहब को दो शब्द कहने के लिए आमंत्रित करते है।

सीआई साहब :– आप सभी गाँव वालो का मैं इस सभा मे पधारने के लिए धन्यवाद करता हूँ गाँव के युवा लड़को की पहल पर इस चौकी का पुन: प्रारम्भ होने पर सभी गाँव वालो को बधाई देता हूँ। आपके गाँव की चौकी आस पास के 5 गांवो के कार्य क्षेत्र के अधीन आती है इस चौकी मे डिपार्मेंट ने एक एसआई, एएसआई ओर 5 सिपाही तैनात किए गये है जो 24 घंटे आपकी सेवा के लिए तत्पर रहेगे। पुलिस का एक ही नारा है अपराधियों मे भय, आमजन मे विश्वास। इसके लिए आम जन को बढ़ चढ़कर पुलिस का साथ देना पड़ेगा। अगर हम सावधानी बरतेंगे तो हमारा परिवार, हमारा गाँव ओर हमारा समाज सुरक्षित रहेगा। एक बार फिर से आप सभी का धन्यवाद करता हूँ।

सीआई साहब सभी गाँव वालो का धन्यवाद करते हुए सभा को समापन करते है।

2014 के चुनावों मे अपूर्व सुजन्ता को प्रत्याशी के रूप मे खड़ा करता है। सुजन्ता की भारी वोटो के साथ जीत होती है गाँव की पंचायत का विखण्डन हो जाता है सुजन्ता नाममात्र की सरपंच न रहकर वास्तविक रूप से गाँव की पहली महिला सरपंच बनती है।

ओर इस प्रकार से अपने संकल्प को पूर्ण करता हुआ अपूर्व एक पूर्व का बदलाव करता हुआ गाँव की छवि को पूर्णत बदल देता है।

www.ingramcontent.com/pod-product-compliance
Lightning Source LLC
LaVergne TN
LVHW060616051026
849519LV00002B/630
* 9 7 8 9 3 9 0 6 5 5 0 9 0 *